SHORT STORIES OF LIFE SERIES

温暖的亲情小故事

金莉波◎编著

时代文艺出版社
SHIDAI WENYI CHUBANSHE

图书在版编目（CIP）数据

温暖亲情的小故事 / 金莉波 编著. —长春：时代文艺出版社，2011.8（2023.7重印）
（小故事中的生活智慧）

ISBN 978-7-5387-3697-7

Ⅰ.①温... Ⅱ.①金... Ⅲ.①故事－作品集－世界 Ⅳ.①I14

中国版本图书馆CIP数据核字（2011）第140165号

出 品 人　陈　琛
选题策划　朱凤媛
责任编辑　苗欣宇　田　野
装帧设计　孙　俪
排版制作　陈　萍

温暖亲情的小故事

金莉波 编著

出版发行 / 时代文艺出版社
地址 / 长春市福祉大路5788号　龙腾国际大厦A座15层　邮编 / 130118
总编办 / 0431-81629751　发行部 / 0431-81629758
官方微博 / weibo.com/tlapress
印刷 / 永清县晔盛亚胶印有限公司
开本 / 710×1000毫米　1 / 16　字数 / 252千字　印张 / 15
版次 / 2012年1月第1版　印次 / 2023年7月第3次印刷　定价 / 58.00元

目录
Contents

心灵创可贴

他们的母亲

STORY

别吝啬开口

别吝啬开口

有天晚上，我重拾一本我曾读过的书，内容是有关为人父母的种种，这种书我已看过几百本，而我觉得有种罪恶感，因为那本书描述了一些为人父母该使用，而我却从未使用过的策略。主要的策略是和你的小孩交谈，使用三个神奇的字："我爱你。"这句话已被强调过无数次，那就是：孩子必须知道无论在任何情况下，你是的的确确、真正地爱着他们。

我上楼走到儿子的房门前敲了门。敲门时只听到他的鼓声。我知道他在房里，但他却没有应门。所以我打开门，不出所料，他正坐在那里，戴着耳机，边听录音带边敲他的鼓，我靠过去引起他的注意，开口说："提姆，你有空吗？"

他说："哦，当然有，爹地，我一直很闲。"我们煞有介事地坐下，但在15分钟内只有一些琐碎、支支吾吾的交谈。我只好看着他说："提姆，我真的很喜欢你打鼓的样子。"

他说："哦，谢谢你，爹地，我很感激。"

我走出他的房门说："等会儿见！"当我下楼时，突然记起上楼是为了某些想法，而我并没有传达。我觉得有必要回到楼上，找机会说出那三个神奇的字。

我又爬上楼，敲了门然后打开。"提姆，你有空吗？"

"当然啰，爹地。我当然有空。有事吗？"

"儿子，我刚才上来是为了和你分享一些事，但不知怎么的，说了一些不是我想说的。提姆，你记得以前你学开车时，给我带来很多麻烦吗？我写了三个字塞在你的枕头里希望你会留意。身为父母，我已表达了我对你的爱。"最后又聊了一会，我看着提姆说："我要你知道我们都很爱你。"

他看着我说："哦，谢谢你，爹地。你是说你和妈妈吗？"

我说："是啊，是我们两个，我们都表达得不够。"

他说："谢谢，那对我来说意义重大，我知道你们很爱我。"

我转身走出房门。下楼时，我开始想："我真不敢相信！我已经上楼两次了——我明知自己要传达的是什么，但为何老是顾左右而言他？"

我决定立刻回到楼上，让提姆知道我真实的感受。这次他会直接从我口中听到那三个字。我不在乎他现在已6尺高了！所以我走回去，敲了门，听到他在里面喊：

"等一下，别告诉我是谁。该不会又是你吧，爹地？"

我说："你怎么知道是我？"

他回答道："爹地，我认识你已不是一两天了。"

然后我说："儿子，能不能再给我一点时间？"

"你知道我随时奉陪，进来吧！我猜你刚才并没有把你想说的话说出来吧？"

我说："你怎么知道？"

"打从我包尿布时期我就认识你了。"

我说："唔，提姆，这也就是我一直想说而没说出口的。我只是想让你知道，对我们家而言，你有多特别！我们爱你并不是因为你曾经做过什么伟大的事，而只是因为你是我们的儿子。我爱你，而且我只想让你知道我爱你。我实在不懂为何这么重要的话我一直藏在心里。"

他看着我说："嘿，爹地，我都了解，听到你这么说感觉真的很特别，谢谢你的想法和努力尝试。"当我即将跨出房门，他说："哦，爹地，耽误你一分钟。"

我心里开始想："糟了！他要对我说什么？"嘴上却说："哦，当然没问题。"

我不知道孩子们从哪里学来这个，但我确定绝非来自父母，他却说道："爹地，我只想问你一个问题。"

我说："什么问题？"

他看了我一下说："爹地，你是不是去参加了研习会还是什么的？"

我脑中闪过："惨了，就像其他18岁的小伙子，他已洞悉我的心理。"我回答："不，我只是看了一本书，书上说告诉孩子你的真正感受是很重要的。"

"嘿，谢谢你花了这么多时间，待会儿再谈，爹地。"

我认为提姆给了我一些启示：要明了爱的真正意义及目的，唯一方法就是愿意付出代价。我必须勇敢地跨出第一步。

（美国）金·贝得利

別害羞開口 | STORY

孩子，我爱你

载儿子上学的途中我思索着：孩子早晨穿戴幼童军装时，看起来相当的神气，不像你老爸当年那么胖。直到我大学毕业以后，才感到自己的头发太长，但是我想不论你是什么样子我都十分认同你：例如毛发蓬松盖到耳旁、脚趾周围磨损、膝盖上的皱纹等，我们实在太像了……

现在你已经8岁了，我发现我不再能随时随地看到你。哥伦比亚发现美洲纪念日那天早上，你9点出门，午餐时我看了你42秒，直到下午5点你才又出现在晚餐桌旁。我很挂念你，但是我知道你有重要的事情要做，当然就像其他上班族必须上班处理的事一样重要。

你必须茁壮成长，这比剪集厂商优待券、股票操作买卖或是瞧不起别人重要多了。你必须学习什么该做，什么不该做——并学会如何处理这些事。同时你也要学习如何认识别人，他们心头不快时会采取什么行动，像那些挡在脚踏车前恃强欺弱的顽童，困扰较小孩童的人就是个例子。对了，你还必须假装辱骂对你没有伤害，虽然辱骂一定会造成伤害，但若你不老早举起这张王牌，下一次他们将更变本加厉。当你想要欺侮比你小的孩子时，我希望你会记得这种被侮辱的感受。

上一次我告诉你我以你为荣是什么时候？我想我若是记不得了，那我一定要反省。我倒是记得我上次大声斥责你是为了什么，为了提醒你必须快点，否则我们会迟到。仔细想想就如尼克森常说的："我给你的责备总多于鼓励。"我最欣赏你的独立性及你照顾自己的方式，虽然有时我会暗吃一惊。你从不曾抱怨，这使你成为我书中优秀的孩子。

为何身为父亲的人总是很慢才发现，8岁的儿童和4岁的小孩相同，需要一样多的拥抱？如果我稍不注意，我很可能在你的臂上打一拳，然后说："孩子，你说什么呀？"而非拥抱你，告诉你我爱你。生命实在太短暂了，我们不该隐藏真情。为什么8岁的孩子也是要花很多时间才能了解，36岁的成人和4岁的孩童一样需要拥抱？

不知我是否忘记告诉你，当你吃了一星期难以消化的热午餐，恢复带便当后，我真为你感到自豪？我很高兴你懂得珍惜自己的身体。

我希望载你上学的路不要这么短……我想要告诉你昨晚你弟弟睡着后，我们允许你熬夜看洋基队比赛的那段时光是多么特别，那是无法事先计划的。每次我们尝试一起做些事，总是觉得不够自然、温馨。短短几分钟内，仿佛你已长大，我们不再聊一些"儿子，你在学校做了什么"之类的话题，而我非用计算机，否则无法检查你的数学作业。你的成绩比我以前都要好。我们谈论着球赛，你比我了解那些球员，我从你那里学到了许多，当洋基队获胜时，我们都欣喜若狂。

啊！越过防卫了，他好像活生生在我们面前。我希望你今天不必上学，我有太多事想要对你说了。

你快速从车内钻出，当我仍沉浸在那种回味中时，你已成为一群朋友中的一个点了。

但我仍要说："孩子，我爱你……"

与工作斗争的人

我不是那种偷听别人闲聊的人，但是当有一天夜已深，我走过我们院子的时候，我发现自己正干着偷听的事。

我的妻子正跟坐在厨房地板上的最小的儿子说话，我静静地停下来，在门的遮掩下在外面听起来。

妻子似乎已听到孩子们都自夸他们爸爸的工作。诸如他们都是高官显宦之类……接着他们问我们的鲍勃："你父亲有什么样的好职业？"鲍勃好像有点不自然地低声咕哝道："他只是个与工作斗争的人。"

我细心的妻子一直等到其他孩子离开，才把我们的小儿子叫进屋里来。她说道："我有些事情要告诉你，儿子。"说着并吻他有酒窝的双颊。

"你说你父亲只是个与工作斗争的人，说的是正确的。但是我怀疑你是否真正理解那其中的含义，下面我将向你解释。

"在所有工厂里，那将使我们的国家更强大，在所有的商店、商场、汽车行业里，那将使我们每天都竭尽全力。正是普通的与工作斗争的人来完成伟大的事业！当你看到一座新房子建起来的时候，你应记住这一点，我的儿子！

"高级官员拥有优雅的办公桌和整洁的环境。他们计划宏伟项目……签订契约，但是把他们的梦想变为现实的，是那些普通的与工作斗争的人！应记住这一点，我的儿子!

"如果所有的老板离开他们的办公桌停止工作一年，工厂机构仍能够高效率运转。如果像你爸爸那样的人不上班，工厂就运转不起来了。正是普通的与工作斗争的人来完成伟大的工作！"

当我跨过门槛的时候，我强忍住眼泪并清了一下喉咙。

我的小儿子从地板上跳起来，高兴得眼里都放出了自豪的光芒。

他拥抱着我说："嘿，爸爸，我真为是您的儿子而感到自豪……因为您是完成伟大事业的特殊人中的一员。"

（美国）安迪·彼得曼

趁着涨潮时出发会带来幸运

1月的纽约郊外，落叶松苍翠的绿枝掩映在晶莹洁白的积雪间，看不到冬日的肃杀。圣玛丽医院就坐落在这苍松白雪间。洛克菲勒的病房朝南，洒满了冬日里珍贵的阳光。圣诞节已经过去一个月了，他永远无法忘记这个圣诞节，因为就在圣诞节的前两周，他做了一个心脏外科手术，这和他第一次做心脏手术隔了10多年。一个月来，他恢复得很好。这天，他充满期待地坐在床上，静静地闭目养神。

一阵轻轻的敲门声过后，西恩与伊丽莎白出现在他面前。

"爸爸！"两个人几乎同时喊了出来。

洛克菲勒抑制着他的激动，医生告诉他，如果想恢复健康，就不要激动。"你们好啊，亲爱的。"

"爸爸，你今天的气色好多了。"伊丽莎白走到父亲床前。

西恩拉过了洛克菲勒床前的椅子："爸爸，我们很担心你，但是许多活动都少不了我们，因此很少来看你，当我们从妈妈那里知道你恢复健康的消息时，我和姐姐就放心多了。哦，对了，姐姐拿到威斯里安女子学院的入学通知书了！"

"威斯里安女子学院？"洛克菲勒显得很兴奋，"那可是一家相当好的学校啊，伊尼，我真为你高兴。"

"可是爸爸，威斯里安女子学院的竞争是很激烈的，我怕我不适应！"伊丽莎白有些忧虑地说。

洛克菲勒沉默了一会儿说："宝贝，过来，坐在你弟弟旁边！"

"其实，有机会上这样一所名牌大学，很多年轻人一定会欣喜若狂。但他们中的大部分人，可能会因为昂贵的学费、地理上的限制，以及不够标准的学习成绩，而很不幸地无法入学。所幸的是，你没有这方面的任何缺陷。正当这一切条件都满足之时，你却对这一机会产生了消极的态度，对自己的未来充满了迷惑，这让我感到略微不安。

"作为父亲，是不能强迫女儿朝她所不情愿的方向走的。像这类在生活上受干涉的子女，我见得太多了。我想对你说的是：人生只有一回，你要好好活一场。

"我知道很多人在他35岁、45岁、55岁时常说：'我的机会少得可怜。'他们中有90%的人总是以各种借口为自己辩解，以自嘲为什么自己的人生仿佛流星一般，为什么自己没有任何的成绩。剩下10%的人会坦率承认，他们在青年时代没有向自己的人生应战。我认为这些人很可悲，他们在接到人生的挑战书时，多数场合本是具备战胜的条件的，只是由于他缺乏应战的勇气。"讲到这里，洛克菲勒有点累了，伊丽莎白将新鲜的果汁递给父亲，他慢慢地啜饮着。

伊丽莎白趁机说："爸爸，我不是不想迎接挑战，这所大学纪律严明、学术水平高、校风良好，正因为这样我更怕自己会很失败。我没有她们聪明！"

洛克菲勒听到这话，放下了杯子，问道："伊尼，你说谁聪明？"

伊丽莎白说："我未来的同学啊！"

洛克菲勒笑了："我看你是不敢面对挑战，爸爸还是了解你的。当生活方式、生活形态以及时间的使用等等无可奈何地发生了变化，你必须直面这一新的机遇。拿我来讲，当年我最难下的决心就是离开小镇上的老家，到相隔1000公里之遥的一个朋友也没有的大城市里去，可是就我而言只有这唯一的一条通往成功的道路。这是一条十分寂寞的道路，辛苦难耐。但是前途总应该有一个目标，自己为自己所预定的这一目标，至少应该尽一切可能去试试看。我拥有这份自信，接受了这一挑战，从而改变了我的一生。

"现在你也面临一番拼搏，得直面迈入一所新学校的现实。你站在人生的十字路口上。这一崭新的、比统计学的统计结果还准确得多的成功之路上，如果过分担心险阻重重而驻足不前的话，你就已经在年轻时开始了倒退的生活之路，你将比他人早20甚至30年开始叹息：'人生就这样没有给我任何机会就溜走了。'"

听到这里，伊丽莎白脸上的忧虑渐渐消退，那份本该属于她的青春朝气又浮现在她的脸上。

洛克菲勒让伊丽莎白从病床边的小书架上拿起一本《莎士比亚选集》，迅速而准确地翻到了一首小诗："人海潮起潮落，趁着涨潮时出发会带来幸运。如果不以为然，他的人生航程就会搁浅，以不幸告终。"

"我希望你们两个都能把它记下来，这是鼓舞我一生的句子。"洛克菲勒对他们说。

这时窗外阳光灿烂，室内充满了春天要到来的美妙预感，父子三人一齐望着窗外。

阿什"临别"给女儿的赠言

一代网球明星阿瑟·阿什因输血而受到病毒感染，离开了他的亲人、朋友、球迷，然而人们不会忘记他是如何呼吁抑制艾滋病的。下面是阿什临死前给7岁的女儿卡米拉留下的一封信：

亲爱的卡米拉！

当你读到这封信的时候，我或许早已不能与你交谈了。我对你来说已成了回忆。我希望我写的这封信能使你的回忆永不消逝。我盼望我能成为你生命中的一部分。

你我都期望能长相守，但我们不能想要什么就要什么，我们必须对生命中无法避免的事做好准备，大多数人都拒绝变化，即使这种变化会带来好结果。但是当你适应了所有变化后，你就有了良好的开端。

卡米拉，有些东西是永恒的。例如家庭，家庭像是又深又粗的树根，它支撑着树干，使树能抗风寒、抵雨雪。卡米拉你就是这棵树上的一片叶子，你是Afro家族在美国的第10代，你无论何时都不应忘记自己在大树上的位置。

你可能暂时不明白我在说些什么，尤其是当我对你谈起种族歧视的问题时。假如我能借给你什么，那就是一个没有沉重负担的生命，当然这是不可能的，你必须自己学会做到这点，这样你就不至于遗失快乐和财产。很可能将来某天你会组建自己的家庭，它会丰富你的生活，给你带来快乐，你将知道，大树又在生长了。

婚姻可能是你生命中将作的第二个重大抉择，而最重大的抉择将是你决定是否要个孩子。当今世界，有近一半的婚姻以离婚告终，这也意味着你必须极其慎重地选择你的丈夫。父母双全的家庭对孩子的成长是极为有益的，假如你像当今许多女性那样有一个非婚生孩子，这将令我万分遗憾。我祝愿你能最终找到一个能给你带来幸福的伴侣，祝福你有一个美满的婚姻，就像你妈和我那样。

现在的夫妇往往因鸡毛蒜皮的小事就闹离婚。在我和你妈结婚的那个晚上，我们的一位老朋友给了我们一些忠告，其中一条即是：婚姻中最重要的是能相互给予，这需要勇气，但它是通往幸福之门的钥匙。不能相互给予的夫妇是不能维系长久婚姻的。

你还必须学会如何在这个社会中生存，做到感觉良好。当我满世界跑，进行巡回比赛时，我发现，与不同类型的人保持亲密的友谊不仅是可能的，而且还能极大地丰富我的生活阅历，简而言之，与人交往价值不菲。不要限制自己，也不要允许别人限制你。我希望你有勇气与多种人建立友谊。

尽管种族歧视至今仍然存在，但以我打网球赚来的钱，你的物质生活肯定会比世界上99%的孩子好得多。你要好好支配钱，但不要让钱支配你。

卡米拉，要注意你的身体。你母亲每天锻炼1个小时，我也鼓励她这么做，我希望你将来能至少掌握两项体育运动。体育运动的迷人之处在于它会在某些时刻给你慰藉和快乐，通过体育你会更了解自己，了解你的情感和性格，并锻炼你的坚强毅力，学会如何从失败走向胜利。

在你成人的道路上，你将会首先尝试成人的事，诸如驾车、喝酒、熬夜、毒品和性。作为你的父亲，我特别担心的是酒、性和毒品。那些被酒、毒品毁掉前程的人我看得太多。在我们这个家族，嗜酒者不少，他们为此痛苦了一辈子。性乃上帝的礼物，在性方面不要太过于轻率，不要被人诱惑，遭人抛弃、遗忘，像许多伤悲的女人那样。

卡米拉，我的人生很匆忙，你将来也会发现人生匆匆。当今世界新技术、新信息层出不穷，你常会感到时间不够用。要抓紧时间，充分利用时间，但不要将自己置于时间的控制之下，总之要保持生命的平衡。

别生我的气，尤其在你需要我而我却无法在你身边的时候。我最爱陪伴你了。当我不在人世的时候，不要悲哀。我将始终爱着你。你给了我许多快乐，我却不能给你更多的爱。

卡米拉，当你在读这些文字的时候，或许我正在旁看你呢！我在对你笑，并将一直鼓励你。

我的绝妙坏诗

我8岁时就写下了我的第一首诗。

妈妈边读边嚷了起来："真美！巴德，真的是你写的吗？"

我脸红耳赤地承认了，心里充满了骄傲，妈妈赞不绝口，她甚至说只有神童才能写出如此美丽的诗篇！

"爸爸什么时候回来？"我兴高采烈地问。我简直等不得了——他呀，是好莱坞电影公司著名的剧作家，一个大名鼎鼎的大人物！我想：他一定比妈妈更能评判我的诗！

我作了充分的准备以迎接他的来到。首先，我用花体将诗好好地重新抄写了一遍，接着再用彩笔画上花边，最后，我将诗稿放在餐桌上爸爸的盘子里。

我等呀等，好不容易等到七点半，爸爸这才气冲冲地回到家中。他回来后铁青着脸大发牢骚，他埋怨同事们不跟他好好配合。

"不过，本，巴德创造了一个奇迹，"妈妈劝慰道，"他写了一首诗，写得美极啦！"

"要是你不介意的话，"爸爸打断了妈妈的颂辞，"还是让我自己来评判吧。"

在他读诗时，我的脸几乎要埋进盘子中！诗只有短短十行，但爸爸似乎读了好几个小时！我大气都不敢喘一口……终于，我听见爸爸将诗稿放回盘子里。接着，他直截了当地评判说："依我看，诗写得很糟！"

我抬不起头来。我的眼中顿时涌出了泪花！

"本，你这个人有时就是让人闹不明白，"妈妈生气了，"巴德还小，这是他学写的第一首诗，他需要鼓励。你现在可不是在工作室里！"

"世上的劣诗已经太多了，"爸爸却很固执，"如果孩子写不出好诗，并没有哪条法律规定他非得去当诗人不可！"

爸爸和妈妈为此争论不休。我再也无法忍耐。我从餐厅跑回卧室，一头扑倒在床上，痛苦地呜咽着。

风波很快就平息了。爸爸毕竟是爸爸呀！我继续写诗，只是再也不敢拿给爸爸看了。

过了几年，我回过头来重读那首诗——这时我才体会到：它果真写得很糟！后来，我壮着胆子给爸爸看了一篇我写的短篇小说。爸爸认为我写得勉强可以，只是啰嗦了点。

岁月流逝，很多年又过去了。我成了个"著名"作家，书店里在出售我写的小说，舞台上在上演我写的戏剧。今天，当我被无数"歌颂"和"批评"包围着时，我又想起了"我的第一首诗"和它引起的小插曲。我感到庆幸——我从孩提时代起，就既有爱说"真美"的母亲，又有爱说"真糟"的父亲！是他们教会了我如何对待形形色色的"肯定"和"否定"——首先我得不惧怕批评，不管这些否定意见来自何方，也不管这样"宣判"多么令人心碎，我绝不能因为别人的否定而丧失勇往直前的勇气；而另一方面，我又得在一片赞扬声中克服内心深处的自我陶醉！

"真美！""真糟！"这些似乎完全对立又相辅相成的话语，一直伴随着我在人生的道路上跋涉。它们就像两股方向相反的风——我得竭尽全力在这两股强风中驾稳我的风帆。

（美国）巴德·舒尔伯格

别客气开口 | STORY

人人都有少年时

我们先是听到"砰"的一声，接着是一阵呻吟。我和妻子赶紧冲出门去，发现我们12岁的女儿躺在车道上，一条腿在身子底下。

当天的早些时候，因为她所犯的种种"罪行"及拒不认错的恶劣态度，我们决定把她关在她自己的房间里。关门的时候，我看见她的嘴唇紧紧地抿着，眼中射出愤怒的目光。后来，出于一种反抗情绪，她想从窗户爬出来，结果却摔了下去。幸运的是，只扭伤了脚。

"好了，这下她起码在一段时间内不会到处惹祸了。"在从急诊所回家的路上。妻子长吁了一口气说，"而且，我想她得到了教训。"

我从后视镜里观察着女儿。还是那张紧抿着的嘴唇，还是那种反叛的眼神。"我们也得到了教训，"我说，"那就是我们的孩子成了个小疯子。"

"我不是疯子。"后座上一个声音咕哝着。

"好，那么你说，一个毫无理由就从二楼的窗户往下跳的人是什么？"我反问。

那天晚上，妻子对我说："我能理解你很生气，但你不该那么说她。"

"我想，我有权利这么说。"我答道："她做的事，只有发了疯的人才做得出来。她可能会摔破脑袋或摔断脊椎。然而对我来说，更可怕的是，我想她根本没意识到，她可能从此就变成一个残废。"

我心里乱糟糟的，不想再谈下去。于是我独自走出家门，想好好想一想。可我想得越多，心里就越乱。

"女儿到底怎么了？"我站在一条宽大的马路旁问自己，一辆辆汽车从我面前疾驶而过。我忽然意识到，我那12岁的疯疯癫癫的小女儿可能会毫不犹豫地冲进那几乎没有间断的车流中去。

突然，一件早已被忘却的往事又浮现在我的脑海中。12岁——不错，正是12岁。

我12岁时，我们家住在纽约市的布鲁克林区。我们一伙男孩子——大约五六个，每天放学都乘地铁回家。

我是个聪明的孩子，却并不擅长运动，我的朋友们也都跟我差不多。我们从来都做观众——不论是哪种男孩子们的运动。

也许这就是为什么我们为自己创造了这种游戏。我们叫它"海岸线大赌博！"每天放学回家时我们都要玩一遍。

铁路在布鲁克林区的大部分线路都是在地面上架设的。坐在车厢里，你可以清楚地看到铁路两旁的一切。站在站台上，你可以清楚地看到列车在半英里外的前一站徐徐启动。

这就是游戏开始的信号。我们大家马上跳下站台，站到铁轨上，把双手支在齐胸高的站台上。我们就这样站在那儿，喘着粗气。盯着逐渐向我们驶来的列车。然后，我们一个接一个爬上站台。最后一个上去的就是胜利者。

我总是输。即使是在这样一个失败者的群体里，我也是最糟的一个。有一天，我发誓一定要赢。尽管吓得要死，我也还是坚持不下去。

火车越来越近，其他的孩子陆续爬上了月台。火车只有半个街区远了，我的最后一个对手也放弃了。当火车开始鸣响汽笛的时候，我用手在站台上一撑，准备爬上去。

可是，我的肩膀突然抽筋了。我狂乱地向朋友们呼救，但是火车的汽笛声掩过了我的叫声。"你赢了"，我看得出他们在说，"还想怎么着？"

火车已经开始进站了，终于有一个孩子明白到底发生什么事。他冲过来一把抓住我的上衣，另一个男孩子也过来帮忙。他们俩一起把我拽了上来。

我还记得，火车擦着我的脚开了过去。其实，我所感到的也许只是一股气流而已。但不管怎么说，再晚半秒钟，我就会失去双脚。

我转过身开始往回走。"为什么？为什么孩子们要做这种疯狂的事呢？"

接着，我又想起了一件往事。我从部队退役后进入大学接受高等教育。可我入学时，只有教育指导一门课还没有停止注册。我无可奈何地去上课，却发现这是一门蛮有意思的课程，而且任课的是一位相当有能力的教授。

在第三周，我们被要求分析一个有关一个捣蛋的中学生的事例。他有几门功课不及格，而且差不多犯过所有曾记录在案的错误——逃学、在大厅里打架、在洗手间里抽烟，甚至还威胁一位批评他的教师。

我们该拿这孩子怎么办？我们的反应都很消极。绝大多数人建议请一位青少年犯罪心理学专家对这个孩子进行治疗。我们几乎都认定这孩子将来不进监狱也得进精神病院。

"这是个真实的事例，"教授说，"你们也许想知道这孩子后来究竟怎么样了。我对他的一切都一清二楚。你们看，我就是那个年轻人。我确实曾毫无理由地做过许多愚蠢而疯狂的事情。"

"愚蠢？疯狂？"我记得自己当时想，"像跳下站台一样愚蠢吗？像和疾驶的火车玩捉人游戏一样疯狂吗？"

"这到底是怎么回事？"有一个胆大的同学问，"是不是一个好心的心理医生帮了你？"

"不，"他说，"但是我的确很幸运，有一位老师每天放学都和我谈上半个小时。

"他能理解别人无法理解的东西。他知道我之所以那么做是因为我害怕。他知道我也想摆脱坏名声，做个好学生。从那以后我一直尽我可能做一名像他那样的教师，我终于做到了。

"我请求你们千万不要忘记，你们的工作是帮助学生树立起责任感——而不是对他们那些在成长过程中难免会出现的错误进行判决。希望你们能记住，未吃一堑即长一智对我们所有人都是很困难的——无论是孩子还是成年人，所以请千万对他们宽容一些。而且，看在上帝分上——千万不要放弃希望。"

推开家门时，我的头脑中还回响着教授恳切的请求。我似乎又感到一股强烈的气流从我右脚边擦过。

妻子盯着我看了一会儿，"你看上去好多了"。她说。

我充满信心和希望地走上楼去。我要告诉女儿，在很久以前，曾有一群男孩子，他们创造了一种游戏叫做"海岸线大赌博"。

今年将大不相同

新年的决心书与任何事情一样，你有多大投入，就可获得多大收益。从往年的结果来看，我从未进行足够的投入。然而今年大不相同。我在制定新年决心书之前，翻阅了数本完善自我方面的论著。在一切事物中要找到美……使别人觉得他很重要……类似这样的内容大约有30条。显而易见，任何人只要按我制定的一系列规定办事，生活都会很充裕，都能得到家人无限的热爱，获得整个社会的尊敬和重视。我简直等不到新年来临就迫不及待地跃跃欲试。

我拾级下楼时，我夫人正在厨房水池旁；我踮着脚悄悄走上前去，在她脖子后面吻了一下。（决心书第一条说：要主动表示爱意）她尖叫一声，把一只杯子弄掉了，她喊道："别这样偷偷摸摸地袭击我。"

"今天早上你真可爱。"为弥补我的愚蠢行为，我以讨好的语气说。（一句赞美之言价值千金。）

"听着，"她说，"待到凌晨4点才回家，可不是我的主张。"

我取了一些阿司匹林和咖啡进入了起居室。我刚刚开始阅读当天的报纸，我5岁的儿子萨米突然闯了进来。他戴着圣诞节得到的那块手表。"爸爸，"他说，"手表的指针为什么会走呢？"

要是在过去，我很可能让他去问妈妈。但这一次，我决定亲自告诉他。（经常不断地诱导孩子的好奇心。）我找了一支铅笔，开始画一张齿轮工作的草图。我大约花了15分钟，这期间萨米几次想去别处玩，但我不断地把他叫了回来。"这张图，"我终于说，"就是你手表走动的原理。"

"那它为什么不走了呢？"他问道。

他哥哥罗伊走过来，说道："你必须上弦。"

萨米给手表上了弦，然后放在耳朵旁听了听，乐了。他说："罗伊真聪明！"

此刻，我女儿格雷林，手里拿着她称之为罗宾森夫人的玩具娃娃进来了。"早上好，格雷林，"我说，"新年好，罗宾森夫人。"（要用同孩子平等的身份对待他们。）

"我们俩谁也不好，"格雷林说，"罗宾林夫人病了，可能是心脏病发作。"

"你为什么不带她去看萨米医生呢？"我建议道，"也许他能用他的新药箱为她治病。"

电话铃响了，我接了电话。原来是我女儿基特的一位朋友打来的。"新年好，玛丽琳，"我说，"你在假期里忙什么呀？"（对孩子的朋友要表示出兴趣。）她回答说没做什么事。"得啦，像你这样的漂亮姑娘，"我热情地说，"我打赌一定有男孩子围在你身边转来转去……什么？对，当然你可以跟基特讲话。当然可以。"

基特在她房里把录音机开得很响。我叩门，她喊叫了一声什么，我就进去了。她还穿着睡衣。她吼叫道："我没有说你可以进来！"

"对不起，我没听懂你的意思。"我忙向她道歉。为缓和气氛，我从地板上捡起她那件新毛线衣，把它放在椅子背上。

"我自己正要去捡呢，"她为自己辩护说，"你自己也并不总是把你的东西收拾得干净利落的！"

从楼下走廊里传来一系列痛苦的喊叫声，我下楼发现格雷林在痛哭，罗伊和萨米正要用一把童子军刀对罗宾森夫人实施开胸心脏手术。

罗伊说："她告诉我们罗宾森夫人病了。"

我建议他们雕刻一件东西送给母亲，例如做一把搅拌色拉用的勺子。（要鼓励年轻人的创造活动。）

在厨房，玛吉想知道格雷林出了什么事。

我告诉她："罗宾森夫人得了心脏病。"

"听着，"她说，"我知道昨晚喝酒以后你感觉不佳，我已原谅你了。但对你这挖苦人的俏皮话我受够了。若不在意的话，请你把垃圾倒出去。"

"我非常乐意从命。"我说。（即使做最微不足道的事情，只要热心从事，也可能获益匪浅。）

"你瞧你又来了，"她说，"难道你非经常挖苦人不可吗？"

看来我的新年决心书执行得并不像书本上写的那样成功。尽管如此，我仍没有失去信心。我帮助男孩子堆雪人。只是萨米把双脚弄湿了，罗伊丢了一副连指手套，他俩回屋去了。我和格雷林玩球拍捡六角儿游戏，但她说我玩的方法不对。我转而开始找话同基特交谈，尽力想建立一种友好关系。我的话涉及了流行音乐、男女间的约会、道德等问题，然而她却少言寡语。事情进行到这一步，任何其他人都会认输不干了。但我还是不断地努力。例如把圣诞树拆下来是一件令玛吉头痛的事情，所以我想我来替她做这件事情，让她大吃一惊。（要替你妻子做一件事，她会因此而喜欢你的。）

当工作进行到三分之二的时候，玛吉进来了。她一下子惊呆了，止步不前。"哦，别，"她喊道，"我本要它原样留在那儿，今晚的聚会要用的。你能不能老实下来看看电视里的足球赛，好吗？求你了。这是你新年第一天最爱的事。"

我说："今年非同往年。"

"对，"她说，"可不是吗？"她坐了下来。"我发誓，我真不明白，"她继续说，"孩子们整天无可理喻。我看到男孩子用刀削我那根最好的色拉搅拌勺。然而他们竟敢说是你授意干的。格雷林的一枚六角儿弄到吸尘器里了，而她说她从来没有乱丢过六角儿。基特情绪非常恶劣，她说玛丽琳今天上午给她来电话，而你甚至没有告诉她，你还盘问人家男朋友的事。"

"别说了，"我说，"我只是想闲聊几句而已。"孩子们吵吵闹闹，一个个蹭到屋里来了。

"你以前从不喜欢跟人家闲聊，为什么现在要开始呢？"

"因为是新年第二天。"我向集合在周围的人解释有关的书本，我的新年决心书，以及我想取得的成绩等等。大家都缄口不语。孩子们只是站在那儿不安地传递眼色。

"一个男子想完善自己，"我说，"他想做一位更体贴的丈夫，一位更慈善的父亲。"

"我们都想使自己更完善，"玛吉说，"只是你如此高高兴兴，做任何事情如此为别人考虑，看来反而不自然。如果孩子们做错了什么事，你大发雷霆，他们都知道如何对待。但你却如此心平气和——"

"对，"基特说，"你听到我放的录音机声音太响，看到地板上的衣服，却一言不发，只是微笑，真使我毛骨悚然。"

罗伊说："我今天遇到的麻烦比我记忆中任何一个新年遇到的麻烦还多。"

格雷林说："我认为你不过去玩六角儿时更好一些。"

"还有高声训人，"萨米说，"还说见鬼去，都比现在好。"

"行啦，"我粗声粗气地说，"够了。我想方设法要做一个好父亲，但是我却没有从你们的眼睛里看到一点谢意。实际上你们这些孩子根本不值得有一个好父亲，甚至不值得有我这样的父亲。"

我不停地走来走去，并用手势来加强我的观点，"我看你们才真正需要制定一份新年决心书。例如做家庭作业，清扫房间，不要乱动勺子，等等。当我命令你们做事的时候，你们要立刻跳起来去执行。"

我伸手扶住被我碰得摇晃起来的灯罩。"还有……"这时，我突然发现屋子里的气氛有些异常。孩子们都懒散地躺在地板上，互相耳语着，我转向玛吉。"有什么可笑的？"我问道，"难道我闹了什么笑话吗？"

"没有什么可笑的，"她说，"我们只是很高兴看到你又变回原来的样子了！"

（美国）威尔·斯坦顿

儿子和列车

在德国的一个火车小站里，一位扳道员正要走向自己的岗位，去为一辆徐徐驰近的列车扳动道岔。这时，在铁轨的另一头，还有一辆火车从相反方向隆隆驰近车站。假如他不扳道岔，这两辆火车就会相撞，酿成巨大的灾难。

这时，他无意识地回了一下头。突然，他发现自己的小儿子正在铁轨的那一端玩耍，而那辆开始进站的火车就驰在这条铁轨上。

怎么办？他可以立即飞奔过去，把儿子抢救上站台。但是，迎面驰来的列车上将会有数百人面临丧生的厄运！

他强忍巨大的痛苦，决定不违反自己肩负的安全职责。这位工人向他的儿子大吼一声："卧倒！"随即快步奔向岗位扳动了道岔，一眨眼工夫，这辆火车安全地进入了预定的铁轨。

他的儿子由于平素就习惯了服从长辈的命令，没显出丝毫的慌乱，立即笔直地躺倒在铁轨中央。一列满载的火车从他的头顶呼啸着飞驰而过。

车上的旅客们毫不知道，他们的到来给一颗崇高的心灵带来了多么巨大的痛楚，他们的生命也曾如千钧悬于一发。那位父亲向着儿子的方向狂奔而去，不敢想象儿子那惨不忍睹的情状。然而，他的儿子活着，而且未受一点损伤！

据说，德皇知道了这位扳道工人的勇敢举动，就派人去把他召来，奖给他一枚荣誉勋章，一方面是奖励他极端尽职的行为，另一方面则是感谢他教育出一个遵从纪律的儿子。

一个家庭的遗产

我永远也忘不了1965年那炎热的夏天，妈妈突然死于一种医学上都无法解释的疾病，时年仅36岁。当天下午，一位警官拜访了我父亲，征得爸爸同意，医院将要取出妈妈的主动脉膜及眼角膜。我几乎完全被眼前这一事实击昏了，医生要解剖妈妈，把妈妈身体的一部分移到别人身上！我这样想着，冲出屋子，眼泪夺眶而出。

那时我14岁，我还不能理解为什么有人可以把我深深爱戴的人割裂开来。但爸爸却对那位警官说："好吧。"

"你怎么能让他们那样对待去世的妈妈，"我冲着爸爸哭喊着，"妈妈完整地来到这个世界，也应该让她完整地离开这个世界。"

"琳达，"爸爸温和地对我说，用手臂环绕着我，"你能献给人类的最好礼物就是你自己身体的一部分。你妈妈和我很早以前就决定了，如果我们死后能对别人的生活产生好的影响，那么我们的死也就有意义了。"

那天，爸爸给我上的这堂课成了我一生中最重要的一部分。

数年过去了，我结了婚拥有了自己的小家庭。1980年，爸爸患了严重的肺气肿，就搬过来和我们一同生活，在以后的六年里，我们花费了大量的时间探讨生与死的问题。

爸爸高兴地告诉我他去世后，不管怎样都要将身体的一部分捐献出去，特别是要捐献眼睛。"视觉是我能给予别人的最好的礼物，"爸爸说，"如果能帮助一个双目失明的孩子恢复视力，使他也能像温迪那样画马，那对这个孩子来说是多么幸福和激动的事啊。"

温迪是我的女儿，一直都在画马，还曾多次获得绘画奖。

"想象一下，如果盲童像温迪一样能够绘画，那么做父母的该多么自豪啊，"爸爸说，"如果我的眼睛能使盲人实现绘画的愿望，那么你也会感到骄傲的。"

我把爸爸的话告诉了温迪，温迪的眼泪夺眶而出，她紧紧地拥抱着外祖父。她当时不过14岁——与我被告知要捐献母亲器官时的年龄相同，可是我们两人又是多么不相同啊！

爸爸于1986年4月11日去世了，我们按照他生前的愿望捐献了他的眼睛。三天后，温迪对我说："妈妈，我为你替外祖父做的这件事感到骄傲。"

"这怎么能使你骄傲呢？"我问。

"您当然值得骄傲，您想过吗？什么也看不见该是多么的痛苦，我死的时候也要像外公那样把眼睛捐献出去。"

直到这时我才体会到，爸爸付出的不只是眼睛，他捐献了更多的东西，那就是闪现在温迪眼睛里的骄傲。

当我怀抱着温迪时，我几乎不知道究竟发生了什么事，我在捐献说明书上签名才不过两个星期。

　　我的美丽、聪明的温迪在路上骑马时，被一辆卡车撞成重伤。当我看着捐献书时，温迪的话一遍又一遍地在脑子里闪现：您想过吗？什么也看不见该是多么的痛苦。

　　温迪去世后三个星期，我们接到一封来自俄勒冈州狮城眼库的信，信中写道：

　　亲爱的里弗斯先生、里弗斯夫人：

　　　　我们想让你们知道，眼角膜移植手术获得了成功，现在两个双目失明的盲人又重见天日了，他们视觉的恢复象征着对你们女儿的最好纪念——一个热爱生命的人分享了她的美丽。

　　不管走到哪个州，我似乎都会看到，一个接受捐献的人对马有了新的爱好，并能够坐下来画马。我想我知道那个被捐献的人是谁，那一定是金发碧眼、一生都在绘画的可爱的姑娘。

（美国）琳达·里弗斯

奇迹的名字叫父亲

奇迹的名字叫父亲

很久很久以前，在一艘横渡大洋的船上，有一位父亲带着6岁的儿子去美国和妻子会合。一天，当男人在舱里用水果刀削苹果给儿子吃时，船却突然剧烈摇晃，水果刀插进他的胸部。

男人慢慢地站起来，在儿子不注意之时用大拇指揩去了刀锋上的血。

以后的三天，男人照常照顾儿子，带他吹海风，看蔚蓝的大海。仿佛一切如常，但儿子尚不能注意到父亲每一分钟都比上一分钟更衰弱，他看向海平线的目光是如此的忧伤。

抵达的前夜，男人来到儿子的旁边，对儿子说："明天见到妈妈的时候，告诉她，我爱她。"说完，在儿子的额上深深地留下一个吻。

船到美国了，儿子在人潮中认出了妈妈，大喊："妈妈！妈妈！"就在此时，男人已经仰面倒下，胸口血如井喷。

尸解的结果让所有人惊呆了：那把刀无比精确地插进了他的心脏，他却多活了三天，而且不被任何人发觉。唯一可能的解释是因为创口太小了，使得被切断的心依原样贴在一起，维持了三天的供血。

这是医学上罕见的奇迹。医学会议上，有人说要称它为大西洋奇迹，有人建议要以死者的名字命名。

一位坐在首席的老先生一字一句地说："这个奇迹的名字叫父亲。"

出人意料的遗嘱

一位富商，英年早逝。临终前，见窗外的市民广场上有一群孩子在捉蜻蜓，就对他四个未成年的儿子说："你们到那儿给我捉几只蜻蜓来吧，我许多年没见过蜻蜓了。"

不一会儿，大儿子就带了一只蜻蜓回来。富商问："怎么这么快就捉了一只？"

大儿子说："爸爸，我是用您送给我的遥控赛车换的。"富商点点头。

又过了一会儿，二儿子也回来了，他带回来两只蜻蜓。

富商问："你怎么这么快就捉了两只蜻蜓？"

二儿子说："不，我把您送给我的遥控赛车租给了一位小朋友，他给我3分钱，这两只蜻蜓是我用两分钱向另一位有蜻蜓的小朋友租来的。爸爸，您看这是那多出来的1分钱。"富商微笑着点点头。

不久老三也回来了，他一共带回来10只蜻蜓。

富商问："你怎么捉了这么多蜻蜓？"

三儿子说："我把您送给我的遥控赛车在广场上举起来，问，谁愿玩赛车，愿玩的只需交1只蜻蜓就可以了。爸爸，要不是怕您着急，我至少可以收18只蜻蜓。"

富商拍了拍三儿子的头。

最后回来的是老四，他满头大汗，两手空空，衣服上沾满尘土。

富商问："孩子，你怎么搞的？"

四儿子说："我捉了半天，也没捉到一只，就在地上玩赛车，要不是见哥哥们都回来了，说不定我的赛车能撞上一只落在地上的蜻蜓。"

富商笑了，笑得满眼是泪，他摸着四儿子挂满汗珠的脸蛋，把他搂在了怀里。

第二天，富商死了，他的孩子们在床头发现一张小纸条，上面写着：孩子，我并不需要蜻蜓，我需要的是你们捉蜻蜓的乐趣。

你永远是部长

"他将是一位部长。"儿子刚出娘胎，父亲就断言道。

"你，靠着当公务员的那么一丁点儿薪水，还能把我们的儿子培养成部长？"母亲深表怀疑。

"那么，光因为我薪水低，他就不能当部长吗？林肯以前在森林里砍过柴，后来还当上了美国总统呢！"

"那是在美国。"

"那又怎么样？再说，我对儿子也不抱那么大希望，我只指望他成为一名部长。"

"好托姆，别说这些了。"

"首先，我们去请部长当儿子的教父。"

"部长不会答应的。"

"为什么不答应？我在他的办公室已经工作两年了。"

"他是个非常重要的人物，亲爱的。"

"就是因为这个嘛，有了重要人物当教父，孩子也就马上跟着重要起来了。"

"部长先生是那样的忙，你自己说过的，他哪会有时间给穷人的孩子洗礼。"

"会有的。他对我非常尊敬，完全是平等的态度。今天我就去请他。"

他这么做了。部长虽然不能前来，但是派了一名代表。这跟部长亲自来并不差了多少。当提及孩子的姓名时，父亲毫不犹豫地大声说：

"部长。"

"什么？"神甫大为惊讶。

"叫部长，先生。"

做母亲的插话说："好托姆，我们不是商量好叫他安东尼奥·德法迪马吗？"可已经晚了，父亲已打定主意了。

在民政事务所里，众人都感到迷惑不解：

"为什么叫部长？"

"这是我起的，因为我认为这是个好名字。"

"这不是专有名字啊？"

"可我本人认为非常专有。不是有一家姓部的吗？这家出了不少著名人物，如医生、演员等等。"

"是有那么回事。"

"那就得了，我的儿子叫部长，就这样。部长·阿尔维斯·达西尔瓦，一个将来对祖国有用的公民。还有其他的事吗？"

孩子的名字就这样登记了。

他长大了。在学校里，起初大家都觉得这名字滑稽，倒像个绰号，但后来也就习惯了，不是还有比这更古怪的名字吗？部长的学习成绩在班里并非名列前茅，也并非倒数几名。

孩子长成了小伙子，但机会的大门还从未向他敞开过。他徘徊在黯淡无光的职业和官僚阶级的下层之间，结果像父亲一样当上了机关的公务员。后来，他不断得到擢升。

"我不是说了吗？"父亲兴高采烈地说，"他开始高升了。"

孩子升到的最高职位是在部长的办公室里当差。

"部长，部长先生在叫你。"

"部长，给部长先生的咖啡准备了吗？"

"部长，知道是谁给你打电话了吗？是部长先生的夫人。她说你答应去修下水管的，可你忘记去了。"

"部长！你竟在上班时间打呼噜！"

开始闹出乱子来了。

"部长的电话。"

"哪一个的？部长还是部长先生？"

"这个部长真是笨蛋！竟让我在这张沙发椅上坐等了一个小时！"

"对不起，议员先生，您这是在侮辱部长先生。"

"我？我？我是在骂那个畜生，那个……"

最后才弄清楚那个畜生是指部长，就是公务员——多乱！

政府部长见到这一些混乱现象，就向助手吩咐道：

"想法让这个人把名字改一改。"

"这不可能，部长先生，这是他的荣誉称号。"

"那就别让他在我眼前露面。"

于是，他被打发到了一个一般机关的一般部门。他向退休的父亲抱怨说，叫部长这个名字不会把他引向高官厚禄，相反却耽误了他的前程。

"但是，我的儿呀，今天你在阴沟里，明天你就会上甜面包山的。你没有什么可抱怨的。有那么多重要人物为当上部长争得汗流浃背，成天望着天空，观察是否福星高照。而你呢，却已经是部长了，你一直是部长，生下来就是！这是你的权利！你不必依赖任何政府，可以永远是部长。一直到死！"

父子俩抱头痛哭。

（巴西）安德拉德

因为爸爸

当我第一次学开车时，爸爸会载着我绕城镇一小圈，有时候，妈妈要求我们在药店前停一下并为她买一些东西。我的停车技术受到严峻的考验。

所有的车都停在药店前面的红砖道上，在所有停车地点都设有大水泥阻挡物，以保持车和建筑物间的安全距离。当我们到达药店时，只剩下一个两边都停了车的停车位，我很顺利地把车停进去。

我的爸爸要我再停进去一点，因为车子的屁股还停留在街道上，我奋力地踩下油门，没有控制好力道，车子的前轮冲上阻挡水泥墙，差一点就撞上房屋的墙壁，我吓了一大跳。爸爸在一旁看到这景象，甚至连眉头也没皱一下，他告诉我说："我们必须倒车，所以把挡换到倒挡再踩油门。"

因为我们很相信爸爸，所以我照他说的做了，但是很不幸的，当我们倒车时，轮胎偏了，所以我们刮伤了旁边的车，而且更糟的是，那辆车是我妈妈的一位好朋友所拥有的。

我开始哭了起来，而且很紧张地看着爸爸，我想他一定气得想杀了我。但是他只是看着我，很平静地告诉我说："宝贝，恭喜你了！现在你是一位真正会开车的人。"他让我把车开回家，并告诉我说："如果你现在不开，你永远都不会再开车了。"

圣诞包裹

我是在中西部的一个小镇——密歇根州的德克斯特长大的。自从我从那儿搬走后，每年在12月的头两个星期内，我们都会收到从德克斯特寄来的圣诞包裹。它不仅带来了节日的礼物，还带来了精神的慰藉，带来了我对童年的宝贵记忆，使我仿佛又回到了当时简单而甜蜜的生活中。

这个盒子很沉，外面用牛皮纸包着，再用胶带牢牢地固定。多年来，上面的地址一直是我妈妈写的，我对她那漂亮的字迹再熟悉不过了。但现在上面的地址却是我爸爸写的。

盒子里面有包好的、给我家每一个人的小礼物，有厨房用的毛巾、一瓶OS须后水和樱桃夹心巧克力，还有谁也不吃的果糕以及给孩子们的礼物。不管孩子们的年龄多大，送给他们的礼物似乎总是像给10岁孩子的玩具。除了玩具，他还会送给每个孩子一个红包。随着年纪越来越大，我爸爸也越来越节俭。有一年他送的红包是10美元，第二年是5美元，然后变成了1美元，最后变成了粘在一张卡片上的三枚25美分的硬币。

圣诞包裹中最感人的是那些没有包装的礼物——心灵的礼物。这些礼物每年都会触动我的心灵，将我的思绪带回家乡。今年第一件礼物是一袋密歇根州的树叶！我小心地展开这些薄薄的彩色树叶。我最喜欢把树叶举到灯下，透过叶片看树叶上细致的叶脉。我仿佛又看到了密歇根州的秋天。小时候，我喜欢把路边的树叶像草垛一样堆成一大堆，然后跳进树叶堆里面。我还记得我躺在树叶堆成的巢穴里时，盖在我身上的树叶发出的气味和声音以及用手摸上去的感觉。我深深地吸了一口有点发霉的树叶气味，仿佛又有了那种舒适地躺在树叶堆里的惬意、温馨的感觉。等我玩腻了那些树叶，爸爸就会把它们烧掉。我会把从后院那棵老栗子树上摘下来的栗子扔进火堆里，等着它们爆裂开来。直到上床后很长时间，我还能闻到空气中的淡淡烟味，听到火堆不时有栗子爆裂的声音。我静静地回忆着，几乎可以感觉到火堆的热浪扑到我的脸上，听到干枯的树叶在火堆里发出的劈劈啪啪的碎裂声。

另一件礼物是美洲南蛇藤。这是一种鲜黄色的植物，果实成熟后会像爆米花一样裂开。爸爸每年都会沿着乡村的土路采集南蛇藤。看着这束晒干后用厚胶带绑起来的植物，我不禁想起了妈妈。她总是会在壁炉上的深蓝色花瓶中插上几支南蛇藤，为灰暗的冬季带来一丝亮色。

到了春天，妈妈会给花瓶换上褪色柳。这是大自然发出的第一个信号，预示着冬天即将过去。在妈妈去世以前，她总是会在圣诞包裹中放上一束南蛇藤，现在爸爸仍然保持着这一习惯。我把这束干枯的植物放在妈妈的蓝色花瓶中——现在这个花瓶已经在为我家的壁炉增添色彩了。

　　圣诞包裹中总是会有一瓶桑德斯奶油巧克力酱。这种酱实在太好吃了。我告诉我的孩子们这是毒药，然后一个人躲在浴室里——房子里唯一的隐秘处——偷偷地吃。奶油巧克力酱使我想起了20世纪50年代同爸爸妈妈一起去底特律购物的经历。因为我们住在一个小镇上，去一趟城里需要很长时间。爸爸总是受不了购物的辛苦，逛一个小时左右，他就会带着报纸、咖啡和面包圈回到车上等着。我和妈妈则会把整个购物中心逛个遍。如果是在圣诞节前夕，我就会央求爸爸等到天气变冷、下雪后再去购物，因为这时每一个角落里都会有一个圣诞老人。我喜欢拥挤的人群，喜欢大商场和大商场橱窗里的装饰，喜欢听圣诞颂歌，喜欢看救世军在街角上摇着铃铛。我尤其喜欢从温暖的商场走进外面的冰天雪地里的感觉。我们还会去一趟桑德斯冰淇淋屋。我们会在柜台边等到一个空位，坐在黑色的皮凳上，花25美分点一份巧克力圣代加一杯冰水。圣代是放在铺有纸餐巾的银盘里送上来的，纯正的法式香草冰淇淋顶上还有一匙香滑的奶油巧克力酱。不需要加什么奶油泡沫或樱桃了，那样只会破坏圣代的美味。当我打开圣诞包裹，抚摸着熟悉的奶油巧克力酱瓶时，不用打开瓶子我也能感受到那股香甜的巧克力味道。

　　圣诞包裹里也绝不能没有密歇根苹果！爸爸想出了许多有创意的苹果包装办法。有时用锡箔纸，有时用塑料袋，有时还用报纸。爸爸在每一个苹果上都贴着一个小标签，上面写着："又红又甜，适于食用"、"古典美人，适于烹饪"、"苹果电脑，口感松软"、"乔纳森，好好保存"等。当然，这些苹果使包裹变得非常重。每当在圣诞节收到包裹通知单时，我都会赶快去邮局取包裹。当他们抬出一个沉重的包裹，整个邮局弥漫着苹果香味时，我就知道我的圣诞包裹来了。这些在树上成熟的密歇根苹果是家里寄来的包裹中最后一件礼物。

　　今年，爸爸告诉我，他已经老了，并暗示他可能不再寄圣诞包裹，而改寄一点儿钱作为圣诞礼物。当时我的心一阵绞痛。"不要今年停。爸爸，求求你，不要今年停。"我默默地想。

　　今年过得特别艰难，痛苦和损失都比往年大。我真希望生活中的这种惯例、这种与以前一样的东西能够再多保留一会儿。它会使我暂时相信，有些东西是永远不会改变的。

　　我真是喜出望外！12月6日，一个硬纸箱被送到了我家门前，送货人把它交给了我。我立刻就意识到，这就是圣诞包裹。包裹上的字迹和德克斯特邮局的邮戳对我来说实在是太熟悉不过了。我把这个沉甸甸的箱子拖进家门，撕开坚韧的胶带，打开盖子。一股熟悉的苹果甜味立即溢满了整个房间，泪珠也顺着我的脸颊悄悄地滑落。我被家人暖暖的爱意包围着，爸爸又一次让我"回家"过圣诞节了。

爱的力学

他是一个研究力学的专家，在学术界成绩斐然，他曾经再三提醒自己的学生们："在力学里，物体是没有大小之分的，主要看它飞行的距离和速度。一个玻璃跳棋弹子，如果从十万米的高空中自由落体掉下来，也足以把一块一米厚的钢板砸穿一个小孔。如果是一只乌鸦和一架正高速飞行的飞机相撞，那么肉体的乌鸦一定会把钢铁制造的飞机一瞬间撞出一个孔来。"

他说："这种事在苏联已经屡次发生过，所以我提醒大家注意，千万别抱幻想把高空里掉落的东西稳稳接住，即使是一粒微不足道的石子！"

那一天，他正在实验室里做力学实验。忽然门被"砰"的一声推开了，他的妻子惊恐万分地告诉他，他们那先天有些痴呆的女儿爬上了一座四层楼的楼顶，正站在楼顶边缘要练习飞翔。

他的心一下子就悬到嗓子眼，他一把推开椅子，连鞋都没有来得及穿就赤着脚跑出去了。他赶到那座楼下的时候，他的许多学生都已经惊慌失措地站在那里了。他的女儿穿着一条天蓝色的小裙子，正站在高高的楼顶边上，两只小胳膊一伸一伸的，模仿着小鸟飞行的动作想要飞起来。看见爸爸妈妈跑来了，小女儿欢快地叫了一声就从楼顶上起跳了，很多人吓得"啊"的一声连忙捂住了自己的眼睛，他的很多学生紧紧抱住他的胳膊。看到女儿像中弹的小鸟般正垂直下落，平时手无缚鸡之力的他突然推开紧拉他的学生们，一个箭步朝那团坠落的蓝色云朵迎了上去。

"危险——"

"啊！"

随着一声惊叫，那团蓝云已重重地砸在他伸出的胳膊上，他感到自己像被一个巨锤突然狠狠砸下，腿像树枝一样"咔嚓"一声折断了，眼前一黑就什么也不知道了。

他醒来的时候，已经躺在医院的抢救室里两天了。他的脑子还算好，很快就清醒了，可是下肢打着石膏，缠着绷带，阵阵钻心的疼痛让他忍不住倒抽冷气。他那些焦急万分的学生们对他说："你总算醒过来了。你站在高楼下面接孩子真是太危险了，万一……"

他笑笑，看看床边自己那安然无恙的小女儿和泪水涟涟的妻子说："我知道危险，搞了半辈子力学，我怎么能不懂这个呢？只是在爱里边，只有爱，没有力学。"

爱没有力学。一只雌鸟虽然害怕一粒小小的子弹对自己翅膀的射击，但当一只比子弹大得多也重得多的雏鸟从巢口坠落时，它会闪电一般毫不迟疑地迎上去；一头母牛带着牛犊遭遇野狼袭击时，它会用自己的肉体和鲜血去护卫自己那幼小的牛犊……

在爱里，除了一种比钻石更硬的爱的合力之外，再没有其他力学，爱是灵魂里唯一的一种力。

父女换心

1994年8月21日，美国密歇根州一家医院里气氛显得格外庄重严肃。世界上首例"父女换心术"即将进行。

献出心脏的姑娘名叫帕蒂，22岁。接受心脏的父亲切斯特·舒伯是位农场主。

舒伯50多岁，患心脏病已经20年了，曾先后5次进行胸腔手术，饱受了开刀之苦。1990年年初，医生明明白白地告诉舒伯，要挽救他的生命，最好最彻底的办法，只有"换心"。于是，舒伯到美国"换心登记中心"办理了手续。当时，"中心"的管理人员对他说："我不得不告诉您，您可能要等5年以上。因为心脏病是美国发病率最高的疾病，每年有数以百计的符合手续的病人排队换心。这已经是医生严格控制的人数。实际上，要求换心的人每年高达1000人以上。不过，运气好的人可能快一些轮到。祝您好运！"

漫长的"生命排队"开始了。这是最痛苦的等待。因为在这个阶段，从某种意义上说，医院的任何治疗都只是"苟延残喘"而已。谁能等到换心的这一天，谁就可能再活一段时间。而在这之前，有许多患者随时都有可能命归黄泉。

这也是最需要安慰的等待。帕蒂深深地知晓这一点。那时，正是她准备报考护士学院的最紧张的复习迎考阶段。不过，她仍然抽出时间来陪伴父亲。而父亲正是在这段日子里，第一次详详细细地向女儿讲了自己的艰苦创业史；在无人肯耕种的处女地上，烧荒移石，整理开垦，挖沟修渠……有一年深秋，他发了高烧，仍然像牛一样在田野里拼命干活，不幸晕倒，掉进冰冷的河中，因此诱发了病毒性心肌炎和风湿性心脏病。

一天，学院的"医学道德"课聘请美国有名的"器官捐献"鼓吹者理查森作讲演。在梯形大课堂里，理查森以当今世界许多生动感人的实例，说明"人体器官捐献是人类最崇高的奉献"、"是自己对他人最无私的爱"。

富有感染力的演说深深地打动了每一位听众。当场就有不少人上台发言，表示愿意进行"自愿捐献器官"的登记。

帕蒂这位纯真、富有爱心的姑娘按捺不住了，她恨不得马上就去登记。不过，她还是想征求一下父亲的意见。

回家后，她将自己的打算告诉了父亲，父亲当然毫无保留地支持她。帕蒂非常高兴，第二天便在忙碌的学习和打工的间隙，办好了一切手续。

日子一天天一月月地在流逝，排在舒伯前面的人，有的等不及了，在轮到他们前，死神已经召唤他们了。有的虽然在与死神的"生命赛跑"中，终于"领先一步"，上了手术台，但因种种原因，不久他们仍然长眠不醒。令人伤悲的是，与世长辞的大多是中年人。

舒伯的心脏功能越来越差了。为了预防不测，他不得不装上了时下在欧美严重心脏病人中流行的"皮下心脏起搏器"。它植入腹部皮下，当病人一旦心脏停跳，它可以起到刺激心脏再起搏的作用。

一天，舒伯收到了"换心中心"寄给他的一份通知。他急切地打开一看，只见上面写着："我们十分高兴地通知您，目前您已经排到了第一位。下一个换心人就是您。您知道，当一颗心脏从别人体内取出来后，装入您胸腔的时间越早，它的生命力越强。植入时间是否及时，常常会决定手术的成功与失败。因此，您务必做好一切准备，一旦接到正式通知，您必须在1小时内就到达医院。"

当夜在晚餐桌上，当舒伯将它读给全家人听时，大家都忍不住欢呼起来。帕蒂更是情不自禁地像孩子一样雀跃。她拥抱着敬爱的父亲，热泪夺眶而出。

然而，一件谁也意想不到的事居然发生了。

一天，帕蒂因要准备毕业论文而到田纳西州去收集资料。

可是由于需要收集的材料较多，加上她又到超级市场去为父亲买了生日礼物，以至于这天凌晨她准备赶回家时，时间已经很紧了。

她只能将车开得飞快。偏偏天公不作美，下起了雨。

车驶到名闻遐迩的田纳西州大烟山国家公园旁时，雨越来越大了。帕蒂一不小心，撞上了公园石墙。只听到一声巨响，帕蒂被抛出车外，失去了知觉，半小时后，她被值勤的巡警救到医院。此时，她已生命垂危，奄奄一息。

在强心针的刺激下，帕蒂的眼睛终于轻轻动了一下，嘴唇也在微微翕动。富有经验的医师马上将耳朵贴近她的嘴巴，只听见她断断续续地说："把我的心脏……送给……我的爸爸，这是我……最后的礼物。"

当时在场抢救的医师忠实地将帕蒂的"遗愿"转告了"换心中心"和她的家属。"换心中心"立即请求医院将帕蒂的心脏妥善取出，冷冻保藏。

帕蒂一家人闻讯，无不大惊失色，悲痛欲绝；舒伯更是如五雷轰顶，当场就昏过去了……

虽然，按照有关规定，器官的捐献者无权决定献给谁，反过来，接受者也无权指定要谁的器官。这是因为器官移植的"配对"是相当复杂的。医生必须考虑到数十种乃至几百种因素，才能决定某种移植是否合适。

可是在诸多因素中，最重要的是是否会产生"异体排斥"及其程度。

世界人体器官移植界早已公认，目前人体器官移植的最大障碍是"导体排斥"，而心脏则是排斥性最大的器官之一。而换心亲属的血缘关系越近越好，因此最佳的换心人是"第一直系亲属"。但由于范围实在太小了，因此人类至今为止还没有一例。而亲生的女儿同自己的父亲无疑属于"第一直系"。

美国数学家皮尔逊认为，舒伯同帕蒂的"换心巧合"，其概率小到几亿分之一。有关部门自然当即就同意这一手术。帕蒂的心脏立即从970公里外，火速空运到密歇根州。

新闻传播媒介早已将这个难得的"珍闻"，进行大量报道。它果然引起了轰动，特别是成千上万中年人的密切关注。舒伯收到了大量的来信。来信最多的是中年人。有一封中年人的来信中有这样一句话，让舒伯激动不已："能获得女儿心脏的人是世界上最幸福的父亲。"还有一封信中的这样一句话也让舒伯久久难忘："中年的我衷心祝愿您女儿的心脏能让中年的您，变得像您女儿一样年轻。"

进行手术的一天终于到了。美国医学界早就认定手术不管成功与否，都将在人类器官移植史上留下值得纪念的一页。因而，有关的卫生保健组织这一天都在手术前，纷纷赠送给舒伯有意义的礼物。

美国中年人保健协会送的是一大束密歇根人非常喜欢的"州花"——苹果花。花束上还扎着一条飘带，上面写着美国19世纪作家G.W.寇第斯的名句、时下在美国脍炙人口的名言——"幸福首先在于健康"。

该州的最大城市——底特律市的中年人卫生康复联合会则赠送了一幅当地一位有名的画家画的一只展翅欲飞的该州"州鸟"——"旅鸽"，象征他不久就会在生活的舞台上重新"起飞"。

而舒伯最珍视的礼物除了帕蒂的心脏外，则是在她的翻倒的汽车上找到的遗物，一张她认认真真地写上17世纪英国著名诗人G.赫伯特的名言"一个父亲胜过一百个教师"的纸条。

舒伯曾多次动情地对人说："帕蒂很可能准备将它放在送给我的生日蛋糕上。"

手术果然进行得相当顺利。

舒伯刚刚从手术麻醉中苏醒时，立刻就感到胸中有一颗心脏在有力地跳动！一种对未来生活的强烈自信心立刻支配了他的精神世界。虽然还未康复，但是他马上以坚定的口气，提出了他的手术后的第一个要求："等我几天，让我参加帕蒂的葬礼。"

帕蒂的坟墓上摆满了许许多多的人送来的花圈和鲜花。舒伯悲伤至极，感慨不已。蓦然，他的耳边响起了这样的亲切的话语："爸爸，不要太伤心。我没有离开您。"他觉得，这分明是帕蒂的声音！

"我的女儿没有死，我听到她的声音了！"舒伯不由自主地叫起来了。

人们都惊愕地望着他……

从此，舒伯同帕蒂开始了惊心动魄的"身心对话"。

他时时感到女儿在自己的心中，真真实实地活着。舒伯常常不无自豪地说："她已经化作了一个小小的生命，在她生前敬爱的爸爸的胸膛中活生生地存在！"

两轮脚踏车

当我11岁的时候，我担任专职歌手的爸爸得到佛罗里达州迈阿密海滩的一个演唱工作，所以，我和爸妈从新泽西州的亚特兰大市举家迁移到佛罗里达去，然而当一切安排就绪的时候，没想到爸爸的工作却出现变动，使得他只好打许多零工以维持生计。

眼见圣诞节即将到来，我的心里一直期待能收到一部两轮的脚踏车当礼物，不管是什么颜色都好，这个渴望一直萦绕在我的脑中，念念不忘。然而，我并没有常常提起它，因为我知道妈妈和爸爸已经为了生活费伤透脑筋，更何谈买一部多余的脚踏车。虽然我的双亲总是会想办法为我准备一份特别的圣诞礼物，但我也不敢心存奢想。

平安夜那天，我做梦梦到那部我渴望已久的两轮脚踏车。然而，我却不知道，当我睡着的时候，爸爸搭了很远的公车，从迈阿密海滩到迈阿密城去找人为我买了一部脚踏车，然后，他骑着脚踏车从迈阿密市——跨过许多的桥，穿越许多的高速公路以及很多交通干道，才回到我们位于迈阿密海滩的公寓。

圣诞节早上，当我睁开半睡半醒的眼睛，第一眼就看到一辆亮红色的两轮脚踏车，我是那么的惊喜，觉得自己是全世界最快乐的小女孩，而且我有一位全世界最好的爸爸。

那年圣诞节，爸爸给我的不只是一部亮红色的脚踏车，他带给我的是他全部的爱，现在我也长大了，而且也有自己的家庭，所以我更能确定父亲给我的爱是那么的无私与不求回报。

拐弯处的回头

一天，弟弟在郊游时脚被尖利的石头割破，到医院包扎后，几个同学送他回家。

在家附近的巷口，弟弟碰见了爸爸。于是他一边蹺起扎了绷带的脚给爸爸看，一边哭丧着脸诉苦，满以为会收获一点同情与怜爱，不料爸爸并没有安慰他，只是简单交代几句，便自己走了。

弟弟很伤心，很委屈，也很生气。他觉得爸爸"一点也不关心"他。在他大发牢骚时，有个同学笑着劝道："别生气，大部分老爸都这样，其实他很爱你，只是不善于表达罢了。不信你看，等会儿你爸爸走到前面拐弯的地方，他一定会回头看你。"弟弟半信半疑，其他同学也很感兴趣。于是他们不约而同停了脚步，站在那儿注视着爸爸远去的背影。

爸爸一步一步向前走去，好像没有什么东西会让他回头……可是当他走到拐弯处，就在他侧身拐弯的刹那，好像不经意似的悄悄回过头来，很快地瞟了弟弟他们一眼，然后才消失在拐弯后面。

虽然这一切都只发生在一瞬间，但却打动了在场的所有人，弟弟的眼睛里还闪着泪花。当弟弟把这件事告诉我时，我有一种想哭的感觉。很久以来我都在寻找一个能代表父爱的动作，现在终于找到了，那就是——拐弯处的回头。这个动作写尽了父爱的要义。

～✿◈✿～

爸爸的警告

父亲和我在看录影带，荧屏上出现的是我2岁大的侄儿卡麦伦，嘴里衔着汤匙。我知道爸要说什么，一个字也不差，我几乎跟他同时说出："他会绊倒，汤匙会戳进喉咙。"

接着的镜头是卡麦伦绕着咖啡桌跑。"他会撞到桌子，把头碰破，"父亲惊惶地说，"应该给桌角包上软垫。"

我说："可不是嘛，真想不到他们居然摆上家具！"

爸莞尔一笑。他听惯了我嘲笑他的种种告诫，如同我听惯了他不论什么都大惊小怪，警告大家小心。要是我父亲办得到，他会把全世界所有尖的角都包上软垫。他跟天下所有的父母一样，总以保护子女为念。他又是公共卫生事务医生，对平常环境里似乎无关紧要的危险特别敏感。

记得有一次，我在朋友家把一团烘小甜饼的生面塞到嘴里，竟无人提到这会引起沙门氏菌中毒。在我家里，"你噎住了吗"和"你洗了手没有"都是常听到的话。海姆立希施救法（食物梗塞时迅速用力压挤腹部，把堵塞气管的东西顶出来）在我家是极受重视的技能。

爸总警告我们，餐馆里危机四伏，侍者也许把热咖啡洒在你头上，或者厨师没有洗手，诸如此类。如果我们嗤之以鼻，他就会举出他任职纽约市卫生局局长时期的实例。

时装也可能有危险。几年前，他把我的一件大衣拿走，不许我穿，理由是下摆太长了。有时候我问他为什么，觉得倒像是问起为什么家里有个怪人被赶到阁楼上去住一样。爸就把大衣穿上身，以自己做例子说明问题有多严重。"你瞧，我穿都嫌太长。而且料子太重，会把你拖倒。"

"我没听说过有谁因为大衣太重而受伤的。"

他会说："你要开第一个例子吗？在这里剪短就行了。"

我们必须当心种种天然威胁，天气只不过是其中之一。一直到今天，我每走近离树枝还有几米处，耳边总响起他的声音："当心戳到眼睛。"

我们小孩子当然常有不听父亲告诫的时候。我们遭遇过骨折、咽喉堵塞、触电、车祸、生病；如果我们肯听他的话，不从滑梯顶上跳下来，不嘴里含着东西乱跑，不在真空吸尘器还没停就拔掉插头，不开快车，不跟狗亲嘴，很多乱子就不会发生。

我们兄弟姐妹几个忆起旧事的时候，总记得爸吩咐我们上体操课别跳弹床，以免脊骨受伤，又传授我们他发现的驾车左转秘诀。我们会打电话给弟弟，告诉他报纸上报道有个人患了和他同样的过敏症，快要死了，或者打给妹妹，叫她当心百叶窗帘含铅太多。

现在爸有了新一代要教导。他的孙子孙女很快就学会他那一套，一看见清洁剂就摇手说："危险！"家庭聚餐时，3岁大的玛格丽特会对2岁的堂弟说："那一口咬得太大，会噎住。"那天大家走的时候，侄女跟爷爷说再会，关照他："当心一点啊。"我们听罢全笑了。

有一次周末回家探视双亲后，父亲开车送我到火车站。我等火车时，看见他的车还在停车场，知道他要亲眼看到我平安上车。他会走上通往对面月台的楼梯，一直站在月台上，看着火车抵达，看着我离开。

等我坐定，看见他开车走了，心里油然生出要保护他免受人间险恶之害的念头，就像他总是想保护我们那样；他为我担忧、照顾我、叫我放心，我希望我也能叫他放心；火车开动了，我低声说："当心一点啊，爸。"

趁双亲还健在

我不曾问过自己，我为什么爱戴并继续爱着我的双亲，尽管他们早就与世长辞。但是，我要说，在他们仙逝之后，我反而对他们爱得更深远。这是为什么呢？

首先，直到现在，在我成熟以后，我才真正认识到他们是怎样的人，他们都为我做了些什么。他们为了我往往不顾自己，甘愿牺牲。

在我父亲卧床不起，病入膏肓时，为了让我去上学，他决定卖掉一块葡萄园和一头公牛——实际上是家里唯一的一头公牛。虽然他本身需要帮助，需要为自己的病痛买些补品，但即使在这种情况下，他仍然没有为自己着想而是为我操心。他用被子蒙住浮肿的双腿，装出一副健康的样子，舍不得花掉用来看病买药的"保命钱"，以这种方式缩短了自己所剩无几的寿命。

他为了我卖掉了葡萄园和公牛，我却没有说一声"谢谢"。现在，没有说出口的这声"谢谢"使我越发感到沉重和悲哀，因为我父亲永远也不会听见这句"谢谢"了！

直到中学毕业，我才意识到父亲为我所做的一切，对他充满感激和惋惜之情。因此，我下定决心，只要拿到我挣来的第一笔钱，我就给他买些苹果。因为他需要这样的营养品，而在我家居住的巴尔干山村是买不到苹果的。我今天推到明天，明天推到后天，终于在一个春日，得知了父亲于夜间逝世的噩耗……直到现在，在我父亲逝世二十多年以后，那些未买的苹果依然如鲠在喉。

我同母亲的关系也是如此。她有幸比我父亲活得长久，活到我"找到差事"、盖了新房的时候，她搬来同我一起住在山林里，后来又住进城里——她此时已年迈，身体瘦小，成天蜷缩在乡下人穿的连衣裙里，手掌上布满了终年劳累结下的厚厚的研子。她盯着我的眼睛，对我沾满树叶的一身制服流露出不悦的神情，问题出在我很少回家看她。我公务缠身，感觉不到时间的流逝——主要是由于最后一种原因，我未曾同她促膝谈心，让她高兴高兴。我这是因为害羞呢，还是因为难为情？

确确实实，那时的农家生活十分严酷，当父亲的从来不叫母亲的名字，总是直呼"他娘"，没有一丝一毫外露的怜悯和温柔！我在这样的环境中长大，学会了隐藏自己的感情。我爱我母亲，敬重她，但是，我没有叫过她一声"亲爱的妈妈"或者"好妈妈"……这些没有叫出口的字眼也如鲠在喉，可我现在已经无人可叫了，我想，我是多么愿意高高兴兴地叫她一声啊，但我的母亲再也听不见了。

正因为如此，我要对所有那些爸爸妈妈都还活着的人们说：趁他们还健在时，去爱他们吧，说出对他们的爱吧！一定！这是因为，明天或许就晚了，到那时，那些没有说出口的感激的话语、爱的话语将如鲠在喉，使你感到沉重和痛苦，无法解脱！

如果你想为父母买些苹果，你就赶快出手。如果你想说声"谢谢"，你就马上说出口。因为或许再过一刻，你和你的双亲，将永远失去快乐。

（保加利亚）海托夫

❧☙

一把备用钥匙

在我的成长过程中，我的父亲总是会停下手头的工作，认真聆听我上气不接下气地诉说发生在我身上的事。对他而言，没有任何话题是受到限制的。我13岁时，四肢瘦长、笨拙，父亲训练我如何像淑女一样站立和走路。17岁那年，我疯狂恋爱了，我为追求学校的一名新生而征询他的意见。他建议我："保持谈话内容的中性色彩，并且问问他车子的状况。"

我遵循他的建议，也每天向他汇报："泰芮走到我的储藏柜找我呢！你猜怎么着？泰芮牵了我的手耶！""爸爸，他还邀请我跟他一起出去！"随后泰芮跟我持续交往了一年多，不久，父亲便开玩笑地跟我说："我可以教你如何掳获一个男人，但最难的是怎么摆脱掉他。"

我大学毕业以后，已准备好要展翅独飞。我接受加州寇群拉一所学校特殊教育的工作。寇群拉是离我家乡大约170英里远的荒芜小镇，这不是一份理想的工作。学校对面的贫民区房子，是吸毒者的天堂。天黑后，街上的混混便在学校四周闲晃，而我教的10至14岁情绪不稳定的少年，很多都已由于在商店行窃、偷车或纵火而被逮捕过。

"小心一点！"在我一次例行返家时，父亲警告我。他很关心我一人独居的安全问题，但我已经23岁了，我既天真又热诚，很想自己独立。此外，教书工作在1974年时并不好找，所以我能找到这份工作已经很庆幸了。

"不用担心！"我把行李堆上车，准备启程返回工作地时，我安慰他说。

几天后的一个傍晚，放学后我留在学校处理班上的事情。结束后，我关上灯，带上门，然后朝大门走去。门上锁了！我环顾四周，每个人——包括老师、管理员和秘书——已经全部回家，没有人知道我还在那里，我被困在学校内进退不得。我太过专注于工作，才忘记了时间。

检查过所有出口后，我发现学校后门下方勉强可以挪出一个小通道。我把皮包先塞过去，然后躺下慢慢穿过缝隙。

我取回皮包，走向停在建筑物后方空地的车子时，有几道阴森的影子也穿过校园。

突然，我听到说话的声音，扭头查看，发现至少有八名高中年纪的男孩跟着我。他们就在几尺外，即使在黑暗里，我仍可看出他们是街上的混混。

"嗨！"其中一名叫道："你是老师吗？"

"不，她太年轻了——一定是助理！"另一个人说。

我加快脚步。他们继续嘲弄我。"嘿！她长得蛮可爱的嘛！"

我拼命加快速度，手伸进背包取钥匙圈。我心想只要我手中有钥匙，便可打开车门进去……我的心猛跳不止。

我疯狂地翻遍了整个皮包，就是找不到那个钥匙圈！

"嗨！我们去抓那个小妞吧！"一名男孩叫着。

"亲爱的上帝，请救救我吧！"我暗自祈祷。突然间，我的手指在小钱包内摸到了一把钥匙。我甚至不知道那是不是我的汽车钥匙，但我还是拿了出来，紧握在手中。

我跑步通过草坪来到车边试了钥匙，锁开了！我打开车门溜进去，立刻再将门反锁——就在那些青少年围住我的车子踢着车门、捶着车顶的千钧一发之际。我全身发抖地扭开引擎，将车开走了。

稍后，几名老师陪我一起返回学校，我们拿着手电筒找我的钥匙圈，我们就在我穿过的后门地上找到了它。

再返回公寓时，电话铃正响着。是爸爸打来的，我不想让他担心，所以没有告诉他我惊险的遭遇。

"哦！我忘了告诉你！"他说："我帮你备了一把汽车备用钥匙，放在你的小钱包里——以防你哪天用得上。"

直到今天，我仍将那把钥匙珍藏在我的衣柜里。每次我把它握在手里，我便会想起多年来父亲曾为我做过的美好事情。即使他现在已经68岁，而我也40岁了，我仍旧依赖他的智慧、指引和安慰。我觉得最不可思议的是他善解人意地多备了一把钥匙，救了我一命的故事。最重要的是，我了解到一个简单的爱的行动便可让不同寻常的事情发生。

金子做成的儿子

20世纪20年代，父亲还是个毛头小伙子，他离开老家山东去寻找财富。1949年以后，他在韩国的釜山市定居下来。

因为父亲曾在上海的一家贸易行做过学徒，所以他在韩国也是靠这行起家。朝鲜战争结束以后，父亲的生意兴旺起来，那时他的照片都是意气风发、踌躇满志的，而我小时候的玩具则是父亲收集的派克笔。

情况在我一岁的时候发生了变化，我被诊断为小儿麻痹症。父亲给了我最精心的照顾，我们的釜山邻居都惊讶于父亲怎么舍得花那么多钱给我治病，即使在多年以后，他们也仍叫我"金子做成的儿子"。同样，他们也惊讶于父亲的财产突然消失得那么快。

在我刚患病不久，一个远房亲戚主动帮我找了几个医生，由此获得了父亲的信任。后来他把父亲介绍给一些人，这些人说服父亲投资在釜山建一家旅游饭店，就在这个8层大楼还没有盖好之前，我父亲发现他已经掉入了一个陷阱——那些人席卷他的钱后逃之夭夭，饭店被迫停工。我父亲也被迫变卖大部分财产还债。

　　一个雨天的下午，父亲被迫出门卖我家的电话，那副样子，我一生难忘。

　　父亲的生意垮了，他也不再是当地华人社团的领导，唯一令他安慰的是我们的房子保住了，全家人不至于流离失所。

　　父亲凭他写得一手好字，打得一手好算盘，得以养活全家。他离开釜山，到其他城市做了会计。几年以后，母亲去世了，父亲回到釜山，找到一份为华人联合会收钱的工作。每天为收集这些微不足道的小数目，父亲疲于挤公共汽车，走街串巷，挨门挨户。给我印象最深的是，尽管父亲的工作很卑微，但他却非常在意自己的仪表。不管什么季节，什么天气，父亲总是穿着平展干净的外套，洗得雪白的衬衫，打着漂亮的领带。而到了晚上，父亲会坐在桌前全神贯注地整理当天的账目，他打算盘的速度极快，声音清脆悦耳，最后，他会欣慰地说："一分也不差。"

　　父亲就是这样使我们的生活十分安逸，尽管我们的家境贫寒，家里的收入一部分来自父亲有限的薪水，这个数字还不够他以前富有时和朋友吃一顿饭的钱，另外一部分收入靠出租房屋。

　　我上中学时开始对父亲很不满意。一天，一位朋友告诉我他父亲在遭受失败后又怎样东山再起的故事后，我对父亲更是瞧不起，我在头脑中种下了怀疑的种子：为什么父亲不能再重新开始？他那时刚50岁，正立是一个男人的事业高峰期啊。

　　我开始觉得父亲每天白天忙于收集小钱，晚上用算盘一分分算账的工作是多么无聊，多么没前途，我怀疑父亲是不是因为懦弱，没有勇气重新再来。

　　我也不能忍受父亲对我的那些老式说教。他担心我将来在社会上无法容身，总是教育我要谨慎小心。我想他这种对生活的悲观态度，一定是受人欺骗所致，他的说教让我很不以为然。

　　两次激烈争吵后，我与父亲陷入冷战状态，彼此不说话。

　　18岁后，我到台湾去上大学，从此一直愚蠢不孝，直到许多年后，我自己也经历了许多事情，才又同父亲联系。幸运的是，我终于和父亲恢复了良好关系，而且就在那时，我意识到原来父亲一直都在等着我回去找他。

　　尽管我们生活在不同的地方，但我们尽可能地写信或见面，父亲总是说话很少，许多次我问他究竟被别人骗去多少钱，他只是笑笑，什么也不说，但我们之间却似乎更了解了。

　　一天下午，父亲读完我的信后午睡，从此再也没有醒来，他走的时候很平静。

没过多久，我终于真正地理解了父亲。那是我40岁时，自己的事业经受了一次严重的挫折，我投入了8年的心血，刚刚坐上主席的位置，公司却危机重重。我沮丧极了。

一天，给祖宗上香后，我仿佛觉得父亲站在了我的面前，拍着我的肩膀笑着说："我的好儿子，这没关系，你才40岁，还可以从头开始。"

慢慢地，我从低谷中走出来，重新开始了我的事业，最重要的是，我终于明白父亲为什么不告诉我他的王国是怎样变成碎片的，我终于明白为什么父亲在曾经拥有那么多财富后，能够满足于后来简单清贫的日子，我甚至明白了父亲为什么在做着收钱那么卑微的工作还如此注意仪表。

那是因为一个热爱工作的人是不会为失误解释或寻求借口的，热爱工作的人即使在做最微不足道的工作时也会兢兢业业，热爱工作的人会永远抬起头往前走，无论顺境逆境。成功或失败在他们看来都是机会的问题。

一天我乘出租车与司机聊天时，知道他的女儿在1964年患了小儿麻痹症，"最初，我以为只是感冒，"司机说，"可后来，我发现她不能站立，一碰她的膝盖，她就会摔倒，我想，完了，是小儿麻痹症。"我想，司机接下去会说，"她以后可怎么过呀？"但是，司机说的却是："我想，我们要过一段节衣缩食的苦日子了。"

听着他讲这么多年来借了多少债务，我想起了父亲，当我生病时，他本来可以不用为我花那么多钱治病的，间接地因为我，父亲从家财万贯变成了一贫如洗。

我第一次意识到现在我同正常人看来并无区别的关节里原来有父亲这么多的金钱投入，有这么多的关怀与爱，我真是一个用金子做成的儿子啊。

这么想着，我的眼泪夺眶而出，滑过我的脸颊，我使劲儿忍住不让自己在出租车里哭出声来。

父亲的爱

多年来，我一直认为父亲不易表达感情，他很少喜形于色，至少很少在我面前表现出来。虽然他已经68岁，而且身高只有175厘米左右，但在我这身高182厘米、体重

120公斤人的眼里，他还是显得巨大无比。在我看来，他好像永远都是个严厉坚决、屹立不摇的执法者，很难得露出一丝笑容。

在我还小时，他从未对我说过他爱我，而我也从未拿这个问题来问他，我以为自己只希望父亲能为我感到骄傲。等到我大一点，我母亲成天老是跟我说"我爱你"、"我爱你"。我从来没想过，父亲怎么从没跟我说过这句话；也许我心底深处其实明白，父亲是爱我的，他只是未曾说出口罢了。而仔细想想，我自己好像也从来没有跟他说过我爱他，后来要不是我被迫面对真实的死亡，恐怕我仍然不会认真思考这些问题。

1990年11月9日，我收到通知，说我所在的国家防卫队即将移防，参与名为"沙漠之盾"的军事行动。我们将先前往印第安纳州的班哈瑞森要塞，然后直接朝中东的一个阿拉伯国家进军。收到通知时，我已经在防卫队待了十年，虽然我很清楚，我们受训的目的就是为了参战，但我并没有认真想过，我们会真的被派出去作战。我去看我父亲，把这个消息告诉他。我可以感觉得出来，他对我的即将远行有些不安，不过我们俩都没再多说些什么。八天后，我就上路了。

我们家有很多亲戚，都曾经出生入死，为国作战。我父亲和一个叔叔参加过第二次世界大战，两个哥哥和一个姐姐则曾经远赴越南战场。

我想到要离开家人到战场上报效国家，虽然百般不愿，却也明白这是我的职责所在。我暗自祈祷，希望父亲能因此为我骄傲。我父亲在"国外战役退伍军人协会"非常活跃，一向鼎力支持培植军事力量。我因为从未真正参战，没有资格参加"国外战役退伍军人协会"，我因此觉得自己好像辜负了父亲的期望。不过我现在终于来到此地，我这个父亲心目中的小儿子，终于奉派离家九千英里远，来到一个以前几乎从未听过名字的陌生国度参与一场神圣的战役。

1990年11月17日，我们的部队护卫着军事器材，缓缓离开密西根州格林威尔的乡间。两旁街道上挤满了来送行的家人与亲友。车队接近市镇边缘时，我透过卡车上的窗户，看见自己的妻子、孩子和母亲，他们全都一边挥手，一边流泪，只有父亲一个人静静站在那里，几乎像一尊雕像。在那一瞬间，不知道为什么，他似乎显得格外苍老。

感恩节来临时，我仍身处异地，无法和家人共进晚餐。每年到了这个时候，我们家总是很热闹，我的两个姐姐、姐夫会带着他们的孩子来，还有我们这一家人，大家聚在一起，共享晚餐，因此，无法回家让我感到很遗憾。感恩节过后几天，我打电话给我太太，她告诉我一件事，让我对父亲的看法从此改变。

奇迹的名字叫父亲 | STORY

我太太很清楚父亲处理感情的保守态度，而当她告诉我这件事时，我可以听出她的声音不断颤抖。她告诉我，感恩节那天，父亲一如以往，朗诵了他的感恩节祈祷词，不过在后面多加了几句话。随着祈祷词接近尾声，父亲的语调也逐渐哽咽，最后在一滴泪水滑下脸颊的同时，他说："亲爱的上帝，请以您的双手，看护、引导我的儿子瑞克，在他报效国家、急需帮助时，引领保护他，并带他平安回到我们身边。"话说至此，父亲已泣不成声。我以前从来没有见过父亲掉泪，此时听说他哭，我也忍不住开始哭泣。妻子在电话那头问我怎么回事，我努力镇定下来，然后说："我想爸爸是真的爱我。"

八个月后，我离开战场，重返家园。我迫不及待奔向自己的妻子儿女，一个个拥抱他们，泪流满面。当我来到父亲身边时，我也向他伸开双臂，重重拥抱着他。他在我耳边轻声说："儿子，我为你骄傲，而且我爱你。"我直视着他的双眼，用双手捧着他的头，"这个男人，我的父亲"。我心想。然后我说："爸，我也爱你。"我们再度拥抱，两人都潸然泪下。

从那天起，我和父亲的关系彻底改变。我们多次促膝深谈，我才知道原来他一向都很为我骄傲，而我们也不再害怕彼此说"我爱你"。我只是觉得很遗憾，我们要花上29年，而且还要经历一场大战，才能培养出这种关系。

新娘子的爸爸

去年，我被推上了做新娘子的爸爸这等候良久的角色。可我对此却无半点儿准备。我总是这样想，当我陪着吕贝卡走在通道上的时候——她，身穿白色飘垂的礼服，妩媚动人；我，泰然自若，且自豪——我会细细地回想她孩提时代某些富有纪念意义的时刻，或者在痛苦中难过而又甜蜜地思索着：以往这一切的养育是怎样转变成了眼前这一刻啊！我的女儿，打扮成了新娘子的女儿，正成长为这美丽可爱的女人。

事实上，很不幸。当我和她走在通道上时，我一样也没去想，我根本不能想，我害怕。

几星期以前，那股子紧张劲儿就开始了，而且根深蒂固起来。我愈来愈担心，觉得还是不再胡思乱想为好，把注意力集中在走完通道而且又用不着准备担架所必备的条件上。通道简直成了我挨鞭子受罚的夹道。有天晚上，教堂里空空的，我溜进去看了看通道，长得令人作呕。

四周没人时，我在我执教的大楼各走廊上练习走道儿。不一会儿，我为把自己摆弄成叫人看了要局促难堪的样子而感到十分懊丧。于是，我停了下来，心想我算是无可救药了。这一事实于婚礼前一夜在教堂内独自进行的"彩排"上被证实，我呆头呆脑，上下哆嗦个不停。我沮丧地意识到，这样练习也将无济于事：假如我今天这么糟，那我明天经过了练习会更不堪言。

第二天到了，我没想错。当许多人在教堂里就座时，我得脚步敏捷地穿过，我得举止谨慎，免得人家发现我在发抖。不料，当我停下来想看看自己是否镇定时，"咚"的一声把我吓了一跳，原来是我的右脚跟儿重重地在跺在了地板上。

比颤抖更要命的是眼泪。我这个人有个毛病，好流泪，是个近于流泪狂的人。我曾经因为几日很糟的天气而哭过，为一只死去的蝴蝶落过泪，为某些有伤感气息的电视广告而哭过鼻子。所以，今天我异常的警惕，因为一滴眼泪便能使人扫兴。

婚礼开始了。5名身着粉红色长服的伴娘由身穿灰色无尾礼服的教堂招待员伴同着，沿通道仪态端庄地徐徐走来。她们步履从容，全然是艺术的美。可是我没遇上过婚礼的场面（我们私奔了），这次是我的处女航。

那一刻来到了。吕贝卡手挽着我的胳膊，我们站在通道的一端。教堂内鸦雀无声，所有的人都站着转过身来，看着我们。奇怪，我觉得很镇静。顿时，管风琴的乐曲《新娘子到》奔泻而出，乐声高奏，欢乐优美，令人难受。哦！太令人难受了。

我和女儿移步向前时，一股热泪夹着咸味直冲而来。我又镇定了一下，昂首直视，谁也不看。

走了大约三分之一了，脸面刚要抽动，右胳膊上觉得轻微的一按，把我唤醒到另一个更容易忍受的现实上来。原来是我的女儿的手抓住我上臂的内侧，我感到她的手指头在轻轻地一按。

这轻柔、脆弱的一按，使我走了神的神经着实一惊，但顿觉又是意味深长的一按。它表明，面对着未知的一切，面对着往下的几步以及即将步入的未来，她有些紧张，需要鼓励。她在尝试着非她莫属的勇气。她的尝试开发了我身上储藏的我未感觉到的勇气，不过为了她，我可以装出这副勇气来。侧目看去，她的面纱在抖动。我不知道怎样去纠正才好。我突发奇想，要是我们俩同时抖动，就不会那么引人注目了。

脑瓜里尽是这些怪念头，不知不觉走到了圣坛前。我把她交给等候在那里的新郎，然后退到后面。牧师问是谁嫁出这位女人，我回答说："她母亲和我。"声音很低，听起来尖声尖气，很像野鹅的叫声。这时我应该坐下了，就像我当初练习的那样。可我还是惊奇地呆在那里，看上去又像哭又像笑。牧师低声提醒我："你可以坐下了。"这时整个仪式停了下来。我像一件挂在木钉上松散的旧外套一样，又站了片刻，这才反应过来。当我在长凳上坐下来时，心头顿时涌进了宽慰的感觉。不在人前显眼了，这多好啊！

在随后的仪式上，我又抽空自找烦恼——在眼泪一阵阵的威胁下，回忆我刚才的表演有没有令人不安的地方。我携着女儿沿通道走过时，脚步一点儿都不轻快吗？我事实上没有把仪式中我们的那一段进行得太匆忙吧？

后来，在筵席上我问及此事。大家异口同声地夸我，说我像演员一样，步履珊珊地走过了通道。

我和女儿跳舞时，她肯定地说，当初我如果步子再走得慢一点儿，她就会紧张得跌趴在地上。我感到轻松多了，甚至觉得有点儿胜利了。我边跳舞边笑，她的面纱都在抖。我们承认我们都患上了严重的"婚礼面部痉挛症"。我的眼泪又上来了。我说："亲爱的，我们走过来了。"她双眼湿润，默默地把面颊依在我的肩上——同意我说的话。

我回想起她在通道上的轻轻一按，回想起我们走不下去然而最终坚持下来的那一刻。我们跳着华尔兹进入了最后的几拍，这时我感到那一刻正化作那些未来的时刻，它将作为纽带把我们永远维系在一起。

（美国）里查德·潘都尔

〰〰〰

老人与黄昏

她敲了敲那扇古色古香的大门，便伫立等待。她漫不经心地摆弄着腕上的手表，时针指向四点半，他一定在家。

春天，乍暖还寒。天空中乌云涌动，黄昏即将来临。

只要双脚踏进家门，乌云便会消失，寒意便会退去。他一定像每个星期天的晚上一样，快步走来开门。他从门镜中观望一下，继而笑容满面地把门敞开，忙不迭地表示欢迎并询问孩子们的情况。

老人若看到孩子们就站在她的身后，脸上立时绽出孩子般的微笑，快步趋前，将他们一个接一个地抱过来，举向空中。孩子们心花怒放，欢快的尖叫声此起彼伏。她尾随着祖孙几个走进屋里，脸上挂着发自心底的真诚的笑容。老人在久已习惯的位置落座后，便开始讲故事，房间里洋溢着欢乐的气氛。

啊，这是他的脚步声。他那喜悦的脸很快就要凑近门镜……像往常一样，在一连串的问候之后，他便询问有什么新闻和最新出版的书籍。他饶有兴趣地倾听归来的孩子们的谈话，递过去他们尚未阅读过的报刊。随后便以孩童般的眼神追逐欢快嬉笑的孩子们。孩子们沉浸于电视节目之中的时候，他穿上那件洁净的大袍悄然而退，不多时便带回来点心、巧克力和水果。孩子们一拥而上。大点的孩子连声道谢，怪他不该劳累自己。大家开心地品尝着，房间里充满欢快的气氛。这时，他高兴极了。茶大概早已准备好了——一杯又香又提神的滚烫的红茶和一盘去皮的油炸巴旦杏仁端到她面前。像往常一样她笑道："辛苦了，爸爸！"他微笑着答道："不累。除了我谁还给你们烧茶？你们想让我变成不能动弹的呆头呆脑的老头吗？"每当这时，她都会感到无限的幸福，老人也因女儿的到来幸福地微笑着。他的眼睛炯炯有神，他那坚持劳动和运动的身躯虽经岁月的消磨却仍充满着活力。

终于，她听到了门闩声，她的心由于企盼而悸动着。她渴望投身于室内，拥抱温馨和慈爱，尽情地呼吸家庭的芳香，解除旅途的疲劳，荡涤心灵的尘埃，让身心一片清纯。门终于开了，她的母亲出现在门口，神情疲惫。

"欢迎你，我的女儿！这些天你到哪儿去了？天气很冷！你们好吗？"

她快步走上去，拥抱着母亲，顾不上回答她的问话。

她轻快地跨过房门，急忙奔向客厅。客厅空无一人，显得凄凉。她瞥了一眼卧室，他大概在那里做祈祷。她刚要进入卧室，突然发现卧室门上挂着帘子，气氛沉闷。她不由自主地嘟囔道："爸爸呢？"

她环视一下宽敞的房间，然后望着母亲，等待答案。

然而，当她看到床上厚厚的毛毯高高隆起，顿时愣住了，像是被钉子钉在原地。

毛毯下面，一双消瘦的手颤巍巍地露出，异常缓慢地伸到茶几上面，黄瘦的手指哆哆嗦嗦地摸到水杯，试图端起它。水杯倒了，水洒了出来，从茶几上流到毛毯的边缘。

"爸爸！"她惊叫道。

他的头靠在高高叠起的毛毯上。

"爸爸！"她急切地又喊了一声。

老人睁开了眼窝深陷的双眼，他两腮塌陷，十分憔悴，好像一下子老了十岁。

"是你吗？你好，我的女儿。"他声音嘶哑。

她三步并作两步来到父亲的床前，不断地吻着老人的面颊，用以掩饰她的惊慌和悲伤。

"你的脸怎么这样苍白？"

"你瘦了，爸爸。病成这个样子，他们为什么不告诉我？"

"两个星期就病成这样子。"

她坐在老人的床前，极力掩饰着悲伤和令人痛苦的失望。她倾听母亲叙说父亲如何患病，如何延医，如何诊治，心情十分沉重。

她那忧伤的目光一直没有离开父亲。她简直不敢相信，这位眼窝深陷，身体羸弱，蜷缩在病榻上的老人就是她深爱着的父亲。父亲对她的爱是无与伦比的：父亲曾送给她许多洋娃娃和其他玩具，给她慈爱；在她忧伤的日子里，父亲曾擦干她的眼泪，教会她勇于奋斗并热爱生活。

她不敢相信，顷刻间翠柏倾倒，阳光暗淡，笔直的枣椰树干会断裂。

她注视着父亲的脸庞，试图说点什么，以驱散忧郁的乌云，但她欲言又止。她渴望靠近他，拥抱他，亲吻他的头，问他为什么不和自己说话，为什么不像往常那样向她打听新消息和最新出版的书籍，为什么不亲手端来热茶和去皮的巴旦杏仁，为什么这样羸弱地躺在床上……他一向如巍峨的大山迎风而立。

但愿眼前这一切只是一场噩梦。但愿睁开双眼看到以往的岁月再现，又重把他吸引到孩子们的身边来，再看到他的笑脸，汲取他心灵中那无限的财富，为自己苍白空虚的日子珍藏些美好的回忆，永不失去岁月给予她的这份宝贵馈赠。

她试图说些什么。但她嗫嚅着，忍住几乎夺眶而出的泪水。

老人抬了抬眼皮，盯住她的面庞。他明白女儿双目中的含意，听得懂她的嗫嚅低语和沉默，从她的脸庞上感到了快慰。

"日子还长着哪，黑夜总会过去……"

他试图讲些什么，以减轻她心中绝望的痛楚。他感到话语就像令人疼痛的烧灼的子弹鲠在喉间。他感到窒息，剧烈地咳嗽起来。他那瘦弱的身躯不停地振动着，颈部青筋暴凸，眼睛憋红了。她连忙递过一杯水，擦去他那疲惫的双眼中涌出的泪水。她扶着他的头，将水杯凑到他的嘴边。她触到了他的灼热的体温。

她悄声问道："药呢？难道药不起作用吗？"

他的头无力地靠在枕头上，目光淡漠，咳嗽声减弱了。她坐在父亲的身边。母亲叹了口气，一声不响。父亲喘息着无力地闭上了眼睛。他的呼吸渐趋平静，继而昏昏地睡去。她低语道："爸爸！我还没走，你怎么就睡着了？"

"你怎么这时候就睡了？你一向是最后一个入睡的。"

老人眼睑低垂，什么也没听到。但她仍然记得，每当黄昏时分，他总是在办公室工作，也许会一直忙碌到深夜。有时电话铃响起，他拿起听筒问道："哪一位？你们都在家吗？孩子们好吗？……好的，我这就来。工作明天再干吧。"

正是这黄昏时分，钥匙在锁眼中转动——他来了。迈着让年轻人嫉妒不已的轻盈步伐走进室内，浑身充满活力。孩子们跑过去，小鸟般地依偎在他的身旁。他高兴得无法形容。从衣袋中摸出糖果、笔和小画片，送给孩子们，然后坐在他们中间，讲故事，念诗歌。

母亲端着茶走进来。

"这些日子我们就是这样过的！"母亲叹了口气，眼含责备的目光。

她试图解释为何没能来探望。但是，此时任何话语都失去了意义，只有尘埃迷漫在昏暗夜色中。

她走近窗户，稍稍撩起了窗帘，望着大街。

夜幕已经降临。忧郁的灯光在城市的上空颤抖着。她注视老人，眼窝深陷的眼睛紧闭着，细细的皱纹变成了岁月辛劳的沟壑，疲惫的脸上和清瘦的双手染上了蜡黄色。天色已晚，她得走了。她站了起来，向窗外望了望，静静地走出房间与母亲道别。

"我得走了，去赶七点钟的末班车。我会给你们打电话的，我明天再来。"

她走在大街上，全身都裹在夜幕之中。

"我就会回来的。过去的一切还能重现吗？以前我为什么没有认识到那时光的价值？"

路灯昏暗，落日余晖变成条条哀伤的红线洒落在建筑物上。行人变成了移动着的黑影，街道暗淡而布满了尘埃。她的身后，是那个充满着孩提时代幸福的家。她走向漫漫的长路，走向劳累和未知，步履蹒跚。突然，她听到一声尖叫，这叫声撞击着她的心房，这叫声发自她身后的家。

眼前的路灯都熄灭了，破碎了。她周围所有的黑影都飞走了，只有那呼救声充满了时空。地狱的钟声已经敲响。

她回头望去，太阳从她家的屋顶上完全落入了可怖的深色的血海之中。她拔腿向落日处奔去，向最后一条光线奔去。她飞奔着，残阳那暗淡的血色刺花了她的双眼，使她感到一阵阵眩晕，老人那忧郁的形象在眼前闪现，惊愕的城市燃烧起来。

她一口气飞奔到那紧闭的大门前，她的心悸动着，双手拼命地敲打大门。推开大门，与母亲撞了个满怀，母亲惊诧不已。她跑到屋里，俯在病榻前，掀起盖在老人脸上的被单，她看到了一双惊恐的眼睛。

她拥住那张亲爱的脸。母亲的问话使她清醒过来：

"你怎么了？我的女儿！"

她抬起头，目光穿过窗户逃向那被封闭着的天际："没什么！今天我不回去了。我赶不上夜班车了。"

在沉寂中，挂钟里的木鸟叫了第七声后回到了巢穴。

爱的赛跑

140个中学长跑选手，忐忑不安地站在起跑线上，心里盘算着即将展开的3英里越野赛跑，青春的脸焦虑得忽然显得老了几岁。他们个个都是苦心锻炼的运动员，读中学时差不多每天要跑5英里到15英里，准备在这最后见高低的密西根州中等学校越野冠军赛中一显身手。

对一个名叫比尔，个子瘦长，笨手笨脚的选手来说，这场比赛的意义，远较争取体力胜利为重大。

比尔是我们的儿子，这场比赛，是他18年来抗拒挫折失败最重要的一次挣扎。

这是他最后一次奋斗。他结果会得到心里盼望已久的胜利，还是会遇到使他精神瓦解，就此一蹶不振的失败？

选手在起跑线上各就位置，比尔面色苍白，神情紧张。我不知道他是否真有资格参加这场比赛。大部分参加赛跑的人都比他体力强，跑得快。可是至今还没有人发明一种天平，能衡量一个年轻人的奋斗心有多强，或测定他的决心有多大。比尔的内在力量能使他得偿夙愿，成为密西根州全州越野赛跑队队员吗？他必须跑在前15名内才能得到这个荣誉。

这好像办不到。按道理，把他预赛及格的时间和别人的相比，他该落到最后几名。看来似乎难免又一次失败了。

比尔从出世到18岁，受到的挫折和嘲笑可真比别人多。小学对他是场漫长的噩梦。比尔6岁时，虽然用功，却似乎不能明了读书的基本原则。他要在一年级留级，他并没有怨言，反而比从前更用功，但是仍赶不上比他年幼的同班同学，同学常常笑他留级，使他的心理负担更加沉重。

他刚9岁那年，三年级的级任老师，找我和妻子到学校去谈话。我们想来心里惴惴不安。是不是比尔操行不好？难道是他不用功？

比尔的老师开门见山说："恐怕我有坏消息要告诉你们。你们的儿子将进不了大学。他非常用功，就是智力不足。"

我把身子朝椅背上一靠，深深舒了一口气，然后说："啊，就只是这件事？我们还以为有真正的坏消息呢。"

她的神情，由关切变为迷惑。"儿子上大学，你不觉得重要吗？"她问，"难道你不认为他必须上大学？你是法官。法官的儿子不上大学，别人会作何感想？"

我解释，我们当然希望比尔能有一天进大学。不过我认为更重要的是他长大的时候对别人有爱心，做事永远悉力以赴。

比尔继续竭力奋斗。然而六年级时，又有位老师找我们到学校去谈话。"我只好告诉你们，"她说，"比尔不再努力了——他已经完全死了心。"我听了她的话很伤心。我怕——怕比尔已经变得自暴自弃，丧失了那一点弥足珍贵而极脆弱的自爱，只有自爱才能使他在成年以后不致失败。

当晚就寝以前，我初次把自己读小学的经历告诉他：30多年前，我是全班最蠢的孩子，亏得父母和老师爱护体贴，居然熬过了那些岁月，终于进了法学院。我又告诉他，我们常以为别人的成就，得来简单容易，其实人生并不经常如此。大部分胜利都是在许多次失败后发愤取得的。"比尔，"我最后对他说，"我知道总有一天你会想出方法克服你的挫折。"

"你知道吧，爹，"他答，"我想，只要有人爱你和支持你，就算自己干得不太好，也不太尴尬。"

我们儿子那令人困惑的求学问题终于查明了，原来是有一只眼睛的肌肉麻痹，因而时有复视的困扰，严重地影响了视力。七年级转眼就到，比尔开始接受一位眼科医生的指导，那医生为他设计了一套运动，以增进他的视能和眼肌动作的协调。同时我们还为他请了位家庭教师帮他阅读。他力求上进，学业有了进步，居然成了七年级的优等生，人人都大为惊讶！

比尔读八年级时，参加了径赛队。径赛第一季，他每次比赛都惨败。可是每次失败后，他的决心却更强。第二年秋天，他参加了中学一年级学生越野长跑队。整年他都跑得不好，可是他总是尽力快跑。队长齐里是校队最佳选手，见他有毅力，便加以辅导。我们的儿子于是成了皇橡园镇街头一个常见的人物，不论风雪寒暑，每天都要跑上15英里。

万千里路的刻苦练习，终于使他在中学四年级那年有了收获。他成了越野长跑队里跑得最快的健将，队友们因而公推他做副队长。可是他要做全州选手，这目标似乎仍高不可攀。要达到这个目标，他必须在分区比赛和最后的全州比赛中胜过几千名好手，其中大部分人在运动上都比的天赋高。我心中暗想："这是不可能的事。"

缓斜起伏的山丘，弯曲多，路难跑。我奇怪的是什么力量驱使这些青年向前跑的。有的当然是为了出人头地和扬名而跑的。难道这个动机比爱和决心还要强烈？我和妻子对比尔的爱，我们千方百计使得他有自尊感的努力，会帮助他做出也许他单独不能做到的表现吗？

我和其他观众跑到下一个参观站。一处浓密的树林突然挡住起伏的山丘，只有一条羊肠小道可通。我心又急又拼命跑，喘得厉害，便倚着一棵老松等待。

一个选手在小山顶上露了面——不是比尔——以优美的姿势跑下绿草茸茸的山坡。然后一群面色通红的青年出现了，10个……13个……16个……19个……看见比尔了！我的心又凉了半截。他这时跑第20名，而且被困在里圈。我心想："现在再不跑到外圈，待会儿就来不及了。"

比尔好像听到了我的心声似的，突然冲到外圈，很快便从第20名追到了第6名的位置。

他在我面前飞驰而过，跑向树林，我突然转喜为忧。他还有2英里多要跑，他是否已经耗力太多了呢？我知道大约要5分钟才能跑出树林，在这段时间我看不到他。我只有焦急地等着。

他在2英里标志处跑出树林，和一个一年以来屡次击败他的青年争夺第4。我心如鹿撞——第4，哪怕是第5——都可以进入全州越野长跑比赛。比尔瘦削的脸上流露着痛苦、忧虑和渴望。我从来没有看见他那样紧张，那样心力交瘁。"加油啊，穿蓝的！"他听得见吗？他感觉得到我对他的热爱吗？

我急忙跑过2英里半的标志，跑到了站在离终点不远、满怀希望等待的妻子处。"他跑第4，"我哽咽着说，觉得自己热泪盈眶，赶快把头掉开。

我上气不接下气地跑到由两条长绳扯成一个V字的终点。到那里，就有一个步伐轻快利落满怀信心的青年在观众欢呼之下突破终线。跟着第2和第3名也到达终点。仿佛过了好久，比尔来了，还在东倒西歪地和他那个对手争持不下。这两个筋疲力尽的选手同时到达终点。我仔细端详比尔的脸。他踉踉跄跄漫无目标地继续朝前跑，孩子气的脸上露出痛苦的表情。我生怕他会倒下，不由自主地从绳下钻过去，跑到他的身边，抓起他一条臂膀，架在我的肩上。

他了无生气地靠着我的身子，呼啦呼啦地喘个不休。过了几秒钟，他挺直了身子说："我现在好了，爹。"说着他又慢步跑开，使身体恢复常态。他已经复原了。

可我还没有复原。我太感动了。我想忍住夺眶欲出的眼泪，但是忍不住，只好让它流。我想看看比尔，可是什么也看不见。我想说话，可是说不出话来。

我一时感到羞惭，我们人人每天戴的假面具，就这样冷不防地粉碎了，我不知道别人会怎么想。不过我心里知道自己哭得很得体，的确，甚至可以说，哭得光明正大。

唐纳德的梦

"什么事那么不高兴？"唐纳德·桑顿问他的妻子。当他从食品加工厂干完活儿回家时，他妻子塔丝正在喂他们的三个小女儿，她的目光里有某种东西是他以前从未见过的。

"你听说了吗？"塔丝轻轻地说，"一个小姑娘，一点不比唐娜大，今天下午在我们房子前被强奸了。"

唐纳德·桑顿现在明白了他妻子的眼睛里看到的是什么：他们住在纽约哈莱姆区，他们的女儿们也会碰到同样的麻烦。他把手搭在塔丝的肩膀上，说："收拾东西，咱们离开这儿。"

在1948年的这个晚上，唐纳德一家搬到了新泽西州，和唐纳德的妈妈住在一起。唐纳德找到一份在附近的军事基地挖沟的工作，塔丝还是去做佣人。唐纳德很快又找到第二份工作——夜里去搬运加热器上用的油，以及第三份工作——周末去做抹灰工的助手。干这种抹灰的活儿，一小时只能得5角5分钱，但是唐纳德打定主意一定要学会这门手艺。

到第四个女儿琳达降生的时候，唐纳德已经攒了足够可以买房子的钱。他给地方银行的经理打了电话。"先生，"他平心静气地说，"如果你也有孩子，你就会晓得我为什么需要一个像样的地方来住。"在谈话结束的时候，唐纳德得到了这家银行有史以来第一次拨给黑人的抵押借款。

在盖房子之前，唐纳德先砌了一道围墙。这样，他的女孩子们就可以在院子里安全地玩耍。塔丝运灰，他砌墙。甚至在塔丝又怀孕了以后，还给他当运灰工。"我需要的是一个男孩子，能在这儿帮我干活儿。"唐纳德开玩笑地说。在小瑞塔降生之后，唐纳德常常拿家里有这么多女性来打趣，他从未认真地和她们对话，直到有一天，老大唐娜问塔丝一个问题。她问母亲，佣人是什么。

唐娜班上的白人孩子常在一起谈论他们长大以后要当护士、领航员或者电影明星。"我跟她们说，我长大了要当老师，"唐娜对她妈妈说，"她们说，'算了吧，你只能去当佣人'。"

"下次再有人这样对你说，"唐纳德咆哮着说，"你就告诉他，你要当博士！"从此以后，每当有人打趣地问他，整天为5个女儿忙些什么时，他就说："我在抚养5个博士。"

唐纳德让女儿们在厨房的饭桌旁坐下。"听着，孩子们，"他说，"我为吃饱肚子去挖沟，你们的妈妈去给人家当佣人，我们可不希望你们也这样。如果你们是个博士……"

"可是，爸爸，"孩子们说，"要想当博士就得上大学，然后再上医学院，我们哪儿来那么多钱呢？"

"让妈妈和我来考虑这些问题，"他说，"你们要管的，就是好好学习。"

"学习就是你们的工作。"塔丝附和着说。而且，只要有一个女儿从学校回来时没有得到高分，她就会说："班里有没有人得A？只要别人行，你就也应该行。"

除了学习之外，桑顿姐妹还发现了音乐。7岁时，唐娜在一个糖果盒里找到一个玩具萨克斯管，她就央求能得到一个真正的萨克斯管。她爸爸开始四处寻找，终于在一个人家的阁楼上找到了，同时还有一个小喇叭给老二珍妮特。

看着女儿们不知疲倦地想从她们的乐器里奏出音乐来，唐纳德做出了另一个牺牲。他雇了一位老师来教她们。没过多久，当唐娜从中音萨克斯管转到次中音萨克斯管时，老三伊冯央求说："我能用唐娜那只旧的吗？"

"你，宝贝儿。"她爸爸笑着说，"你刚勉强能呼吸罢了。"

为了证明他错了，5岁的小伊冯拿起萨克斯管拼命吹，直到晕了过去。

伊冯还在练习的时候，珍妮特和唐娜已经可以在家长会上演出了，老四琳达练习打鼓，也随后参加了乐队。

"我正在想，也许我可以打大鼓。"唐纳德有一天对塔丝说，一个为女儿们的高等教育筹集学费的计划在他脑子中逐渐形成了。唐纳德要尽他最大的努力，尽管他还缺少主要的乐器，他让塔丝也练起来，并且自己练习钢琴。他认真地试了一下，很快就对老五瑞塔说："OK，宝贝，什么时候你的脚能够到踏板，这架钢琴就是你的了。"

唐纳德有了钱之后，把家搬到了纽约，并且租了录音室来给孩子们灌唱片。这样她们就有一个目标：唱片要一张比一张录得好。"你们要计划干5年，"他告诉她们，"到我什么时候告诉你们果子熟了，就可以准备好篮子来摘了。"孩子们并不需要更多的鼓励，她们明白，音乐可以帮助她们打开机会的大门。

1960年，唐纳德让乐队在哈莱姆区的阿波罗剧院进行业余演出，如果能连续4星期得到听众的好评，就能得到固定的报酬。桑顿姐妹全力以赴，连续4星期得到好评。但是，剧院老板却改变初衷："在签约以前，必须要连演6周得到好评。"桑顿姐妹和她们的妈妈都气得跳了起来，但却无法让老板改变主意。

"好吧，不就是再演两周吗？"唐纳德安慰他的女儿们。他哪里知道，剧院是想用专业水准来刁难他们。尽管这样，桑顿姐妹凭着她们的智慧、能力和强烈的愿望，还是克服了困难。

唐纳德并不满足。他对女儿们说："当你是个孩子时，搞搞音乐没什么坏处，可是谁愿意看一个40岁的女人脸红脖子粗地吹号？当你有了一个博士用来挂在脖子上的东西时，你才算真正有点儿什么。"

1961年，十几岁的养女贝蒂，作为第六个成员也加入了乐队。

孩子们一边在学校学习，一边在地方上演出，直到1963年的一天，她们接到了星期五晚上在普林斯顿大学演出的邀请。

唐纳德明白，这是一个机会，既可以用演出挣钱，又不影响孩子们的功课。他迅速地制订了一个周末计划：星期五晚上，普林斯顿大学；星期六晚上，耶鲁大学；星期天下午，布朗大学。他买了一辆大篷车来送女儿们赴约，她们可以在车厢里做功课，而塔丝则充当化妆师，当一些学生想用他们的电气设备帮点忙时，唐纳德婉言谢绝了他们的好意。他说："只要我们全家拧成一股绳，就没有什么事情是这个家庭不能办到的。"

女儿们仍旧在学校里得A。如果今天哪个女儿有考试，塔丝早上4点钟就把她叫醒，做额外的准备和练习。"时间就像一种幻觉，"她对孩子们说，"你总可以把它伸长，用来做你想做的事。"

唐娜中学毕业后，在家等了一年，珍妮特也毕业了，然后决定，争取奖学金，双双进入豪伍德大学读书。但她们的爸爸却说："不行，你们必须要在这附近的学校上学，这样我们可以把乐队维持下去。我们必须给你们的妹妹们挣够学费上大学。"

"可是爸爸，"女儿说，"申请这里的学校已经太晚了。"

"这留给我去办。"唐纳德说，他穿上他最好的西装，去拜访附近一所学院的校长。当唐纳德回来的时候，他带着一份给他女儿的入学特别许可证。

作为医科大学的预科生，唐娜和珍妮特主修生物学——但后来唐娜觉得，尽管学医是父亲的全部期望，却不是她自己的愿望，珍妮特也这么想。于是，她们转去学心理学。

唐纳德失望极了。好几个星期他几乎不讲一句话。回到家里就坐在他的大椅子上望着窗外发呆。直到有一天，17岁的伊冯挨着他坐在地板上，说："让我来实现它。我一定要当一名医学博士。而且我永远也不改名字，即使将来我结了婚，我也永远是桑顿博士，用你的姓。"

"我相信你，孩子。"他说。然后弯下腰拥抱他的女儿。伊冯感觉到爸爸的胡须擦过她的面颊。

1969年，伊冯从蒙茅斯学院毕业了，而且所有的生物学课程都是全班最高分，尽管在这4年大学生活里，她每个周末都要参加乐队演出。13所医学研究院接受了她的入学申请。最后，她选择了哥伦比亚大学的内科及外科学院。她在1973年完成了她的学业，并且成为纽约市罗斯福医院接受的第一位黑人女性实习医生。

一天，在伊冯工作的医院里，从扩音器中传出广播找人的声音，叫到了伊冯的名字。当伊冯赶到接待处时，发现她的父亲正坐在那里，两只眼睛呆呆地望着天花板。她觉得奇怪，担心地摇了摇父亲的手臂："爸爸，你怎么啦？是妈妈出什么事了吗？"

他慢慢地转过头来，"你听到了吗？"他模仿着扩音机里的声音："'桑顿博士，有人找。伊冯·桑顿博士，有人找。'哦，好孩子，我从来也没有听到过这么好听的音乐！"

回首往事，唐纳德对他的梦想没有完全实现并不感到遗憾，他意识到，一个人的梦想总是超过他实际所能做到的。而且，所有的女儿都使他感到自豪：伊冯和珍妮特成了博士（珍妮特获得了心理学博士学位）；琳达成为一名牙科医生；瑞塔在一所私立学校里任化学系系主任，并且在争取儿童发展学博士学位；贝蒂在医院里当老年病护士；唐娜成为一名妻子、母亲和法庭笔录员。

塔丝患了中风，于1977年去世，唐纳德也因中风于1983年去世。像给妈妈送葬时一样，6个女儿抬着棺材给爸爸送葬。到墓地有100多米极难走的山路，而且在葬礼的当天早上，半尺厚的积雪覆盖着山路。然而，桑顿姐妹遵照爸爸的一贯教导，她们彼此帮助，一步一步地，把她们的爸爸送到了他永远安息的地方。

（美国）J.康德特

奇迹的名字叫父亲 ｜ STORY

有人在为您加油

有一个美式足球队的球员比尔，他十分懒惰，喜欢观众的掌声与喝彩，但却懒惰到不愿意练球，也不愿意培养体力。

有一天，球队的经理拿着一封电报来找这位懒惰的比尔，他甚至懒得自己看，对球队经理说："你念给我听就好了。"

球队经理念出电报的内容，是比尔的母亲发来的电报："父亲病故，速回。"

这个懒惰的比尔登时吓呆了，马上动身赶回家里。

一段时间之后，比尔又回到球队上，这时他的球队正处于冠军决战的阶段，球队的球员个个负伤累累，教练正处于无兵可用的窘境。懒惰的比尔竟然一反常态，主动向教练争取上场的机会。虽然教练信不过他，但苦于调度不开来，也只好勉为其难地让他上场比赛。

不料，这位懒惰的比尔上场后，行径大大异于往常，竟然连连得分，卖力的程度，只有"奋不顾身"四个字方才足以形容他的表现，终于为他的球队赢得了最后的胜利。

素来知道比尔习性的教练，在比赛过后，好奇地问他，为什么会有这么大的转变。

这位原本懒惰的杰出球员比尔，闷闷地说："我的父亲是个盲人，生前他根本看不到我的球赛；现在他在天堂，我相信他可以看到了，我不能让他失望。"

道歉的艺术

几年前我做婚姻辅导工作，有一天费了许多唇舌仍无结果，晚上回到家里，心情十分沮丧。我厌倦地说："真希望有人提供我一套挽救破裂婚姻的妙诀。"

我父亲是牧师，当时正在我家小住，他说："我有办法，只需要三个字，你劝夫妇俩互相说一声'对不起'，试试看，很有效。"

我试了，父亲的话果然灵：那三个字具有排山倒海的功效。我进行婚姻辅导工作时总是用这办法。发生纠纷的夫妇来看我时，我就私下个别对他们说："我知道你受了不少委屈，但请告诉我一件事：你对自己的所作所为最后悔的是什么？"对方不论多么勉强，总会坦率承认犯了某些过失。然后我再把夫妇俩一起叫来，要求他们把告诉我的话重复一遍，尽管双方都满怀愤懑，但很简单的一句表示后悔的话，往往会立刻打开僵局。

真正的道歉不只是认错，它承认你的言行破坏了彼此的关系，而且你对这关系十分在乎，所以希望重归于好。

承认自己不对，心里会很难受，做起来更不容易。不过你一旦决心面对现实，不再倔犟，便会发现认错对蠲除宿怨和恢复感情确有奇效。

人孰无过，我们都需要学会道歉的艺术。扪心自问，看看你是否常常毫不留情地妄下断言，说出伤人的话，牺牲了朋友，自己从中得利；再想想看，有哪几次你诚心地坦然表示歉意。有点惶恐是不是？惶恐的原因在于我们良心不昧，深知即使稍有过失也难免怅然若失，除非知道道歉，否则总是内疚于心。

记得亡友李柏医生告诉过我，有个病人因头痛、失眠和消化不良而到他那儿求诊，检查身体却找不出病因。后来李柏医生对病人说："你得告诉我有什么亏心事，我才可以替你诊治。"

他起初很难为情，经过一番犹豫才承认他处理父亲的遗产时，欺骗了住在国外的兄弟。那位老医生便要病人写信给他的兄弟求恕，并附寄一张支票，作为赔偿的初步行动，接着又带他一起去寄信。信寄出后，病人哭了。"谢谢你，"他说，"我想我的病好了。"他真的霍然而愈。

衷心道歉不但可以弥补破裂了的关系，而且还可以增进感情。若干年前，某著名神学院对我的牧师工作颇有微词。一位和我相识的教授曾说了一些对我轻蔑的话，这些话传到我耳里，我只好忍气吞声。

后来有一天我接到这位教授的来信，他那时已离开了神学院，从事改革教区的工作。他说以前错估了我，希望我原谅。我对他的任何敌意便立刻烟消云散了。我极其感动，马上回信给他，向他致意。我们从此成了好朋友。

有时我们迟迟不道歉是因为怕碰钉子，这种令人难堪的可能性确是有的，但是不大。原谅别人可以祛除心里的怨恨，而怨恨是戕伤心灵的。有谁愿意反复蒙受痛苦和愤怨的折磨？

那么应该怎样进行道歉呢？一般来说有下列几点：

1.如果你觉得道歉的话说不出口，可以用别的方式代替。吵架后，一束鲜花能令前嫌冰释；把一件小礼物放在餐碟旁或枕头底，可以表明悔意，以示爱念不渝；大家不交谈，触摸也可传情达意，千万不要低估"尽在不言中"之妙。

2.切记道歉并非耻辱，而是真挚和诚恳的表现。伟人也有时道歉。丘吉尔起初对杜鲁门的印象很坏，但后来他告诉杜鲁门说以前低估了他——这句话是以赞誉方式做出的道歉。

3.除非道歉时真有悔意，否则不会释然于怀，道歉一定要出于至诚。

4.道歉要堂堂正正，不必奴颜婢膝。你想把错误纠正，这是值得尊敬的事。

5.应该道歉的时候，就马上道歉，越耽搁就越难启齿，有时甚至追悔莫及。数年前，我担任某基金会理事的时候，有位年少气盛的助理建议撤换理事长，由他继任。我们投票同意了。我们差不多马上就发觉已经铸成大错，不该让那位理事长离职。我决定向他表明歉意，可惜在我还未有机会和他碰头以前，他已因心脏病去世。我的歉意始终无法表达，至今仍然耿耿于怀。

6.假如你认为有人得罪了你，而对方没有致歉，你就该冷静应付，不要闷闷不乐，更不要生气。写一封短笺，或由一位友人传话，向对方解释你心里不痛快的原因，并向他说明你很想排除这烦恼。你若能减低对方道歉时的难堪，他往往就会表示歉意——说不定他心里也不好过。

7.你如果没有错，就不要为了息事宁人而认错。这种没有骨气的做法，对任何人都无好处。同时要分辨清楚深感遗憾和必须道歉两者的区别。譬如你是主管，某一部属不称职，势非予以革职不可。你会觉得遗憾，但是不用道歉。

8.假如你想向某人道歉，而且你有对不起他的地方，就应立刻想办法。你该写封信，打个电话，有所表示。送本书，一盆花草，一盒糖果，或者用其他任何足以表达心意的东西代你做这样的表示："我对彼此的隔阂深感难过，亟望冰释前嫌，甘愿承担部分或全部咎责，并盼你能接纳这点微意以及人间最能化戾气为祥和的三个字：'对不起'。"

（美国）Ｎ.Ｖ.皮尔

"游下去，爸爸！"

他第一次尝试时未到终点已神志不清，拖出水后即不省人事。是什么力量使他不顾性命第二次再来？

1982年8月28日早上，65岁高龄的阿士贝·哈帕尔出发，踏上一段从未有60多岁的人完成过的旅程——游过英伦海峡。这是一次不顾成功可能，也不顾以往遭遇的挑战。哈帕尔曾在一年前尝试过这项艰巨旅程，结果失败而几乎丧生。

为什么第二次再试？是什么力量促使他继续追求这个80%的尝试者都失败了的梦想？答案在于一件伤心的往事。

哈帕尔于1916年10月1日在美国新泽西州华盛顿渡口镇出生。1939年在普林斯顿大学毕业，他不但学习成绩优异，而且在垒球、橄榄球和游泳方面也非常出色。但他偏爱游泳。有一次就是到美国佛蒙特州米德尔伯利城比赛游泳时，与康乃尔大学一位女生玛芝·帕尔默邂逅，两人于1944年结婚。

他曾在北美和南美几所学校担任校长，并曾在危地马拉担任和平工作团主任，在他整个工作期间，长途游泳都一直在他生活中占着重要地位。新泽西州石港的一幢夏季住屋，也因为是位于海滨，所以他才买下来。他们夫妇俩有4个儿女，长子富莱德，老二狄克和老三戴夫是一对李生兄弟，还有一个女儿玛吉，个个都酷爱运动。

喜欢嬉戏的狄克，在仿效父亲的体育成就时最为卖力。他性好竞争，在足球、垒球和径赛等方面不断锻炼自己。

可是，悲剧却在1977年3月11日午夜过后不久发生。当时，在俄勒冈州格莱森镇胡德山社区大学读书的狄克所搭乘的一辆汽车，因失去控制滑出路面，撞在电线杆上起火燃烧。狄克的头盖骨也给撞裂了。

哈帕尔一家自1964年起就移居新墨西哥州阿布奎基市。阿士贝和玛芝闻讯由该市赶到医院时，震惊到不能说话。医生正进行紧急头骨切开手术，但由于他儿子脑部受伤严重，没有人敢说他能否度过当天。

就在他们震惊悲伤的时候，一位护士对玛芝说："记住，他有可能听得见你的声音。"这句话鼓励了玛芝。她把一张椅子拉到病床旁边，抓着狄克的手开始对他说话，说的都是些关于将来的希望、过去的欢乐和应有的信心。

她不停地说下去，每天说14小时，16小时甚至20小时。后来有天晚上，她握着狄克的手轻声说到有关他参加径赛的一些事时，她觉得狄克的大拇指有轻微捏力。她和狄克有了沟通！在他那受了重伤的脑子里面，不知哪一部分收到了她的声音。

4月10日，事故发生一个月后，狄克恢复知觉。5月25日，这个瘦得像稻草人而且身体上还有许多问题尚待克服的狄克出了医院。他的视力仍有严重阻碍，身体难以保持平衡，右耳听不见东西，声带亦不灵活，只能发出沙哑低沉的喉音。可是，他深信这次能逃过大难，全靠自己一向身体健壮，于是决心要重新恢复以前的强壮体格。

回到石港，经过两个月的物理治疗后，他的体重差不多已恢复到正常标准。他誓

奇迹的名字叫父亲 | STORY

言终有一天要在径赛场上再度争雄。他到海滩上练跑，每天增加几米。在朋友和家人的鼓励之下，他一直苦练不辍，最后竟能在海滩连续跑23公里。1978年秋，他回到阿布奎基市家中，进入新墨西哥大学攻读物理治疗学位。

这时，阿士贝也有了一个令他神往的目标。原来，他于1977年曾在阿蒂伦湖上与一群年纪比他轻很多的泳将比赛，结果游过了8公里全程。这件事使他非常高兴，而且亦使他开始有了一个梦想。既然他的体格和耐力与那些年龄只有他一半的运动员相较而毫不逊色，那么他能不能接受游过英伦海峡这个最大挑战？

这是个大胆的构想。自从有人首次成功游过英伦海峡以来，这102年期间，尝试的人不下200名，其中只有一人的年龄超过50岁。海峡最狭的地方宽33.22公里，而阿士贝却从未一口气游过8公里以上。后来在1979年10月14日，印第安纳大学体育教练詹姆士·康苏曼穿游英伦海峡成功，当时他的年龄已58岁。

这件事激发了阿士贝的雄心。他开始天天在自己任院长的阿布奎基学院游泳池中练习长泳。他打算在1982年夏天满64岁时，征服英伦海峡。

从一开始，最热烈支持他的就是狄克。那时狄克已住在自己的公寓里，学业成绩也很不错。1981年1月的一天深夜，狄克问和他坐一起的父亲："爸爸，你真的要去游英伦海峡吗？"

阿士贝坚定地点头说："对，狄克，我真要去。"

狄克喜上眉梢，然后用他那沙哑的喉声请求说："爸爸，我可不可以在船上跟随你？"

"如果你也去，那我太高兴了。"阿士贝回答。于是，父子两人握手为定。

但是，结果事与愿违。

1981年2月28日，狄克约母亲去看电影而临时失约。玛芝不大放心，于是开车到他住的公寓里去看个究竟。她发现狄克穿着跑步衣服，看上去好像是在床上睡着了。正当她想叫醒他时，赫然发现他头上的旧伤痕上又有了些新的伤口。急救人员应召到来后，证实狄克已经死了几个小时。看情形，他可能是在练跑的时候摔了一跤，再次跌破了头，后来勉强回到自己住所，终因跌跤引起的抽筋而致死亡。

阿士贝在爱儿死后悲痛之余，仍然在1981年8月9日走下英伦海峡水中。他与恶劣的天气、蜇人的水母、头晕作呕的感觉和无法预料的潮水搏斗，游了13小时共35公里。但是，在距离目的地还有5公里时，他已陷入神志不清，被救到船上之后，就晕倒在甲板上不省人事。

第二天，阿士贝说他今后再也不干这傻事了。可是在他回到石港休养，仔细思量这次失败时，不禁想起了狄克如何英勇地对抗命运，如何不让挫折打击自己的锐气，尤其是想到那天晚上他问的那句话："爸爸，你真的要去游英伦海峡吗？"

那句不能忘怀的问话，那沙哑的声音，那张英俊而有疤痕的面孔上，在听见阿士贝保证成功时所露出的笑容，这一切都使阿士贝无法忍受。就在他几乎在海峡中丧命之后一个星期，他宣布再次尝试。1982年8月，阿士贝在狄克的孪生兄弟戴夫陪伴下再次到达英国。

横渡海峡的日期定在8月26日星期四，那是两星期一次低潮的日期，亦即流经大西洋和北海之间的潮水最低的时候。到了24日晚上，阿士贝好像忽有预感似的说："戴夫，我不想在星期四下水，我们改为28日吧。"

这个日期的意义很明显，那是狄克死后一年半的祭日。可惜，横渡海峡的游泳时间有严格规定，游泳者不能随意选定日期。到了25日晚上，天气突然变坏，游泳宣告取消。看来改为28日的机会也极微，因为天气预报预测风大浪急。但是，阿士贝却处之泰然，不把天气预报放在心上。27日晚上，他叫了一盘堆得像小山那么高的意大利面条（这是在游泳前夕必须吃的高碳水化合物膳食），然后躺在床上休息，静候工作人员召唤。到了9点钟，召唤来了。随行船的船长兴高采烈地说："坏天气已暂时停止，明天我们动身！"

"游下去，爸爸！"

第二天早晨7时43分，阿士贝从多佛港附近的海岸下水，向法国的灰鼻嘴游去。根据海峡游泳协会正式规章的规定，游泳者必须由开始处的陆上走下海中，游到对岸欧洲大陆岸边时要站起身来，在无人挽扶下至少走三步才算合格。游泳时不准摸船，也不准触到船上的任何人。每隔一小时有流质营养品供应，泳者可一面踩水一面饮用。每艘船上都有该会一名职员监视，以确保遵守规章。

未到一小时，阿士贝的双手便跳动抽筋。去年他为了抵抗疼痛和恶心，曾将精神集中于划水和呼吸。现在，他则一心一意想着他那已故爱子的音容，从而得到精神上的鼓励。

最初8小时，晴空万里，水流和缓，他能一路顺利前进。但游了24公里后，法国海岸外的强大涨潮使他开始受到阻碍，戴夫第一次感到担心。他看到阿士贝开始偏离随行船航线，划水的速度也降至每分钟49次，比海峡游泳需要的速率低了1次。可是阿士贝很清醒，仍然奋力向前，于是戴夫决定让他继续游下去。

接着，大西洋上涌来的可怕潮水又来和他作对。戴夫心如刀割，他知道阿士贝显然无法冲过前面的强大水流。于是他怀着沉重的心情大喊："你距离灰鼻嘴还有4公里，但是潮水正把你冲向加莱。"他等候阿士贝回答。

在阿士贝看来，戴夫的意思是很明显的。他已无法在最接近的海岸着陆。要么和汹涌的潮水搏斗，游向更远的法国海岸；要么放弃努力。可是，"这样狄克会怎么说？"他想。就在这紧急的时刻，他在痛苦与疲乏中找到了答案。"继续游下去，爸爸！"他听见一个沙哑的声音鼓励他说。

于是阿士贝大声答道："我继续游下去。"

夜幕低垂，微微的月光淡淡地照在黑暗的海水上。阿士贝挣扎着跟随一起一伏的船上灯光前进，但是，自然力量已给他造成不利影响。他开始不辨方向了。

这时有个声音叫道："爸爸！"

阿士贝抬起头来，看到水中有个人影向他挥手。他心里在想：莫非我看见了幻影？

"爸爸，"戴夫在说，"在我旁边游。"

原来戴夫已下了水！阿士贝顿时觉得有一股新的气力贯通全身，于是努力划水向着儿子游去。两人并肩向前游了20分钟，奋力冲过了巨浪，接着阿士贝忽然脚下碰到东西。难道是沙？他把脚向下一沉，果然已经站在水底上了。

经过了13小时52分钟，游了45.9公里之后阿士贝终于走上法国维桑附近的海滩，差32天就是他66岁的生日。这时，他已成为成功游过英伦海峡的最老的人了。

戴夫正在那里等他。阿士贝抓住他伸出的手说："感谢上帝！"这是他当时说出的唯一一句话，但却不是他心里所想的一切。阿士贝抓住戴夫的手时，虽然知道这个儿子曾在最后一刻给他鼓励，但他同时知道，在这个光荣夜晚的昏黑海滩上，另一个儿子也在场。

亲密接触

她是我的女儿，在她生命的第十六个年头，陷入了一场混乱之中，最近疾病接连发生，使她发现，即便是最好的朋友也将快速地离她而去。她不能如己所愿像往常般地上学，我和她母亲更是不愿如此。当她蜷缩在床上时，她以毛毯包裹自己，悄悄地宣泄她的悲伤，希望能得到安慰。我向她伸出双手，企图消除在她年轻的心灵中已植根的悲苦，虽然她了解我是多么的担心，想要解除她的不快乐，但我仍需小心翼翼地采取行动。

身为一个家庭医师，我从许多因性侵犯而导致身败名裂的病人案例上，充分学习到什么是父女间不适当的亲密行为，同时我也警觉到关心和亲密是多么容易被性联想化，特别是当别人以外来的眼光来审视这种情感，或是将任何慈爱的行为误认为性爱的情感。我不禁感慨，在她2岁或3岁甚至7岁时，要安慰和拥抱她是件多么容易的事呀！但是现在她的身体、我们的社会礼教及我身为男人的事实似乎竭力反对我安慰、照顾我的女儿。我如何才能在照顾她的同时，谨守父亲和十几岁女儿之间的分歧呢？这天，我准备帮她推拿背部，她同意了。

我一边轻缓地按摩着她那骨瘦如柴的背部突起的肩膀，一边向她道歉，同时解释，我最近不在家是因为参加国际背部推拿总决赛，而我得了第四名。我郑重地告诉她，对一个忧虑的父亲而言，要赢得比赛是十分困难的，特别是参加这种国际级的比赛。我告诉她整个竞赛的过程，及其他参赛者的情况，同时我尝试用我的双手及手指使她紧缩的肌肉松弛，及解除她年轻生命中的压力。

我告诉她在竞赛中得到第三名的是一个畏缩、旧式的亚洲男子，他这辈子都致力于针灸及穴道按摩的研究，他能将能量集中在指尖，将背部推拿提升为一种艺术。"他在背上又刺又戳像变戏法般精确。"我解释着，同时露一手我向老先生学来的绝技，我女儿呻吟了一下，我不确定是方法不对还是力道太重引起的。接着，我向她描述获得第二名的土耳其妇女的故事。这名妇女自幼学习肚皮舞艺术，可以使肌肉如液体般波动，她做背部推拿时，手指可唤醒疲倦的肌肉及身体，积极地震颤、舞动，"她让手指做前导，而肌肉紧跟在后。"我边说边示范。

"那太怪异了！"她轻轻地从枕头中冒出一句话，是我的方法不对吗？

接下来，我在一阵沉默中推揉着女儿的背，直到她问了一句："后来是谁赢？"

"你一定不相信，"我说，"是个婴孩！"我跟她解释，婴儿用非常细腻、极端信赖的接触去探索触觉、嗅觉和味觉的世界，仿佛世上再也没有其他的接触存在。那么轻柔地探索不可预测的世界。细弱的小手诉说着许多言语不能表达的情感，轻诉着归属感、信任及无邪的爱。我温柔地轻触她，犹如轻触婴孩一般，脑中鲜活地忆起她幼小的时候——我抱她、轻摇她、注视着她在探索中成长。我领悟到她就是那个教我感受到"婴孩接触"的小孩。

又经过了一段时间的推拿和沉默后，我说我很高兴可以从世界顶尖的推拿者身上学到很多东西，所以我已成为优秀的推拿者，可以为我16岁的女儿，痛苦地要转变为成人的女儿，做背部推拿。我默默地祷告，感谢我能拥有这样的生活，而且让我能同时拥有这样奇迹般的接触。

爱的力量

奥古斯特是世界银行的一位经济学家。当他唯一的儿子劳伦佐来到世上时，他和妻子的年龄已分别为45岁和39岁。这自然使他们爱子如命。1983年秋，他们一家从摩罗群岛迁回华盛顿。劳伦佐学会了攀登和游泳，活泼可爱，这年他5岁。他跟父母学会了英、法、意3种语言，同时他还学会了欣赏音乐。

后来，不知什么原因，劳伦佐开始做起噩梦来，说话吐字也不清了，还时常发脾气；听力检查证明他比正常人低了50分贝。有一次，他在学校去厕所时竟迷了路。经检查，他患了"肾上腺脑白质营养不良症"。这是一种不治之症，它逐渐破坏人的脑白质，使人变哑、变瞎和失去活动能力，最后影响呼吸，使人死去。一般情况，从发现到死亡，平均期约为两年。

一向坚强的奥古斯特夫妇方寸大乱。医生的诊断会不会错呢？他们决定研究这种病的所有资料。

奥古斯特来到国家健康研究所图书馆。他是学法律经济的，对于医学知之甚少，但为了儿子的生命，他还是要对这种病进行深入的研究。在这里他了解到，患这种病的人是因为体内甚长链式脂肪酸太高所致。饱和的脂肪酸沉积于人体细胞中，毁坏包裹神经纤维的物质髓磷脂。这是一种遗传性疾病，与X染色体有关，对男孩遗传较严重，被称为"童期肾上腺脑白质营养不良。"

奥古斯特并不打算向文献论述投降，他说："我出生于一个从不承认世俗观的家庭，我们致力于研究这种疾病并不是由于我们有知识分子的好奇心和为了向医生显示什么，而是因为我们热爱我们的孩子，我们不想失去他。"

　　为了攻克这种疾病，奥古斯特夫妇恳请巴尔的摩肯尼迪残废儿童研究所作为"世界首届肾上腺脑白质营养不良症研讨会"的发起者，在巴尔的摩召开一个专家研讨会。他们为此会支付了36000美元。在这次会议上，奥古斯特了解到，弗吉尼亚医学院人类遗传学和儿科副教授里佐在试管中曾利用油酸降低了甚长链式脂肪酸的水平。但专家们警告说，他用来做试验的油酸有毒，人不能食用。这时，劳伦佐的病情更重了：听力已消失，视力衰竭，行走困难，几乎吃不了东西。他的母亲迈克拉怀抱着他，用小管喂吃他爱吃的东西。菲什曼医生断定，劳伦佐不会再活多久了。在打出40多个电话后，他们在俄亥俄州的一个公司终于找到了食用油酸。当第一瓶油酸运到后，迈克拉的妹妹迪尔德里自愿充当试服者。6个星期以后，劳伦佐体内的甚长链脂肪酸降低了近50%，但仍是正常人的两倍。医生们认为，劳伦佐必死无疑。而奥古斯特夫妇却发誓，为了救活他们的儿子，一定要做到能做的一切。

　　有一天夜晚读书时，奥古斯特从"动物试验更换食物"这一普通的事情中得到启发。他想，油酸可以使劳伦佐的甚长链式脂肪酸水平大大降低，也许其他酸可以消除他体内剩余的脂肪酸。不久，他选定了一种叫芥酸的非饱和一价酸。1986年3月，英国克罗达通用有限公司同意立即赶制这种药品。当这种药空运到美国时，劳伦佐已被送入了急救室。

　　服用24天后，劳伦佐的甚长链式脂肪酸竟变得与正常儿童一样了，健康日益恢复！奥古斯特和迈克拉就这样用爱子之心换得回天之力，把众多专业人员困惑不解的这个医学上的七巧板拼凑成功了。

奇迹的名字叫父亲 | STORY

孩子的力量

孩子的力量

1995年5月的一天，我的生活彻底改变了。我在弗吉尼亚州参加马术比赛，我骑的那匹马在跨越第三个障碍时突然收住了马蹄。这样，惯性使我的身子前冲，越过马头摔了下去，然而我的双手不巧缠在了缰绳上，我腾不出手来平衡自己，头朝下着地。我身高一米九，体重近90公斤，就是凭着这样的身子骨，我在电影《超人》中扮演超人而一举成名——然而，这样的分量头朝下着地的后果可想而知。我当即全身失去了知觉，像一个淹没在水里的人快要窒息而亡了。

5天后，我醒了过来，发现自己躺在弗吉尼亚大学附属医院的病房里，神经外科主任约翰·简告诉我，我的第一及第二节颈椎已经折断，能活下来算是万幸了。他还说，我可能再也不能够正常呼吸了。所幸的是，我的脑干，也就是紧贴受伤的部分，似乎没有受到影响。简说，我的颅骨和颈椎要动手术才能重新连接到一起。他不能够确保手术一定能成功，甚至不能确保我能活着离开手术室。

我突然意识到，我成了每一个人的负担，我不但毁了自己的生活，也毁了别人的生活。为什么不死呢？这样一了百了对大家都有益。

家人和朋友不断地来医院探望我，但那段日子我沮丧透顶，总是躺在那里，盯着墙壁，想着未来，难以相信还会有什么好的未来。只有在梦中，我才又成为一个完好的人，同妻子丹娜亲热、骑马或拍电影。醒来后我更加感到沮丧，因为梦中的一切我是一件也干不了，我只是一个占据空间的废物。

一天，丹娜在我的床边时，我有话对她说，但我戴着的呼吸器让我不能说话，我用眼睛告诉她："不要救我，让我走吧。"

丹娜似乎明白了我的意思，她哭着对我说："不管怎样，我都会永远和你在一起。"随后她又加了一句，这句话打消了我轻生的念头——"你还是你，我爱你"。

随着手术日期的临近，我变得越来越害怕，因为我知道这次手术的成功率只有50%。大部分时间我都僵直地躺在床上，悲观地胡思乱想。

可是我3岁的儿子威尔给我带来了生活的希望。一次他对丹娜说："妈妈，爸爸的膀子动不了呢。"

"是的，"丹娜说，"爸爸的膀子动不了。"

"爸爸的腿也不能动了呢。"威尔又说。

"是的，是这样的。"威尔停了停，有些沮丧，忽然他显得很幸福的样子，说："但是爸爸还能笑呢。"

6月5日，我接受了手术。手术很成功。

感恩节前夕，我终于完全摆脱了呼吸器，出院回家了。在感恩节的晚餐上，一家人都按照传统说了几句感谢什么的话，而我的儿子威尔只说了两个字——"爸爸"。

（美国）克里斯托弗·里夫

天伦之乐

在我辛苦工作一天后回到家，我只想静静泡在浴缸内好好地读我的朋友派特借给我的《登上顶峰》这本书，但是"水男孩"却有不同的意见。"水男孩"是我们给我儿子凯柏取的外号。当他知道我要做的事时，开始要求他也要一起泡澡，当然，我拒绝了他。

"……拜托啦，爸爸。"

"凯柏，我已经说不了。"

"但是我想……"

我想我大概说了将近一百遍的不行吧，然后才打发走他。

接着我爬进浴缸内并打开水龙头，啊……终于可以好好放松了。忽然间，"水男孩"出现在我的面前，他说他已经问过妈妈，也就是我的太太克莉丝，是不是可以等我泡完澡后也泡个澡，我的太太叫他来问我，所以他跑来了，含着眼泪用哀求的眼神看着我。

"爸爸，我可以在你洗完澡后和你一起泡澡吗？"我知道我落入他的陷阱了。

"好吧！当我洗完时，你可以进来和我一起泡澡。"

他听到后，眼睛为之一亮，并且大叫："真是太棒了！"

我埋头继续看我的书，当我再次抬头时，我看到他已经脱光衣服坐在马桶上盯着我看。我看着我脱光光的儿子问他："你在做什么？"

"我在等你洗完啊。"

"凯柏，当我洗完时我会叫你，然后你再进来，好吗？"

"好吧！"

然后他离开，我低头继续看我的书——直到他又回到浴室，这一次他拿了他在圣诞节收到的钓鱼玩具。

"你在干什么？凯柏。"

"我只在看着你。"

"凯柏，你必须离开等到我叫你才能进来。"

他把我们放在浴室内好让他垫脚方便刷牙的凳子搬过来，然后光溜溜地一屁股坐上去。

"凯柏，我还没洗完前你不能进来。"

"我知道，爸爸，我只是想坐在这里等你洗好。"然后他就像雕像一样坐着，玩弄着他的钓鱼玩具。

我继续看我的书，而这时，我的妻子克莉丝坐在外面的厨房里，仔细地听我和儿子的对话。

从那时起，我已无法专心地看我的书，我真的只想好好地放松一下，所以我试着专注地看每一个字。

我低头看水里，发现我儿子正用他的钓鱼玩具钓到水里的一条假鱼。

"凯柏，别在这里玩了，我现在要洗澡了。"

"对不起，对不起，对不起。"儿子连着道歉三次。

他并没有离开，只是继续坐在凳子上，我试着继续看书，但是我发现越来越困难了。

"凯柏，你在做什么？"

"我只是坐在这里等你洗完。"

我试着再看看书，可是我发现我办不到，因为凯柏就坐在浴缸旁边，把他的钓鱼玩具放在肩膀上，用他乞怜的眼神盯着我看。

时间一分一秒地过去，看着他的模样我渐渐地动摇决心，但我的儿子并不是一个很有耐心的三岁小孩，我猜想他持续不了多久，但是我错了，我难以相信他会那么有耐心地一直坐着等，最后，我被他打败了，心软了。

"凯柏，你想不想和我一起泡澡？"

"那一定很棒！"

"好吧！进来吧！"

然后我们一起泡了20分钟，像小孩子一样互相泼水打水仗，玩得不亦乐乎。

父爱

我周围，依然是漆黑一片的夜。这时，门"吱"地一声被推开了。溜进屋的一丝光亮照在一双穿着睡裤的细腿上。有人正在鸭绒被下小心地摸索，接着一只小手悄悄伸了过来。

"爸爸，"一声低唤似从远处传来，"爸爸，您醒了吗？"

"不知道。"我睡意蒙眬地咕哝着。不过，我还是感到夜色在渐渐消融。黑黑的夜。有时，心中会腾起一阵对未来的忧虑。

"爸爸，您是我的朋友，对吗？"

"那还用说！"我打着呵欠，感到既快乐又恼人。

"爸爸，您知道刚才我梦见了什么吗？"

"不知道。"

"我梦见我们都坐在我们的纸飞机上，飞过屋脊，飞到遥远的海上，天很黑，只见星星在闪光。但我一点也不怕，因为您跟我在一块。爸爸，您也怕过吗？"

"当然怕过。"

"很怕、很怕吗？"

"很怕、很怕。"

"我也很怕呀——当我们坐在那飞机上时——哦，不，不在那时，而在之后，当我醒来时——那时，我才很怕、很怕！"

"你怕什么？"

"我怕您不在床上了。"

"我当然在床上。我还能去哪里呢？"

"在飞机上。因为您开飞机走了，而我坐在一颗星星上。接着我就想您，一直在想。所以我一定得过来看看您究竟是否还在这儿。"

"看，我就在这儿，那只是一个梦罢了。"

"爸爸，您在床上还能待多久？"

"待不长了，我可不能整天老呆在床上呀！"

"为什么？"

"你知道，我——"

"不行。因为您说过我们是朋友。是朋友就不能分开！得永远在一块！"

"我懂，可爸爸还得去上班呀。"

"不！"

"你也还得去幼儿园呢。"

"我不去！"

"当然你要去！想一想吧，在幼儿园里你有那么多好玩的东西，还有那么多好朋友，对吗？"

"不错，倒有些朋友，不过，世界上我只有一个最好的朋友！"

"你指的是我吧？"

"是喽！爸爸，还记得去年夏天我们一块去乡下吗？那时我们倒是从早到晚一直在一起，是吗？"

"没错。"

"真希望一直如此——因为那时候您不像现在这么忙。记得我们找不到的那支箭吗？"

"但我们发现了两只小松鼠，它们紧紧地靠在一起躺着。"

"它们也是朋友，对吗？"

"是的，它们肯定是朋友。"

"让我紧靠着您躺一会儿吧，爸爸，只躺一小会儿。"

"行，小鬼，上床吧！"

"爸爸，把我抱紧——这样我才感到我们是朋友。好，真好。爸爸，给我念点什么吧，只念一会儿。"

"可惜时间不多，现在几点了？"

"表有啥用！朋友是从来不看表的——不必去上班、开会，也不必去幼儿园或上牙医那儿去。"

"那么，你认为朋友们该干些什么事呢？"

"在树顶上盖房。爬上绳梯，把食物和覆盆子酱抬到树上去吃。还有鱼呢，轮换着读故事。爸爸，您能给我念上一会儿《三个强盗》吗？"

"行啊，不过不能从头到尾了，好吗？"

"呱呱叫！爸爸。今天在办公室里，您再能为我做几只纸飞机吗？"

"我想可以的。"

"爸爸，他们会生气吗？"

"谁？"

"办公室里您的同事们。"

"不，不会生气。他们只会惊讶地瞅瞅。"

"问他们想不想试坐一下飞机！您可以将飞机开到窗外去！这样，他们也会愿意跟您交朋友啦！"

"真是好主意！"

"现在我想上幼儿园去了，爸爸，因为当我回家来时，您也会马上到家的。是吗？"

"当然喽，我不会叫你久等的。"

"爸爸，想一想那些没有朋友的人吧。"

"我眼下正在想呢，朋友！去把那本书拿来吧，起床前我们可以读上两页。"

"轰轰！我是一架飞机！世界上飞得最快的飞机！轰轰！"

爸爸的朋友张开穿着睡衣的双臂，就像飞机伸出短短的机翼似的，他奔进另一间房间。一会儿，他带着那本书回来了。清晨，两个好友头靠着头，就像夏天的那两只小松鼠一样。

"三个强盗偷偷开始行动了……"

此时此刻，世上所有的钟表都停住不走了。

（挪威）B.洛芬宁根

新任爸爸

分娩的痛苦在我们女儿出生之前几分钟达到了顶点。我和妻是在中午时分进医院的，到了午夜，维珍妮亚的阵痛已很强烈，有些本来坚决要自然分娩的产妇到了这个阶段，就会忍不住乞求医生给她们镇痛药剂。在凌晨的那几个小时里，妻力气大得惊人，每次子宫收缩时，她都把我的手捏得骨头像要碎裂。到凌晨三点五十五分，她发力的方式改变了。就在我转过头去看时钟的时候，她牢牢抓住我的左臂，手指掐进了我的二头肌和骨头之间，用尽全身之力，仿佛要把我手臂上的肉抠下来。

人们说得不错：分娩的痛楚真是要人命。我差点就晕了过去。到凌晨四点，梅甘·布赖安纳终于出世了。

几分钟后，我问维珍妮亚觉得怎样。"还好，"她说，"我想我还要再来一次，你准备好了就告诉我吧。"

初为人父，我发现有一种新东西在我的生活中占了很重要的地位：大便。我谈它，赞它美，也诅咒它。我下班回家，跟维珍妮亚说的第一句话是："嗨，亲爱的，梅甘便了没有？"

我们出院前，医生告诉我们，婴儿应该每天大便三四次。"如果她没有大便，一定要打电话来。"他说。

一天过去了，跟着又十二小时过去了……她还没有大便。我打电话给医生，接电话的是个男人。

"我太太两天前生了小孩，她一直没有大便，"我说，"我是说小孩。"我快速地详述了我相信医生应该知道的所有事情。包括梅甘睡觉的姿势，以及维珍妮亚在夜里有点儿发烧的事。向专业医生咨询求教时，你应该和盘托出，巨细无遗。

"我是接待员，"那男人说，"你等一会儿，我请班杰民医生来听。"

医生来接听后，叫我放心，说这大概是正常的。现在回想起来，他是对的。

如今我每次听见梅甘"拉大便"，便会同时听见收钱机打出美元两角，也就是一条纸尿布的价钱的声音。

初为人父者也须留心产后忧郁症。很多母亲在生产之后由于内分泌改变，无缘无故地变得抑郁和闹情绪。

有一天晚上，我们在家里看电视片集"星际争霸战"。这一集的内容是说"企业号"太空船的大副临时调派到一艘新的太空船去，不得不和同船工作的女朋友暂时分离。他们两人互相拥抱时，我听见抽噎的声音，热泪潸然流下维珍妮亚的脸。

"我也有同感，"我安慰她说，"这是有史以来最浪漫的镜头之一。"

听到这些同情和鼓励的话后，维珍妮亚承认她有时看电视广告也会哭。其中一个是：一对夫妇知道他们将要生双胞胎，于是大买特买一通，什么东西都买双份。

如果什么东西都要买双份，我也会哭。

自古以来，男人一直在探究一个问题："结识女孩子的最好办法是什么？"

对这个问题，我有个心得：带一个婴儿。不论在什么时间、什么地点(在街上或市场里)，女士们都会特意走近一个带着婴儿的男人。如果你的太太不在场，她们还会排队等着看。她们会用充满爱意的眼神看婴儿，也会用同样的眼神看你。

把婴儿上衣袖子设计成像个长筒、而且越接近袖口越窄的那个人，准是个疯子。

我每次把梅甘的手臂塞进那长袖子里，都搞得满身大汗。有时候她会尖叫，有时候又会对着你发愣。有时候她会把身体绷得僵直，有时候又会把身体完全放软。有时候她的双臂动个不停。总之，你无法捉摸她的反应。那简直困难得像把煮熟的面条穿进汽水吸管里。要把她的手拉出袖口，是最难的一关。我把她两只手指拉了出来，又拉出了两只，可是随即有三只缩了回去。最后，等我把两只袖子都给她穿好了，维珍妮亚却在我背后说："扣子应该是在后面的。"

我们吃饭时，梅甘坐在我们旁边，不停吼叫。她为什么和我们一起而不在她自己的小床上呢？因为一家人是应该一道进餐的。

"有什么新鲜事？"我问道。

"没有，"维珍妮亚说，"你有没有？"

"没有。"

我们的谈话往往到此为止。梅甘哭声的音波频率使得我们两人的脑袋一片空白。

不过，也有许多令人感动的时刻。梅甘现在快三个月大了，她醒来看见我就会笑。我给她换尿布，她便笑得更多。我把她抱起来，在房间里旋转，她笑得更灿烂，还没长牙的口咧得大大的——同时也把胃里的东西吐了出来。

把一切清理干净，又把她送回婴儿房间后，梅甘使我心中涌现了一个问题："一个婴儿如何改变了你的生活呢？"

　　没有睡眠，没有宁静。但我仍是乐此不疲。虽然出过各种错误，而且难免还会再错，但是，梅甘，我觉得我已经找到窍门了。

我的黏团

　　在这儿我要说的是一个我把它叫做黏团的东西。有一次，我收到一个装饰精美的鞋盒子，是一个大一点的孩子送给我的。后来它就变成了放更小一点的孩子送我的礼物的储藏箱。这个鞋盒子很及时地成了我的百宝箱。这一名称可说是相当准确：绝对有上百种，有三种颜色的纸——粉色、红色和白色——这些颜色现在已经褪得很淡了；有铝箔纸、橙色的手纸、各种装饰性纸巾，各种类型的通心粉、橡皮糖、胶糖、上面有字的白色的心状糖。所有这些都用一大块图书馆里用的那种白色胶团粘在一起了。

　　不管怎么说，这个鞋盒子外观已经很不好看了，盒子上已经有了一些褶皱。但要是你打开盒盖子的话，你就会明白我为什么一直舍不得扔掉它。在那些皱皱巴巴、已经褪色的学生用硬纸板上，写满了歪歪扭扭的字：

　　"你好，爸爸。"

　　"情人节快乐。"

　　"我爱你。"

　　光"我爱你"这三个字就有一大堆，有好多的字不是拼写不对就是缺少字母。盒子的其他地方也歪歪扭扭地写满了孩子们的名字。

　　在这样的礼物面前，连国王的财宝都会黯然失色。

　　在你的家里有没有我所说的黏团一类的东西？爱的迹象总是以一种最简单、最可信赖的方式表达出来的。你的一生可能会很长很长，在这漫长的一生中，你可能会收到非常昂贵的或者是美丽异常的礼物。你也会感受到不同的爱。但是你会明白再也没有任何东西能像这些黏团一样是无价的。它使你的世界充满了爱与阳光，让你深信你没有在这个世界上白白地走一遭。

我的三个孩子现在已经长大成人。他们依旧深爱着我，尽管他们越来越不愿意用最直接的方式表达出来，我仍然能够感觉得出他们的爱。是年龄、知识和模糊的价值观将爱复杂化了。

他们开始用心去爱，但不是简单地表现爱。是的，爱不仅仅是你放在一个鞋盒子里的东西，它有更深的内涵。

这个黏糊糊的大团现在仍放在衣橱顶上的一个架子上。没有人知道那儿有这样一个东西。它只是一个能够产生奇迹的法宝，一种储存了美好回忆的爱的纪念碑。每天早晨我起床穿衣的时候就会想到它，心里总是充满了温暖的感觉。有一次我小心翼翼地把它从架子上拿了下来，怀着虔诚的心打开盖子。这是我唯一能够感觉得到、能够始终拥有、能够永远对其价值毫不怀疑的东西，尤其是在表达爱变得越来越困难，再也没有嫩嫩的小胳膊搂着我的脖子撒娇的时候。

对了，也许这是所有胸无城府的父亲胡言乱语的故事中最糟糕的一个。也许我给你讲这个故事让你我双方都处在一个尴尬的境地。可是，在你寻求安慰的时候，它强过所有神奇的咒语。

最美妙的父亲节

乔希的反应最令人难过。他母亲和我谈判离婚已经有几个月了，我们同意过了圣诞才宣布。后来——在圣诞歌声余音仍然萦绕、这些年来我们一家人的欢乐之声仍然回荡的客厅中——我们把我们的计划告诉了孩子。

十一岁的丽赛两眼湿濡濡地听着，然后皱起眉头，数说我们的决定多么愚蠢。九岁的乔希沉默地坐着，把一切都听在耳里、看在眼里。然后，他站起来将身子慢慢向门口倒退。他没有说话，但两眼的神情似乎使整个房间里尽是声音。

"乔希，"我说，"你在想什么？"

"我在想我是蓝色的，"他说，"你和妈是绿色的，我要上楼去了。"

冬去春来，孩子们内心的痛苦开出了花。丽赛画个不停，画的都是快乐的家庭，有猫，有狗，有绿色的草坪，蓝色的天，黄色的太阳，那是我们以前的情景。也是她决心要我们恢复的情景。她会专心致志使它实现。凭她自己一个人。

乔希的感情没有真正流露丝毫。没画画，没发表意见。万不得已才开口。从那惘然若失的眼神中，只隐约见到他内心的恐惧。他不跟任何人说话，独自在楼上卧房里拿着玩具小汽车做自己想象的游戏。

我心想，我的孩子们永远不会再爱我了……

五月里，妻子搬了出去。这时，乔希在学校的成绩渐渐落后了。我跟他谈功课时，他说："什么，什么，爹？"

丽赛在学校话剧中担任主角。可是现在，她的画中已没有了母亲，父亲脸上的微笑也消逝了。有天晚餐时，她在争论中哇地哭起来。"笨蛋！"她大叫一声跟着奔出房门。她从没这样叫我过。我想，她说的对吗？

我安排一个周末旅游，三个人到维基尼亚州回复殖民地时代风光的威廉斯堡去。换换环境。我们到旅馆时天很热，吃晚餐已太迟。我们便吃房间里盘中为欢迎住客而备的水果，然后打电话给住房服务处叫了冰淇淋、蛋糕和汽水。我们看了一部电影，笑了一阵子，然后上床睡觉。说来可怜，这就算是压轴戏了。

次日，我们游览修复的历史遗迹。我一路讲解，指手画脚，边说笑话，可是孩子们对爱国志士和历史人物很快就没有什么兴趣了。我们默然吃晚餐，各怀心事。我感到自己很失败，没能尽人生最庄重的责任。

1966年12月5日那天丽赛出世。我记得自己鼻子贴在育婴室玻璃窗上，热泪滚滚流下两颊，惊喜地凝望着她那婴儿俏脸。那时我许愿要使她生活完美。

两年之后乔希来到了——先是头、肩，然后是他那瘦瘦的躯体一下子出来了；我要全力庇护他，使他从小到大不受任何伤害。

而现在，我竟然不敢正视他们……

第二天下午，我们看够了历史古迹。于是我们到游泳池去，我看报，孩子们游水、争吵、悄悄说话。"说些什么？"我在想。"在说你，"我内心的声音说，"在说他们那不中用的爸爸。"

大约四点钟左右，他们告诉我说他们感到无聊，要出去逛逛。我竭力掩饰自己想清静一下的需要，我说："行，很好。不过六点钟要回来吃晚餐。我在休息室里等你们。"

我六点钟抵达休息室。六点十五分到了，还不见孩子们，然后又到了六点三十分。我从生气渐渐变为担心。七点钟时，我对餐厅总管说我们会迟到。他领我到一张餐桌，说道："请别担心，我相信孩子们随时会到。"

我刚要了杯酒，他们就来了，打扮得整整齐齐，眼睛发亮；可是自己没有什么把握，想判断我的情绪如何。"该死！"我叱骂道，"你们哪儿去了？"

他们脸色一沉。丽赛望着乔希，想从他那里得到点勇气，然后开口。"对不起，爹，"她说，"我们迷了路，走了好久好久才找到路回来。然后，我们还得淋浴、换衣服和……"

"对不起，爹。"乔希附和说，眼睛望着我，好像我又变成了绿色似的。

吃晚餐时大家有点僵，大部分时间沉默无言。孩子们吃得很快，吃的时候互相觑望，故意不瞧我。到了点甜品时，我向侍者领班示意。

"坎宁先生，"他走过来说，"我们今天晚上为您准备了特别的甜品。现在如果可以吃了，我们就端出来。"

"特别的？"我皱皱眉头，"我可没要什么特别的。"

"哦，"领班说，"是一件令您惊奇的东西，我相信您一定喜欢。"

一个侍者从厨房里推着甜品车出来，车上放着一种有蜡烛装饰的甜食。车推近我们餐桌时，我发觉四周越来越寂静。别的侍者都朝我们这边看，领班和总管也在旁边徘徊。"惊奇的东西"在桌边停下。是个点缀得很美的大冰淇淋蛋糕，我最喜欢吃的东西，上面有这样的字："祝最好的爹爹父亲节快乐！丽赛和乔希敬贺。"

"父亲节？"我说，"可是……这个东西是他们从哪儿弄来的？他们怎么知道你们的名字？"

"是我们自己买来的，爹！"丽赛说，"我们走到有店铺的地方，也就是市中心，找到了一家冰淇淋店……"

"可是我们迷了路！"乔希说，"所以我们迟到了，爹。"跟着，他们将整件事情和盘托出……

我那两个害羞的宝贝，先去厨房和餐厅总管商量并说服了他。然后他们急奔过陌生的大街小巷，但转错了弯。一阵慌乱。后来找到了那家冰淇淋店！但是这时六点已过。店子已经关门！从橱窗朝里窥望。有个人走过来，听他们讲话后打开门。

"什么事，孩子们？父亲节？蛋糕？但我们……好吧……进来。"找到蛋糕，加上字。"你们走回旅馆去？这么热走回去？得有干冰才行。"

蛋糕包好，装盒，扎绳，付了钱。再开步走。现在晚了，快走，快走。

现在我们都在一起，孩子们仰着头向我微笑，所有的人也对我们三个人微笑。

"爹，你喜欢这个蛋糕吗？"丽赛这时害羞地审视我的脸。

"爹，这是你最喜欢吃的，不是吗？"乔希问。

我瞧着他。他嗓子里有爱的声音，我想，我看见他深色的眼睛里闪出光芒。"对，乔希，不错。我的确喜欢，丽赛，我非常喜欢。"我再向四周观望，以微笑回报那些笑脸，眨了眨眼。

我们还是一家人。全是蓝色的。

"这是最美妙的父亲节。"我说。

我的旅行伙伴

我是个商人，经常要到外地去洽谈生意，我觉得世上没有什么事情比跟一大群商人在某家汽车旅馆的咖啡店里一起就餐更令人感到孤独的了。

有一年，在我出差之前，我那五岁的女儿珍妮把一件礼物塞到我的手里。它外面的包装纸皱巴巴的，用了至少一英里长的磁带把礼物包裹成一团，无角无棱，不成形状。

我给了她一个大大的拥抱，随便在她脸颊上亲了一下——就是那种父亲通常给予女儿的亲吻——然后开始动手拆开她送给我的小包裹。我感觉到里面的东西很柔软，因此我很小心，生怕把礼物弄坏。在我拆开她送给我的惊喜的时候，她站在我身旁，身上穿着那件稍稍显小的睡衣。

最先露出来的是一双珍珠般的黑色眼睛，然后是一个黄色的嘴巴，一个红色的蝴蝶领结，和一双橘黄色的脚。原来它是一只玩具企鹅，站起来大约有五英寸高。

它的右翼上用糨糊粘着一个小小的木头牌子，糨糊仍然是湿湿的，木头牌子上有手写的一句话："我爱我的爸爸！"在它的下面是一颗手工绘制的心，并且用蜡笔涂上了颜色。

眼泪顿时涌出我的眼睛，迷糊了我的双眼，我立即在梳妆台上为它选了一个特殊的位置。

我总是频繁地出差，每次出差回来待在家里的时间总不会很长。一天早上，我收拾行李的时候把那只企鹅扔进行李箱里了。那天晚上，我打电话回家，珍妮显得很沮丧，她说那只企鹅不见了。

"亲爱的，它在我这儿，"我解释道，"我一直带着它呢。"

从那以后，她总是帮我整理行李，亲眼看着那只小企鹅和我的袜子、修胡子的工具一起放进箱子里。在其后的许多年中，那只小企鹅伴随我走过了千万英里的路程，从美国到欧洲，跨越了千山万水。我们一起在旅途中结识了很多朋友。

有一次到阿尔伯克基，我在一家旅馆里订好房间后，就扔下行李，匆匆赶去参加事先约好的约会。当我回到旅馆里，却发现床铺已经铺好，那只企鹅正靠在枕头上呢。

有一次在波士顿，一天晚上我回到我的房间，发现有人把它放在床头几上的一只空酒杯里——它还从来没有站得那么直呢。第二天早上，我把它放在一把椅子里。可是到了晚上，却发现它又站在那只空酒杯里了。

有一次在纽约的肯尼迪机场，一位海关检查员冷冷地要求我打开行李箱检查。我打开了。在我的行李箱顶部，就放着我那亲密的小旅伴——女儿送我的企鹅。

海关检查员把它拿起来，笑着说："这是我干这一行以来所见过的最有价值的东西。感谢上帝！我们对爱不收税。"

有一天晚上很晚的时候，我打开行李箱，突然发现我的企鹅不见了，那时我从所住的那家旅馆已经驾车行驶了一百多英里。

我慌忙给旅馆打电话。接电话的旅馆职员不相信我说的话，他态度有点儿冷淡，他大笑着说还没有人把它交到他那里去。但是，半小时之后，他打电话来说我的企鹅被找到了。

那时候，时间已经很晚了，但我不在乎。我坐进汽车，开着它行驶了几个小时只是为了重新找回我的旅行伙伴。我到达那里的时候已经临近午夜了。

那只企鹅正坐在旅馆的前台上等着我呢。在休息大厅里，疲惫的商人、旅行者们看着我们的重逢——从他们注视着我的眼神里，看得出他们很羡慕我。一些人走过来和我握手。其中一个男人告诉我，他甚至自愿要求在第二天亲自把它给我送过去。

珍妮现在已经上大学了，我也不再像以前那么频繁地出差了。在多数时间里，那只企鹅是坐在我的书桌上——它暗示着爱是旅行中最好的伙伴。在过去那些奔波在旅途中的岁月里，它一直陪伴着我。

书、我的孩子和我

每当我写作的时候，我的孩子们总问我在写些什么，我往往回答说："我自己也说不好在写些什么，我只知道写得很不成样子。"他们听了就笑，然后又忧心忡忡，他们倒不是为我，不是为我写的东西担忧，而是为所有的一切，为生活，为真实性，为艺术而担忧。于是，为了安慰他们，我就说："你们不用担忧，这并不稀奇。每个作家，只要他是一个真正的作家，写作时总是觉得写得不好，但他还是一直写下去，因为他心里总会有这种感觉的。直到写完了一篇作品，结束了由他自己发动、自己挑起的一场角斗。在这场角斗中，他每一个回合都有两三次被摔倒而两肩着地，可是他无论如何也要把这场角斗坚持到底，尽管半死不活地走下角斗场，他还是感到很幸福。当他忘掉了这场角斗，忘掉了写作时的艰辛，然后回过头来再看他写的东西时，他仍然会感到写得很不理想，然而，毕竟有些地方写得还是成功的，即令程度有所不同，但总还是成功的。"

昨天晚上，儿子对我说："等你写完了这本书，假如可以，我想读一读。"

我回答说："当然可以。但是最好还是让我自己先读一下，而且在读以前将这本书搁置一两个月，或许一两年，作家如果不把他所写的东西读一遍，不重新修改一遍，不动一下剪刀，不大量的删削和少量的增补，一本书就不能算完成。作家最初写出来的东西只是一堆黏土，还要加工，把它塑成一定形状，再固定下来。有很多书值得你去读。我现在说的不是我自己写的东西，尽管我的作品也发表了不少。你可晓得，我现在写的这部新作甚至还算不得小说，这是某种别的什么。"

"可这究竟是什么呢？你把它叫做什么呢？"

"这只不过是一篇文字而已。这是一种尝试，看看能否按照一种既有自由发挥，又有一定形式的特殊程序创造出文学作品来。你大概知道，我早就对这两个对立因素发生兴趣了。我想知道，有没有可能，至少对我来说，写出这两个因素水乳交融的作品。就拿我现在写的这篇迄今尚未定形的东西来说，我已极尽自由发挥的能事，同时我又设法赋予它一定的形式。目前这篇东西还写得不成功，在我没有断定它在多大程度上写得不成功或者没有断定它是否成功(其实这并不重要)之前，我必须将这篇文字放在一边，忘掉它，医好在角斗中留下的创伤，等有一天恢复了元气，再重新把它拿起来，仔细阅读一遍，再斟酌斟酌，只有到那时，我才能知道，我首先给自己写了些什么，其次，给你们——所有对此感兴趣的人写了些什么。

"当我准备重新阅读已经写就的文字时，我不再仅仅是现在写这部作品的那个作家，而且还是一个读者——即不仅仅是我自己，而且还是你，是其他人，是每个人，如有可能，我将不在巴黎，而到另一个城市去，不在法国，而到另一个国家去，况且时间也将不同了。在你还很小的时候，我就开始掂量我所写的一切了——因为我是你的父亲，对你却又不甚了解，无论是写你或者写我自己，我都不愿意写出使你感到难堪的文字来。现在，你已长大了，我对你也更了解了，而且我知道你绝不会因为一个人努力表达自己心中所想的而感到难堪，我现在感到自己自由了，并且相信，你不会责难我所写的任何东西。比如，你可能会感到我这本书有些地方似乎写得格调不高，尽管事实可能并非如此。

"处世不深的人往往看不起阅历丰富的人，我绝不是想说我阅历丰富，不过说老实话，即使不是在所有方面，那么在某些方面我还是见多识广的。换句话说，一个人如果终生把自己的心灵隐藏在一个僻静的角落，他就很可能会谴责那些没有或者不愿意把自己的心灵也隐藏在这种僻静角落的人。再过两三年，你可能会对此有一个更清楚的了解，而我现在就只管做自己的事，只管写作就是了，如果我写得同以前写的全然不同或者略有不同，我将认为这并不可怕。有各种求全责备的理论，我绝不反对理论，但我只是觉得，如果一个人有能力或者有一种不可抑制的愿望要扩大'我'，使这个新'我'以后也趋于完备，那就应该去扩大它。有些优秀作家喜欢待在一个地方不动，我对他们很少出外旅行感到遗憾。

"让我们举两三个你熟悉的作家为例吧。比如，查理斯·狄更斯。你是知道的，他创作了十分精彩的描写人生的小说。在这些小说的气势磅礴而优美绝伦的风格中，混杂着深沉的几近绝望的悲哀和有时未免过分的笑语欢声。但是他作品中所反映的他二十一岁以后的经历，他的实际经历，有些是我所缺乏的：比如他的很快就变得不美满的婚姻，他同其他女人的浪漫史，他对自己的孩子，以及对自己在小说中描绘的那些孩子的态度，如对《远大前程》中的匹普的态度。再以安东·契诃夫为例。他是将精雅的风格同深刻的忧伤和高度的幽默融为一体的另一位作家。他终生忍受病魔的折磨，尽管他是个医生，却不能战胜自己的病痛。我并不想说，他怨恨人的命运。确切

孩子的力量 | STORY

地说，他也像我们大家一样怨恨，但又珍惜人的命运，只不过他也许不如我们那么珍惜或至少是用不同于我们大多数人的方式珍惜。我认为，他还不满十八岁就断定自己快死了，这是确定无疑的。

"每个人在死以前，甚至离年满十八岁还很远，就知道自己总要死亡的，只是契诃夫并未设法推迟自己的死亡，推迟这个必然的到来，而只是开始创作他的出色的小说和剧本。他到库页岛去游历，观察那里人们的生活，两次出游法国南方，到过尼斯。如果我没有记错的话，他还到过戛纳，不久前我还曾在戛纳的赌场玩了个痛快。据我所知，他就是在戛纳去世的。我之所以谈到这些，是因为契诃夫没能够或不愿意向我们讲一点点他自己的情况，讲一点点他如何战斗的情况，使我深感遗憾。之所以遗憾是因为他是一个奇特非凡的人，倘若我们能了解他究竟是怎样一个人，他究竟如何度过他生平郁郁寡欢的每一天和每一年以及其他种种情况，我们会得益匪浅。"

一个作家，早在同未来的妻子初次邂逅之前，当然也就是在同她结婚之前很久，早在初次见到自己的孩子以及此后看到他们整个童年直到他们成熟，或至少是比较成熟之前很久，就已开始同自己的儿子、女儿谈话并开始为他们写作了。

我对儿子说："还有许多其他作家。我指的是最优秀的作家，那些认真写作、善于写作、愿意写作而且曾经写作过的作家。你看，他们绝不肯放弃每个作家仅有的几种文学形式，他们总是觉得采用这些形式十分保险，得心应手，因此他们不愿意离开这些形式而进入自由的语言中去，进入那个形式不起任何作用，而且有害无益的境界。他们不把自己对于人的命运所了解的一切告诉我们，而据我们所知，他们是了解这一切的，因此我感到自己被人愚弄了。现在我不愿意再去愚弄别人，正因为这个我现在才写我所写的东西，即没有形式的作品。我想试试看，能否写出自己现在和过去是怎样生活、工作的，写出我如何没有自暴自弃的，我想说的就是这些。"

每天早晨，当我停止打字，从写字台旁站起来的时候，儿子或者女儿就会问："你完成写作量啦？遇到困难没有？写了几页？"

听到我说完成了工作量，没遇到困难，写了六页时，他们就很满意。他们知道，我力争每天写出六页，我做到了，他们就很高兴。每当我写了七页或八页时，他们就显得格外高兴，只是儿子对我那一套理论有点懊丧，按照这套理论我写得很不成样子。我不得不向他解释我这样想的缘故：首先，写出来的东西还远不够完善

（这是很自然的），远远不够完善，根本不像是一个年近五十一岁、发表作品二十五年、从事写作长达四十年之久的人所写的东西。我还解释说，任何一个作家在写作时总是觉得自己的文字苍白无力，原因很简单，那就是他知道，如果写得顺手，本来会写得更好的。对于作家来说，要紧的是不灰心丧气，应当了解和听取关于自己作品的正确意见，但同时还要继续前进，有始有终，竭尽全力，因为不这样，就一事无成。一个男人如果结婚，就会有孩子，他无法事先知道孩子将是什么样子，但是他仍然去冒这个风险。作家亦然。他写作，尽管他从来不知道他写出来的东西将是什么样子。不过有一点是肯定的，他写出来的东西与别人写出来的不同，正如他的孩子不会是别人的孩子，而是他和妻子的孩子那样。作家结婚，生儿育女，同时他也开始不断创作和完成新的作品。孩子们一年年长大，写出的作品则依然故我，不过也不尽然，因为读者在不断变换，而任何一本书都是生存在读者中间的，哪怕这本书只有一个读者，而此人就是书的作者本人。文学作品也和孩子一样，是难以预测的。

我的女儿笑着说："那好吧，你就别认我这个女儿好啦。我知道你不太喜欢我，不认就算啦，我不怕！"

你的孩子们同你开着玩笑，他们感到很快乐，这很好。可是你的书在盼望你变化，再来一点小小的，不太大的变化。它们盼望你重读一遍，对它们进一步了解，这样你才会确切地，或者较为确切地了解它们是什么，了解你在过去的年月都写了些什么。

我十六岁时，已经好多次被轰出学校，以至于我决心再也不去上学了。于是我就来到加利福尼亚州圣霍阿金·威利的葡萄园剪修葡萄藤了。有一次突然下起倾盆大雨，在葡萄园劳动的人都提前下工跑掉了。我去弗雷斯诺区的一家书店，到了这家书店专售旧书的后屋，我想花五分或一角钱买些有用的书。我找到一摞旧杂志，都是一些很好的旧杂志，不是什么无聊的刊物。其中有一本（我从前听到过）叫做《表盘》。这种杂志店里只有一本。我向书店的老头儿打听，老头儿说，这是仅有的一本，这本杂志在书店已经摆了一年了，他也记不得它的来历了。我付了一角钱，将杂志揣进怀里骑上自行车，冒着滂沱大雨回家了。雨下个不停，没有地方可去，电影我压根没兴趣，百无聊赖，学是绝不再上了，我想当个作家或者干脆什么也不干。我不知道怎样才能当一个作家，也不知道在迫不得已的时候又怎样才能什么也不干，因此我在凉台的圆桌旁坐下来，打开才买来的杂志读起来了。我从头至尾一口气读完了。天哪，他们真能耐！他们怎么写得这么好？字字珠玑，它们织成了一个又一个故事，一首又一首诗歌，一篇又一篇散文，而我一个十六岁的傻瓜，在他们面前并不是一个大作家，而是一个不够格的读者。但是，这也无所谓。做一名读者总比什么都不做好嘛，特别是当你读到像此刻这样好的作品时，虽则我知道自己永远也写不了这样好。这些人会写，我不会写，我想我永远也不会写。尽管我不会写，只要写的东西编辑和出版商肯出版就成。我并不认为这是根本不可能的，虽然我也不完全有把握。我当时对什么都缺乏信心，任何一个作家在十六岁的年纪都不会满怀信心的。但是我不能像这些作者写得这样好，这一点我是清楚的，因为(显而易见)他们为此下了很大的工夫。要想像他们那样写作，首先要成为像他们那样的人。但怎样才能做到这一点呢？这对我来说是可望而不可即的。在这以前，除了一两个人的名字外，我对他们一无所知，但此刻他们宛如浮现在我面前，我觉得他们都像个作家，而我自己(这一点我很清楚)压根不像个作家。他们有知识，我却没有。当然，我并不愚笨，至少我这样认为：否则又怎么解释我竟然在世界人面前，包括在这些作家面前还自以为是呢？一方面，他们的作品使我钦佩，另一方面他们的知识又使我妒忌。他们对其他作家，对各个文学时期了如指掌，他们懂得那么多，他们有关于某某作家的创作、如何开创文学创作新流派等方面理论的广博知识！而我在这些方面有些什么知识呢？倘若不算我心爱的一本旧日历中所刊印的二三百个名人的名言，我几乎一无所有。当我快读完这本杂志时，其中有四五页竟使我读了之后高兴得手舞足蹈起来。这篇文章摘自《世界历史的传说》——一部未完成的巨著。作家的名字叫乔·高尔德。啊，这位作家既然不把自己叫做约瑟夫，而叫做乔，就使人不由得要想一想：真有意思，他这是想讨好谁呢？在开始读乔·高尔德写的作品之前，我还以为，他准是一个江湖骗子，差一点想跳过这几页。后来我才发现这几页可不能跳过。我一边读着，一边跺脚：朴实无华，明白流畅，真实生动——这是一篇由各种不同人物的谈话构成的文章。

他们并不是满口豪言壮语的大人物，而是一些语不惊人的芸芸众生。

第二天早晨我又来到葡萄园，这时我开始谛听工人彼此之间以及工人们对我说的普普通通的谈话。我已经有了信心，乔·高尔德给了我一些教益：倾听并从中汲取滋养。从那时起我就学会了倾听。

（美国）威廉·萨罗扬

过夜的小客人

清晨来临，我躺在暖烘烘的被窝里。突然，传来一声呼唤，打断了我残留的睡意。我是该醒了，我该马上就起床。循声望去，我发现一个小姑娘正站在到浴室内的体秤上。

"喂，"她光溜溜的，一丝不挂，弯腰站到体秤上，"来看看我有多重。"

有多重？你说得出一道彩虹的重量吗？

当世界笼罩在一片灰暗的阴霾之中，当生活的道路上荆棘遍地，你多么渴望出现彩虹。它的拱形身影架在你头顶上方，永远是那样可望而不可即，却又总是向着你射出闪烁的光芒，只要你昂起头，彩虹时刻都会映入你的眼中。

那只低向浴室体秤的美丽、稚嫩的脖颈，你用什么来估价它呢？

姑娘小脑瓜上的头发，从中间分作两股，扎成两个小抓揪，抓揪上系着蝴蝶结，一摇一摆，像是在兴冲冲地嬉戏。你又用什么来估价我和她相聚的喜悦和欢愉呢？期盼着有一声尖细的嗓音把我唤醒；梦想着有一双有力的小手臂绕在脖子上；渴望着来一阵执拗任性的纠缠，不把面包切成薄片不作休。

我感受到了这种喜悦带来的振奋的价值，它使你感到你的心比你想象的要年轻得多。

恬静，安谧的时分，小姑娘不知道还有人在听着，这声音是多么难以估价，姑娘和洋娃娃交谈的声音。

她在凝聚的幻想中，她周身以外的尘世悄然遁去。她忙碌着排练一出古老悠远的故事，扮演一个小小的母亲："不对，不对，小宝贝，说话不要张大嘴。"在她自己国度的乐土上，轻快地欢唱，这又是什么样的价值呢？你听，你听！不用说你肯定从未听到过比这更迷人的歌声了。这种奉献的喜悦价值千金呢！

我们从未拥有过，我们根本不具有。我们只有在责任的驱使下，短暂地奉献，极短，极短的。

这一颗幼小心灵是有怎样的价值啊！在这片心灵的处女地上，你怎么能不播下至善至美的种子，你的善与美？恐怕我们之中的任何一个人也不会拥有这么多。进取奋争，自我为中心，利己主义，玩弄言辞，沾沾自喜——这就是我们。

事实上，对于"至善至美"很难下定义。也许是在你做了件事，而没有记起提醒自己"我在作贡献——多么高尚的行为"时，你就是"至善至美"了。那谁又能产生如此巨大的激发力量呢？是一个可爱的人儿。是一个小小的孩童。

"我有多重？"她询问我，她察看我是不是瞧了体秤。

我低下头，看了看，告诉她我看到的数字："三十磅多一点点。"

然而，我知道真正的答案是什么。一个孩童的价值就是你生命的价值，你是你可能做到的一切，一切的一切。

（美国）麦根·扎拉森

苹果里的星星

一个人的错误，有可能侥幸地成为另一个人的发现。

儿子走上前来，向我报告幼儿园里的新闻，说他又学会了新东西，想在我面前显示显示。他打开抽屉，拿出一把还不该他用的小刀，又从冰箱里取出一个苹果，说："爸爸，我要让您看看里头藏着什么。"

"我知道苹果里面是什么。"我说。

"来，还是让我切给您看看吧。"他说着把苹果一切两半——切错了。我们都知道，正确的切法应该是从茎部切到底部窝凹处。而他呢，却是把苹果横放着，拦腰切下去。然后，他把切好的苹果伸到我面前："爸爸看哪，里头有颗星星呢。"

真的，从横切面看，苹果核果然显出一个清晰的五角星状。我这一生不知吃过多少苹果，总是规规矩矩地按正确的切法把它们一切两半，却从未疑心过还有什么隐藏的图案我尚未发现！于是，在那么一天，我的孩子把这消息带回家来，彻底改变了冥顽不化的我。

不论是谁，第一次切"错"苹果，大凡都仅出于好奇，或由于疏忽所致。使我深深触动的是，这深藏其中，不为人知的图案竟具有如此巨大的魅力，它先从不知什么地方传到我儿子的幼儿园，接着便传给我，现在又传给你们大家。

是的，如果你想知道什么叫创造力，往小处说，就是苹果——切"错"的苹果。

（美国）迪·恩·帕金斯

学生手册

儿子手里拿着一本学生手册。我曾在一本杂志里读到过，教育学生的责任，不仅学校有，而且家长也有。我决定试试。

"拿来，"我说，"趁电视正在修理，俄瞧瞧。"

我把学生手册拿在手里，它又脏又皱，里边已经缺了几页，字迹潦草，只有女教师用红墨水写的字还能给人以赏心悦目的感觉。为防万一，我摸摸裤腰带，开始读："您的孩子在课堂上睡觉！"

"您儿子又一次和值日生打架！"

"嘿，这个淘气鬼！"我气不打一处来，"现在就开始和值日生打架，等长大了那还得了！"我开始解裤腰带。我把救心丸塞进嘴里，继续读下去：

"在图画课上不画松鼠，却画了个骑大扫帚的老妖婆。用石头打碎了地球仪，请交3卢布地球仪修理费。"

"数学课上吃腌青鱼……"

"不对，"我想，"怎么有点不对劲！"

"你干吗要在课堂上吃腌青鱼呢？"我问儿子。

"爸，你怎么啦，你不是知道我最讨厌吃腌青鱼吗，"儿子答道，"再说这根本不是我的学生手册。我是在咱家的阁楼上找到它的。"

我仔细一瞧，没错！封面上写着我的名字，怨不得看着它眼熟呢。显然，这是我小时候的学生手册……

瞧，我教育得多好！我嘛，当然又悄悄地系紧了裤腰带。

"听我说，"我小声问儿子，"你没往手册里瞧吧？"

"没，"儿子回答，"没来得及。"

我心中一块石头落了地。能及时教育孩子该是多么重要啊！

（拉脱维亚）安托斯·济尔尼斯

生日礼物

我的儿子上一年级了，一个星期后，他就带回家一个新闻：他在游戏场上跟班上唯一的黑人孩子罗杰在一块玩，我忍住气，不动声色地说："好呀，要过多久才会有别的孩子跟他一块玩呢？"

"噢，我要永远跟他一块玩下去。"比尔回答。

又过了一个星期，我得知比尔要罗杰与他同桌。

除非你像我一样，也生长在一个白人至上的国家里，否则你不会明白这将意味着什么。

一天，我去找比尔的班主任老师，她用疲倦而略带嘲弄的眼光迎接我。

"噢，我猜您也是想为您的孩子找个新同桌吧。"她说，"您能稍等一会儿吗？我正要接待另一个孩子的母亲。"

我抬头看见一位年龄与我相仿的妇女。当我认出她就是罗杰的母亲时，我的心跳猛然加快了。她矜持沉静，端庄稳重，但仍然掩饰不住她向班主任老师问话中透出的不安。

"罗杰表现怎么样？我想他跟别的孩子还处得来吧？如果不是这样，请您照直告诉我。"

她犹疑了一下，又接着问老师："他给您添什么麻烦了吗？我是说，因为他老是调换座位。"

我可以感觉到她内心可怕的紧张，因为她明白问题的答案。我真佩服这位老师，只听她语言温和地回答：

"不啊，罗杰没给我添麻烦。在开头几周里我要把所有孩子的座位都调换一遍，好让他们每个人都有个正好合适的同桌。"

我作了自我介绍，并且说我的儿子将是罗杰的新同桌，我希望他们俩要好。即便是在当时，我也知道这不过是几句表面的应酬话，并不是内心深处的愿望。但我可以看出，这话给她帮了忙。

罗杰两次邀请比尔到他家去，我都找借口回绝了。后来就发生了那件使我永远负疚的事情。

我生日那天，比尔放学回家，带回一只脏兮兮的折成方块形的纸盒。打开一看，里面有3朵花，一张用蜡笔写着"生日快乐"的卡片和一枚镍币。

"这是罗杰送的。"比尔说，"这是他的牛奶钱，我说今天您过生日，他非叫我把这带给您不可。他说您是他的朋友。因为全班就您这位妈妈没有强迫他再调换一个同桌。"

（美国）马维斯 · 伯顿 · 弗格逊

子为吾师

有一个故事，说的是一个小男孩，他父亲送给他一头小牛犊，要求他精心饲养，给它擦身，每天还得把它举起一次。小牛犊伴着小男孩一天天长大了，男孩每天都能举起比昨天重一磅的牛犊。在他15岁时，竟能高高地举起一头壮实的公牛。

在我的生活中也有类似的体验——儿子在潜移默化中提高了我。其实您的孩子也一样，只是不知您感受到了没有。

我的儿子伊万5岁以来，一直是我的网球伙伴。一次度假，我和10岁的伊万打网球时，球场上有一群网球俱乐部的小孩也在打网球。我正要去捡落在地上的球，那群小孩的教练走近我说："您的儿子网球打得棒极了！"

我知道，这个人不仅仅只是恭维一下伊万，而是想吸收他为俱乐部的成员。我摇摇头，说："我们只是在这儿度假！"

"真遗憾！"他说道。

在回亲戚家的路上，我告诉儿子，那个教练表扬了他。我很想知道，教练到底觉得伊万哪点打得好。

几年来，伊万把他在学校打网球时取得的好成绩都一一汇报给我，他每战胜一个对手，都兴致勃勃地描述给我听。对于这些，我每次都是这只耳朵进，那只耳朵出，因为对于这些，我根本没发现到他有值得一提的进展。当然了，他现在出球更有力，失误也越来越少。但是，像他这样连连败在父亲手下，又怎么说他有多么大的进步呢？

我认为，和别人比赛，不发挥出自己的最高水平，是不尊敬对方。所以，和5岁的小伊万打球时，我虽然不会把球直接扣死在他脚前，但也不轻易让他赢球，他应该想的是怎样打好每一个球，而不是输赢。至今，他还不是我的对手。

那次度假后，一位老朋友邀我和他赛一场。他过去总是打赢我。我问他是否还在练球。"嗯，天天练。"他答道。

把我这位老朋友打得一败涂地，这还是仅有的一次。虽说我手下留了情，但比赛的结果仍令我俩感到吃惊。

开车回家的时候，我才意识到这是因为伊万的缘故，我和他共同提高了水平。就像那故事中的男孩一样，能举起一天天壮实起来的牛犊。伊万的水平在每场比赛中提高，我也随着不断地提高了。

伊万迫使我提高网球的水平，他教给我猛烈地进攻，顽强地抵抗，这天长日久的积累，让我无法察觉。

你和你的孩子肯定也是这样。在许多方面，孩子们以你意想不到的方式，促使你不断进步。在你的奋斗过程中，在你的情感世界里，他们都有着不可忽视的影响。他们教会你什么时候应该让步，什么时候又必须坚持。

通过和儿子打网球，我体会到这点。其他事情也是如此。培养教育孩子的时候，无形中使得你的兴趣面不断地扩展，洞察力不断地敏锐、丰富，更新了你的知识，使你成为一名优秀的球手，一名合格的家长，一个不断完善的人。

（美国）巴奈·库亨

埋在尘土里的便士

父亲葬礼的头一天黄昏，我和姐姐在落日的余晖中漫步在田头，追忆着一件件往事，就像那些重聚在自己出生旧地的一家人那样，努力把自己与当年的我们——那些陌生的小毛头儿们联系起来。

"你还记得我们认为你被丢了的那天傍晚吗？"姐姐问。

是的，我记得。那是早在我7岁那年的事，但是有时我觉得好像就发生在昨天。

"我们到处找遍了，"她回忆道，"村公所，后面的野鸟坡树丛，连井里都看过了。我觉得那是唯一的一次看到父亲真的惊慌失措。我们告诉他这件事时，他顾不得把牛卸下车就直穿过那片林中空地去寻找你。当时汤姆·瑞夫正在那儿烧树枝，父亲简直可以说是从火苗上踏过去的，他们拉都拉不住他。可是，你却在自己的床上呼呼大睡！"

我没说话，姐姐又继续说：

"那回只不过是为丢了一枚便士还是什么别的东西，是吗？"

对的。她爱怜地笑了起来：

"你那会儿真是个怪小子，没错吧？"

我承认我有点怪。不过事情并不仅此而已。在那以前，我从未见过新便士。我总以为便士都是黝黑的，可是这一枚却亮得像金子，特别是父亲把它给了我。

我真希望你能理解我的父亲，但是我很难给你说得清。要是我告诉你他整天在干活，可是我从没见过他着急上火，这听起来他有些迟钝。要是我告诉你我小时候他从来不把我抱上他的膝头，在他一生中我从未听见过他开怀大笑，这又会显得他缺乏幽默感和过于严肃。要是我说当我滔滔不绝大谈自己的那些怪诞的念头时，只要见到父亲进来，我就会马上住口，那么，你一定又认为他对人冷淡，我有些怕他。但是，不，都不是这样的。

无论我怎样解释，恐怕也只能勾画出这样一幅景象：在大海边上，有一个不苟言笑的男人和一个充满幻想的孩子。请你相信，实际情况绝不止如此。似乎父亲踏在田野上的稳健而有力的土地上，就不敢再向前走，似乎他永远不会坦然走入我的天地而毫不感到尴尬和冒犯。我能察觉到这些，却不能理解。我能感到这些，却不能理解。我能感到自己这个敏感得近乎可笑的孩子世界外面响着父亲坚实的脚步声。他准备种菜地之前，总要先为我留出一小块地方，让我在里面种豆类或其他发芽早的种子。即使开春迟的时候，也是如此。但是，他不会问我想要多少垄地。假如他整出3垄，而我想要4垄，我也不可能去请他重新安排。如果我跟在父亲的装着稻草的牛车后面，很想爬上去坐着，而父亲就在牛车前面走着，我也不可能让他把我抱上去；要不是他看到我拼命攀住绳索，他也不会伸手帮我爬上去。

可是，就是他，我的父亲，刚才给了我一枚新便士，金光闪闪的新便士。

他几次把新便士从衣袋里拿出来，佯装在辨认上面的日期，巴望着引起我的注意。要是我想要什么东西，必须做出某种表示，否则父亲不会主动给我。

"彼得，如果你想要的话，就拿去吧。"他终于开口了。

"好的，谢谢。"我说后，再没有说别的话。我未流露出我是多么迫切地想得到它。

我拿着这枚便士朝商店走去，想买一根诱人的膨化玉米糖。但是，当我想到这枚闪光的便士将要落到店主的钱袋里时，越走近商店越迈不开步子。我终于在路中间坐了下来。

那是8月的一个下午，那种时光停滞的神秘时刻。阳光下，树叶和收割后的苜蓿的气味仿佛凝固在空气中了。路上厚厚的尘土轻拂着脚踝，梦一般的温馨轻柔。阴凉沼泽地那边，传来的牛铃声清晰而悠远。

我玩起了那枚便士，暂时不作决定。我闭上眼睛，把便士深深地埋在尘土里，然后闭着眼睛站起来走一圈，再回来把它找出来。每一次重新触到它亮闪闪的边缘时，都激起阵阵冲动，我玩了一遍又一遍。糟糕，不玩这最后的一次就好了。

他们激动的谈话声把我吵醒时，天已经黑了。是母亲发现了我。我估计大概是天擦黑时她想起我平时躺在床上的情景，就朝那里随便望一眼。只不过如同我们丢了东西后，总爱朝放它的老地方看看那样。她突然大喊一声，因为她打开房门，竟发现我就睡在那里。

"彼得，"她犹如心中的石头一下子落地，不顾一切地吼叫起来，"你到哪儿去了？"

"我把那枚便士丢了。"我回答。

"把那枚便士……丢了？那你干吗要跑到这儿藏起来？"

当时如果父亲不在场，也许我会原原本本把一切都告诉母亲，可是，我抬眼看到父亲，好像现实与理智变得那么真切，好像一场滑稽的梦境的回忆在光天化日之下破碎了。我怎么有脸当着他的面讲述那个神秘的8月的下午——我在头脑中编织的孩子气的梦呢？当我把那枚便士埋起来又挖掘出来时，几乎一切都可以想象得活灵活现。当我不得不相信便士确实找不到了时，我怎么解释得清楚从心底里感到的那种难过心情呢？我怎么解释得清我没有在躲避他们呢？用我当时仅仅能表达清楚和理解的语言，怎么能让人明白这是让我能摆脱失落感的唯一地方呢？

"我弄丢了那枚便士，"我说，看看父亲，又把脸埋在枕头里，"我想睡觉。"

"彼得，"母亲说，"快9点了，你还没吃晚饭。你知道你快把我们吓死了吗？"

"你最好吃点东西。"这是父亲第一次开口。

我没料到他会重提此事。第二天，我们拿起木杈准备去扒苜蓿，他好像故意拖延着不下地，他先把木杈插在地上，又去抬一桶水，其实大壶早满了，他走到猪圈，去看看猪把食吃光了没有。

然后，他突然问："你不知道那枚便士丢在哪儿吗？"

"知道，"我说，"我说得出大概的地方。"

"我们去看看是不是还能找得到。"他说。

我们一起沿着那条路走下去，彼此都感到局促不安，他没牵着我的手。

"就在这附近，"我说，"我在尘土里玩它来着。"

他看着我，但并没有问我拿一枚便士能在尘土里玩什么游戏。

大概我从一开始就肯定父亲会找到它的。因为他会用大折刀轻轻劈开赤杨树皮做哨子，用力恰到好处，既不会使树皮裂开，又能沿树干刻痕使其脱落下来。他的粗大手指能把乱得一团糟的鱼线清理出来，我却只能把它弄得越缠越紧。如果我把我的手推车弄坏了，坏得看起来无法修复，可他把坏车拿走并送回来时，那个接茬不仔细找准保看不出来。

他跪下来，手指像耙那样在尘土中摸索，不像我那样把土刨成一堆，一边挖一边埋。他几乎马上就把它找到了。

他把便士拿在手里，似乎把它还给我的那一刻是最后时限，到时他必须对我说些他害怕说的话。

"彼得，"他说，"你不必躲起来，我不会打你。"

打我？噢，父亲，你当真以为这就是为什么……我觉得恶心。我觉得好像打他一拳才好。

看来我只能对他实话实说了。因为只有真话。毫无隐埋的真话才能驱散他头脑中这些可怕的念头，无论这些话听起来多么荒诞。

"我没有躲起来，真的，父亲，"我说，"我……我把这枚便士埋起来，假装寻宝。我假想我在淘金子。找不到便士时我不知如何是好，甚至不知道该到哪儿去。"

他的头朝前探着，好像专心在听。我必须叙述得更可信。

"我把这枚便士想作金子，"我没有把握地继续讲，"我……我假想给你买了一台锄草机，这样，你每天可以早点收工；这样，我们就能坐汽车进城。那汽车也是我假想给你买的——大家都转过头来看看我们沿着大街开着汽车。"

他的头一动不动，似乎在耐心地等我讲完。

"我们在车上又说又笑。"我边说边提高了声音，动情地微笑着，想用一种特别真切的信念打动他，使他信任我。

他抬起头，这是我唯一的一次看见他眼中闪着泪花。我长到7岁以来，他第一次搂住了我。

他迟疑了一会儿，然后把便士放回自己的衣袋。当时我不明白他为什么这么做。

昨天我明白了。我从来没有找到财宝，我们从来没有能买汽车一起开着出去。但是我知道，他体会到了那会是怎么样的情景。昨天，我又找到了那枚便士。那是在我们翻找他最体面的西服的时候，在背心口袋里发现的。人们绝对不会在那个地方存放零钱，那枚便士仍然熠熠生辉。毫无疑问，那一定是他经常擦它的缘故。

我仍然把它留在背心口袋里了。

梦中之屋和我的宠儿

在华盛顿的斯波凯恩，有一块松林和溪流环抱的地皮。一发现这个地方我和妻子乔尹就都觉得这是建造我们梦中之屋的理想之地。

然而，这块地皮出价很高，远远超过了我这个哲学教授的支付能力。于是我开始白天在学校兼课，晚上到别处去赚外快。终于我们买下了这块地皮。有几次，我把小儿子索伦背在背袋里，带着他到我们未来的住处散步。

接着那个令人神往的夏天到来了。我开始帮承包人建造我们的房子。挑选建材时，我总是说："要最好的，我们打算在这儿过一辈子了。"这期间，我的脑子很少跟家人们完全待在一起，而是不停地盘算着日趋上升的建房花费。

终于，我们实现了四年来的愿望。乔迁那天，我感到无比的自豪和满足。

可仅仅一个星期之后，由于卖不掉原来的房子我们不得不搬出新居。

乔尹说："罗里斯特，我们没法拥有这所房屋了，还是把它卖掉吧。"

内心深处，我明白她是对的。精美的布置，出色的设计，这都意味着新房子比旧房子更容易卖掉。我勉强同意了。但失望的心情让我很长时间郁郁寡欢。尽管我在宗教和哲学方面所作的研究应该教会我什么是真正重要的事情，这也是我要求我的学生们了解的。可是，我仍然情绪低落。

第二年的四月份，我们一家随同我的岳父岳母到加州度假。一天，我们搭乘汽车去圣·朱安·凯匹斯特莱诺传教区游玩。

四个大人轮换着带孩子们喂鸽子，参观卖纪念品的商店以及在修剪一新的草地上嬉戏。临上车时，我发现乔尹和别的孩子及两个老人在一起，但不见索伦。

"索伦呢？"我问。

"不是跟你在一起吗？"

一阵恐怖袭上心头，我们意识到已有将近20分钟没见到他了。小索伦才22个月，可他好动。天哪，但愿他现在正在哪个地方，安然无恙！

我们立即分头在这个5公顷大的传教区奔跑寻找。每遇上一个人，我就问："你看见过这么高的一个小男孩了吗？"我跑遍了后花园、房前屋后、商店内外。我开始害怕了。

突然，我听到乔尹一声尖叫："不！"只见索伦四肢摊开躺在喷水池的边上。他浑身肿胀，气息奄奄。这情景像一块烧红的烙铁，灼烫着我的心。此刻，我感到生活再也无法跟以前一样了。

一个妇女抱着索伦的头给他做口对口人工呼吸，一个男子在按压他的胸部。"他会没事吗？"我叫道，我害怕知道真相。

"我们在尽力抢救。"那妇女说。乔尹瘫倒在地上，一遍遍地说："怎么会这样？"

不到一分钟，救护人员赶到了，给索伦装上了救生用具，并把他送往医院。

一个医疗小组开始对他施行手术，主刀的是一个"近期溺水"方面的专家。

"他怎么样了？"我不停地问。

"还活着，"其中一个护士说，"可很危险，要看接下去的24小时了。"她善意地看着我，又说："即使救活了，脑子也可能留下严重的后遗症，您必须做好思想准备。"

我怎么也不会想到在西部医疗中心急救室见到的儿子会是这副样子：他身上接了数不清的管子，赤裸的身躯显得特别小；他的头顶旋进了一个血压探测仪，顶端有一个蝶形螺母；一盏闪烁的红灯连接在他的手指上。他看上去像个外星人。

最初24小时，索伦挺过来了。接下去的48个小时，我们一直守护在他的身边。他的体温超过了105华氏度。我们给他唱他最喜欢的催眠曲，希望给昏迷中的他带去抚慰。

"你们俩该休息一会儿了。"我们的医生坚持说。于是，我和乔尹开车出去兜兜风，一路说着话。

"除了索伦的事以外，还有另外一件事搅得我心神不宁，"我告诉她，"听说在遭受这样的不幸之后，可能会导致有的夫妇分手。我可不能失去你。"

"不管发生什么，"她说，"都不会拆散我们，我们对索伦的爱源自我们相互的爱。"

我要听的正是这话。于是我们又哭又笑地追忆着逝去的时光，诉说自己是如何挚爱我们顽皮的儿子。

"你可相信在过去的几个月里我一直对失去那幢房子耿耿于怀？"我说，"可要是我们回到家里看见的只是空荡荡的卧房，新房子又有什么用处呢？"

尽管索伦还在昏迷之中，这些谈话仍给我们带来了一丝宁静。那些天，我们不断得到来自亲友和陌生人的支持，感觉到他们的祈祷产生的力量。

接下去的几天，有四个人来探望索伦。首先来的是发现索伦溺水的那个传教区的巡回医生。"那天我一大早就来了。我站在喷水池边，突然有一种强烈的预感，"他说，"那是因为我看见了索伦穿着的网球鞋的鞋底露在水面上。此后，我便是凭着天性和所接受的训练行事了。"

不久，给索伦做口对口人工呼吸的那位妇女来了。"我受过救护训练，"她告诉我们，"刚见到他时，脉搏已经找不到了，但后颈微弱的颤动告诉我他还在努力呼吸。"

我不禁打了个冷战。如果发现索伦的人缺少医务知识，如果他们很快就放弃了抢救，情况会是怎么个样子啊！

接着，两位救护人员也来了。他们说，平时他们驻守在离传教区十多分钟路程以外的地方，那天正好到离传教区一个街区的地方办点事，就在那时，接到了求救电话。

我们记得医生说过索伦存活全在于得到及时正确的抢救。因此，他们所讲述的一切使我们深为感动。

第三天，电话铃叫醒了我，"快起来，"乔尹叫道，"索伦醒了！"我到的时候只见他慢慢地蠕动着身躯，揉着眼睛。几小时后，他恢复了知觉。可他还会是那个曾经带给我们家庭无限快乐的小男孩吗？

几天后，乔尹怀抱索伦坐在那里，我手里拿着一个球。他试图去抓那个球，口里叫着："球！"我几乎不能相信！接着他指指一杯苏打水。我插上吸管给他，他开始对着水吹泡泡。他笑了——虚弱无力的笑，然而这的确是我们的索伦！我们又是哭又是笑，医生和护士们也是一样的激动。

几个星期后，索伦就在家里到处乱跑了，还像往常一样，边拍球边喋喋不休。他那种无法无天的调皮劲儿，使我们感到生活馈赠给了我们一个奇迹。

几乎失去索伦的这番经历，使我重新考虑我这个父亲在家庭中应起的作用。其实真正重要的并不是我能否为孩子们提供一个理想的居室，一个完美的游戏房，甚或是树林和溪流。他们需要的是我这个人。

最近，我又开车回到我的梦中之屋。灿烂的阳光正透过那52扇窗户照射进来。的确，这是个美妙的场所，但我再也不会自寻烦恼了。

（美国）弗罗斯特·贝尔德

系好你的鞋带

在我女儿6岁的时候，某一天她烦躁不安地进来；她不想吃零食，不想和小朋友玩，也不想看图书了。最后我抱起她问她怎么啦，有什么不对头吗？

"没有。"她说，垂头看着地毯。

我试着去弄清楚究竟是什么使得这个通常都很快活的小女孩变得如此郁闷。

"是彼得这家伙又欺负你了？"我探询地问。

"不，爸爸。我只是觉得不好过。"

我随着她的视线移向地板，注意到她脚上的便鞋，在外面玩了一天以后鞋已经很脏了，鞋带也松开了。我们一起坐了很长一段时间。

"你的鞋带没有系好。"最后我打破了沉寂。

"是的，我不断地被它绊倒。"

我把她放到沙发上，然后蹲在她面前。我细心地重新替她系紧了鞋带。

当我重新抬头注视她的时候，她坐在那里看着我，脸上呈现出欣喜的表情。

"感觉好一点了吗？"我问。

"很好，爸爸——真的很好。"

我知道这种感觉。我们无须花费很多的口舌来谈论诸如怎样生活，以及影响孩子们成长的一些重要方面等等。事实上，影响一个人愉快心境的基本因素，通常来自一些细枝末节，比如我们跋着一双鞋带不紧的鞋散了一天的步，或者在我们的鞋中钻进了一粒小沙砾，又或者我们拖着一双漏水的鞋穿过一大片打湿的草地。有的时候，所有的抑郁和不快就源于这些十分细小看似微不足道的事情，一些简单的却有待调整和引起注意的细节。

爸爸奖

书房的架子高处，放着一只纸箱，上面写着几个大字：好东西。每当我俯案写作，就能看到它，箱子里是些私人收藏，是些在一次次筛选丢弃中幸存下来的东西。小偷往箱子里瞧瞧，保证没他愿拿的玩意儿，里面任何一件东西也值不了两毛钱。不过，一旦房子失火，我逃命时准带上它。

纸箱中有件纪念品。那是个小小的纸袋，一个午餐袋，袋口用钉书针和回形针封着，从一个边缘不齐的豁口可以看见里面的东西。

这个特别的午餐袋，我已保存了14年。实际上它属于我女儿莫莉。莫莉上小学后，每天早上热情十足地给我们大家分装午餐，用的就是这种午餐袋。每只袋中装着一份三明治，几个苹果和买牛奶的钱。有时还有一张纸条或是一张优待券。

一天早上，莫莉递给我两个纸袋，一个装着午餐，另一个却用订书针和纸夹子封着口，不知内装何物。

"怎么有两只袋子？"我问。

"另外那个是别的东西。"

"什么？"

"零零碎碎的玩意儿，只管带上好啦。"我把两个纸袋强塞进公文包，匆匆吻了吻莫莉，就上班去了。

中午急忙吞着午饭，我撕开了莫莉给的另一只纸袋，抖擞着倒出了里面的东西。只见两条发带、3颗小石子、1个塑料恐龙、1枚铅笔头、1个小贝壳、2块动物饼干、1只玻璃球、1支废口红、1个小娃娃、2颗赫尔希牌小糖果，还有13枚硬币。

我不由微笑：都是些什么宝贝哟！我急着腾清桌面以忙下午的紧急公务，便将莫莉的小玩意儿和我吃剩的午饭一齐撮进了废纸篓。

晚上我正读着报，莫莉跑到身边问："我的袋袋呢？"

"我忘在办公室了，怎么啦？"

"我忘记把这张纸条放进去了，"她递给我一张纸条，"另外，我想把纸袋要回来。"

"为什么？"

"袋袋里都是我最喜欢的东西，爸爸，真的。我原先以为您也许高兴玩它们呢。现在我自己又想玩了，您没把它弄丢吧，爸爸？"莫莉的眼里闪着泪花。

"噢，没丢，"我忙哄她，"我只是忘记带回来了。"

"明天带回来，好吗？"

"一定，别担心。"她松了一口气，双手搂住我的脖颈。我打开纸条，只见上面写着："我爱你，爸爸！"

我久久凝视着女儿的小脸。莫莉把她的珍爱之物给了我——那全是一个7岁孩子的珍宝。纸袋中满盛着亲情爱意。而我，不但忽略了这一点，还把它扔进了废纸篓！天哪！我觉得自己简直不配当爸爸。

反正无事可做，尽管办公室离家挺远，我还是赶了回去，在守门人清扫之前拎起了废纸篓。我把里面的杂物一股脑儿倒在桌面上。正当我一件件向外挑拣那些宝贝时，看门人进来了。"丢了什么？"他问。我觉得自己活似个大傻瓜，于是就告诉他始末根由。

"我也有过小孩子。"他说。一对傻兄傻弟就在垃圾堆中扒拣起珍珠宝贝来，一边相视而笑。看来干这种傻事的确实还大有人在啊！我把恐龙身上沾的芥末洗掉，又往那些宝贝上大喷了一通清凉剂，压掉那股洋葱味儿。我摊平那个棕色纸团，勉强使它像个纸袋，把那些玩意儿装进去，然后，像揣着一只受伤的小猫，小心翼翼将它带回了家。

次日晚上，我把纸袋还给莫莉，没作任何解释。纸袋已经很不像样子，不过里面的东西一件不少，这才是最要紧的。晚饭后，我请她讲讲那些宝贝，她便一个个掏出来，一排溜摆在饭桌上。

她讲了很长时间，每一件物品都有一个故事。有些东西是仙女送的，赫尔希牌小糖果是我给的，她一直保存着，想吃时就拿出来享用。我一边听，一边明智地不时插上一句"噢，我懂了"之类的话。而且，我也确实懂。

令我吃惊的是，几天之后莫莉又把袋子还给了我，仍旧是那些内容。我感到自己得到了谅解，重又获得了信任，她依旧爱我。我这个爸爸当得更加惬意。一连好几个月，那个纸袋不时交给我。可我到底没弄明白，在一些特殊的日子里，我为什么有时得到它，有时却又得不到它。我开始把它看成爸爸奖。于是每晚竭力要做个好爸爸，以便第二天早晨能够得奖。

莫莉慢慢长大，兴趣也随之转移，有了新的喜爱。我呢，仍旧只有那个纸袋。有一天早上，她把纸袋给我后，再没有要回去，我一直把它保存至今。

我想，在这甜蜜的生活中，自己肯定有时忽略了亲人给予的亲情爱意。一个朋友把这种情景叫做"站在河中，死于干渴"。

喏，那只破旧的纸袋就在纸箱里。很久以前，一个小女孩把它给了我，她说："这是我最好的东西，拿去吧——给你了。"

我第一次得到它时，丢掉了它。不过，现在它属于我了。

（美国）罗伯特·福尔格姆

我父亲的儿子

做个宇航员的儿子真难。每个人都期望你与众不同，完美无缺。可我只是个普通的11岁少年，一个普通的学生，说到打篮球、玩橄榄球、踢足球、打棒球等我也很一般。

我经常想，爸爸怎么会有我这样一个儿子？他是那样出众，做一切事情都十分内行。在高中，他是橄榄球队的队长，班长，还是学报编辑。

说实话，我确实也有一点儿无人知道的才能。我写诗，写短篇小说。我把它们写在红色笔记本上，放在书桌下层的抽屉中。

我一直梦想做点儿惊人的事，诸如从起火的房子里救出一个小孩，或者把抢老太太钱的强盗赶走，给爸爸留下印象，让他为我感到骄傲。而现在，我又梦想做一个著名作家。

一天上午，我又在上课时白日做梦（我经常如此）。我正梦想成为某种英雄，比如找到速效治癌药，或者治疗精神病的药，这时，听到英语老师宣布，学校将开展父亲节作文比赛。

"我希望在我的英语班里有一个优胜者，"她说，"家长与教师协会捐款设了三种现金奖，一等奖100美元，二等奖50美元，三等奖25美元。"

放学后，我想着要写的作文往家走。"我父亲是个宇航员"，我将这样起头。不，我决定不写这个。全国甚至可能全世界都把我父亲看做一个宇航员，但我看到的他不是那样。

到家后，我很快吻了妈妈，然后上楼到我的房间，拿着一支笔和一叠纸坐下，开始考虑我将写什么。

我看见的父亲是怎样的呢？

我看见他在黑暗中坐在我身旁——当我是个小孩而且做了噩梦时；

我看见他教我怎样使橄榄球棒和怎样扔球；

我记得，当我的狗斯鲍蒂被汽车撞死时，他怎样抱了我几个小时；

我还记得，在我8岁生日晚会上，他怎样用另一条小狗使我大吃一惊；我哭的时候，他告诉所有孩子，我有很厉害的过敏症。"每年这个时候，戴维的过敏症折磨得他很难受。"父亲说。

我还记得，祖父鲍勃死时，他怎样坐着，试图对我解释"死"是怎么回事。

关于父亲，我要写的是这些事情。对我来说，他不只是个世界闻名的宇航员，他还是我的父亲。

我将所有这些记忆写入作文，第二天交了上去。得知星期四晚上将在礼堂里宣读获奖作文，所有家长和学生都被邀请，我很惊讶。

星期四晚上，我和父母亲去学校。我们的一个邻居说："我敢说，你将获胜，戴维。我相信你写的像一个宇航员的儿子，你是城里唯一能写这个的人。"

我父亲看看我。我耸耸肩。我未曾给他看过这篇作文，而且现在我几乎希望自己不会获胜。我不愿意只是由于父亲是个宇航员而获胜。

宣布了三等奖，不是我。我既松了口气，又感到失望。埃伦·戈顿获得三等奖，她朗读了她的作文，埃伦·戈顿是个养女，她写的是"比生父还好的"爸爸。她读完时，我听到听众发出吸气和擤鼻涕的声音。我母亲吸着气，我父亲清清喉咙。

接着宣布二等奖，是我。

我走上台，腿在发抖，读着作文，不知是否自己的声音也在颤抖。站在所有那些人前面使我害怕。我给自己的作文起的题目是《我父亲的儿子》。我边读边看父母亲。读完后，听众们鼓起掌来。我看见父亲正擤着鼻涕，妈妈的脸上满是泪水。我走回自己的座位。

"我看见你也得了过敏症，爸爸。"我试图开玩笑。

父亲点点头，清清喉咙，把手搭在我的肩上。"儿子，这是我一生中最值得骄傲的时刻。"

（英国）朱丽叶·加弗

温暖亲情的小故事 | STORY

改变我生命的小女人

当我第一次遇到她时，她4岁。她正端了一碗汤来。她有美丽的金发，肩上围着粉红色的披肩。那时29岁的我正为流行性感冒所困扰，我一点也不知道这个小女孩将会改变我的生命。

她的母亲和我曾是多年好友。最后这样的友谊变成关怀，由关怀到爱、到婚姻，把我们3个人组成一个家庭。起初我害怕，因为在我心灵深处，我认为我会被贴上"继父"的可怕标签。继父，不管从真实面或虚构面来说，都是孩子与生父间的生活和感情上的障碍物。

　　早先我非常努力地想由单身汉转变成一个父亲。我们结婚的一年半前，我住进离她们家不远处的公寓。

　　当我们有可能结婚时，我企图花许多时间顺利地让我的朋友形象变成父亲形象。我尝试不要变成我未来的女儿和她生父间的一堵墙。而且，我还渴望为她的生活带来特别的东西。

　　几年过去了，我越来越欣赏她。她的诚实、可靠与坦白都超过她的年龄。我知道，这个孩子心里住着一个非常热忱而有同情心的大人。而我还是生活在恐惧中，害怕有一天像我这种刻板的人当了她继父，以后她会把我不是她亲生父亲的话贴到我身上。如果我不是亲的，她怎么会听我的话？我的行为变得拘谨了。我以讨好她的方式表现自己，一直扮演我感觉应该扮演的角色。

　　在她骚动不安的青春时期，我们似乎不由自主地在情感上疏远了。我似乎失去了控制（至少是为人父母幻想上的控制）。她在寻找自己的定位，我也是。我感到失落与忧伤，因为我已经距离一开始我们可以融洽为一体的感觉很远了。

　　她上了教会附属学校，那儿有个高年级学生的年度集训。很明显地，学生们认为到集训的地方去就像花一个礼拜的时间到地中海俱乐部去一样。他们带了他们的吉他和全套网球设备上了公共汽车。他们一点也不知道这个情感上的会晤可能会给他们一个难忘的印象。我们这些参与者的父母被要求各个写一封信给我们的孩子，坦诚地写出我们关系中正面的东西。我写的信是关于一个小小的金发女孩在我需要照顾时为我端汤来的事。在这个星期的课程中，学生们深刻地发掘到他们真实的存在，他们有机会读到我们为人父母给他们写的信。

　　父母们也会在这个星期中的某个晚上一起讨论并把好的想法带给孩子。她离开时，我注意到有一种长驻我心但因我不敢面对而未曾表露的感觉浮上心头。那就是我必须完全地做自己才是货真价实的我，我不必再做别人。如果我对自己真诚，真我才不会被忽略，我只想做最好的"我"。这对别人来说或许不重要，但却是我生命中最大的启示。

　　他们从养老院返家的那晚来临了。来接他们的亲友被要求早点到场，被邀请到一间灯光柔和的大房间去，只有房间前头有灯亮着。

　　学生们开心地排队进来，每个人的脸都脏兮兮的，好像从夏令营回来一样，他们手牵手，唱颂着责任、爱与自信的新意义。

　　灯亮了，孩子们知道来接他们的亲友也在这个房间里和他们分享欢乐。学生们可以对上个星期的感想发表评论。刚开始他们不太情愿地说一些"很棒"和"可怕的一个礼拜"之类的话，但过不久之后你开始看到学生们的眼睛绽放着真实的活力。他们开始透露这个过去仪式的重要性，他们踊跃上前对着麦克风说话。我注意到我的女儿也渴望说些话，我也一样急于想听她要说的话。

我看见我的女儿坚定地走向麦克风，最后她到了最前头。她说："我过得很好，学了很多。"她继续说："我要说的是，我们有时把很多人、很多事视为理所当然，其实不应该如此，我要说的是……我爱你，汤尼。"

那一刻我的膝盖软了。我从没希望也从没想到她会说出如此的心声。在我周围的人立刻过来拥抱我，拍我的背，好像他们也了解这句非凡的话对我的意义。一个少女在挤满了人的房间里公开说"我爱你"是需要勇气的。我正体验着比任何以往冲击更大的冲击。

从那时候起我们的关系更融洽了。我已了解我不需害怕做一个继父。我只需保证我自己还是多年前的那个小女孩——端着一碗充满慈悲的汤——交换真爱的人。

（美国）汤尼·鲁纳

今天就做

当我在加州帕罗阿尔多的学校当校长时，我们的理事会主席保利·蒂纳写了一封信在《帕罗阿尔多时报》刊出。保利的儿子吉姆是个与众不同的学生。他被分在教育障碍班，对双亲和教师而言都亟须耐心。但吉姆却是个乐观的孩子，他的欢笑照亮了整个班级。他的父母承认他在学业上有困难，但总是帮助他，让他在体力上有所发挥，使他也拥有一些荣耀。但就在吉姆完成高中学业后不久，他在机车事故中丧生了。他死后，他的母亲把这封信提供给报刊发表。

今天我们埋葬了我们20岁的儿子。他在星期五晚上一场机车事故中遽然丧生。我多么希望当我最后一次跟他谈话时知道，那就是最后一次。如果我知道，我会说："吉姆，我爱你，我也感到骄傲。"

　　我想花点时间算算他带给爱他的人多少幸福。我也想花点时间欣赏他美丽的笑容，他的笑声，他对人们的真爱。

　　当你把他美好的属性放在天平的另一端，和那些把收音机开得震耳欲聋、发型梳得奇形怪状、把脏袜子扔在床上等激怒你的坏习惯比较时，你会发现，那些让人生气的坏习惯是多么微不足道。

　　我再也没有机会把我希望他听到的话告诉我的儿子了，但其他的父母，你们都还有机会。把要他们听的告诉他们吧！就像把握最后一次的谈话机会一样。我最后一次和吉姆说话，是在他去世的那天。他打电话给我说："嗨，妈！我打电话给你，只是要告诉你我爱你。我得去做事了，再见。"他给了我永远能够珍藏的东西。

　　如果吉姆的死有任何目的的话，也许就是让其他人更欣赏人生并让人们——特别是家人，拨出时间来让彼此知道我们有多么关心对方。

　　你可能不会再有机会。今天就做！

售货员的第一笔生意

　　1993年秋天的某个星期六下午，我匆匆赶回家，试图要把一些后院的工作做完。当我在摇落树叶时，我5岁的儿子，尼克，过来拉住我的裤脚。

　　"爸，我要你帮我做个告示。"他说。

　　"现在不行，尼克，我真的很忙。"我回答。

　　"但我需要一个告示。"他坚持。

　　"为什么，尼克？"我问。

　　"我要卖掉我的一些石头。"他回答。

　　尼克总是沉迷在石头阵中。他一直在收集石头，人们也把石头送给他。他定期清理放在停车棚里的那一大篮石头，各色各样都有，它们是他的宝贝。

　　"我现在真的没空帮你，尼克。我必须把这些叶子摇下来，"我说，"去找你妈帮你。"

　　过了一会儿，尼克拿了一张纸来。纸上有他的字迹，写着"今天售价一块钱"。

他妈帮他做了他的告示，现在他要开始做生意了。他拿着告示，提着一个小篮子，带着他最好的4块石头，走到我们车道的前头，他把石头排成一条线，把篮子放在它们后面，并坐了下来。我从远处观察，对他的决定很感兴趣。

大约半小时过去了，没有任何人经过。我过去看他在做什么。

"生意如何，尼克？"我问。

"不错。"他回答。

"这篮子是做什么的？"我问。

"放钱用的。"他有模有样地说。

"你的石头要卖多少钱？"

"每块一块钱。"尼克说。

"尼克，没有人会花一块钱买你的石头。"

"他们会的！"

"尼克，我们这条街没什么人，他们看不到你的石头。你把石头收起来，去玩如何？"

"这里有人，"他回答，"人们在我们这条街上散步或骑自行车做运动，也有人开车来看房子。人够多了。"

我说服尼克不成，就返回后院工作。他很有耐心地守在他的岗位上。又过了一会儿，有辆小货车驶进这条街。我看见尼克站起来对小货车高举他的告示。小货车在尼克身边停了下来，一个女士摇下了窗子。我没法听到他们之间的交谈，但在她转身面向驾驶的男士后，我可以看见他在掏皮夹！他给她一块钱，她则走出小货车，走向尼克。检查那些石头以后，她挑了一块，把一块钱交给尼克，开车离去了。

当尼克跑向我时，我目瞪口呆地站在后院。他晃着那一块钱，叫道："我跟你说过一块石头可以卖一块钱——如果你相信自己，你可以做任何事！"我取了我的照相机，为尼克和他的告示拍照。这小家伙信心坚定，也乐于炫耀他能做的事。这是伟大的一课，我们从中学到了很多，到今天也一直谈论它。

又过几天，我太太汤尼、尼克和我出外吃晚餐。路上，尼克问我们，他是否可以有零用钱，他母亲解释，想要零用钱得尽些家庭义务才行。

"好吧！"

尼克说："那我会有多少钱？"

"你5岁，一个礼拜一块钱就可以了。"汤尼说。

后座传来一个声音："一个礼拜一块钱——我卖一块石头就赚到了！"

心

去年12月底我和太太分手，你可以想象，我的1月过得有多糟。我接受了处理因离异而引起情绪混乱的治疗课程，并要求我的治疗师给我重新生活的建议。我不知道她是否会同意，或纵然她同意了，我也不知道她会给我什么东西。

我很高兴她立即同意了，就如我预料之中的，她给我完全意想不到的东西！她给我一颗心，一颗小小的手工制的"普雷道"（Play-Doh）的心，上头有明亮可爱的颜色。那是先前一位经历过离婚的男客人给她的，他跟我一样，很难打起精神。她还说，这不是要给我保存的，如果我找到我自己的心就得还她。我了解，她给了我一颗具体的心当成可预见的目标，当做对我要求丰富感情生活的具体回应。我接受了，并期待有更深的情感归宿能够来临。

我一点也没想到，这个美妙的礼物很快就有了功效。

在治疗课程之后，我把这颗心小心地放在驾驶座前头，愉快地开车去接我的女儿茱莉安，这是她要睡在我新家的第一晚。她一进车子里，就被这颗心吸引了。她把它拿起来仔细端详，并问我它是什么。我不确信我是否应该把全部的内心世界解释给她听，毕竟她只是个孩子，但我认为我该告诉她。

"它是我的治疗师给我的礼物，帮助我度过难挨的时光，但它不是我的，我要保存它直到我找到自己的心为止。"我解释道。茱莉安没有发表评论。我再次怀疑自己告诉她这件事是不是对的。11岁，她能懂吗？她怎么可能知道我要去弥补多大的创痕，打破我旧有的生活模式，和人们发展更深、更丰富的情感联系？

经过几个礼拜以后，当我的女儿又在我家时，她提早送给我一个情人节的礼物：一个被漆成红色的小盒子，以金色的带子系扎着，上头的巧克力被我们俩吃掉了。我热切地打开那个漂亮的小盒子，惊喜地发现里头有一颗"普雷道"的心，她漆好颜色并把它做好给我。我惊讶地看着她，猜测着这是什么意思，为什么她要给我一颗治疗师给我的心的复制品？

一会儿，她递给我一张她自制的卡片。她有点害羞，但终于让我打开卡片来读。里头写着一首超越她年龄的诗。她已经完全了解治疗师给我礼物的意义。茉莉安写给我一首我所读过最令人感动、最充满爱的诗。我的泪水泛滥成河，而我的心忽然打开了。

给爸爸

这里有一颗心

给你保存

因为你正要

努力地跳跃过去

祝你一路愉快

虽然它可能污迹斑斑

但当你到达目的

请学习珍惜

情人节快乐

爱你，你的女儿　茉莉安

这首诗在我的心中远超过我所有的财富。

（法国）雷蒙·L.阿隆

你来教我照相好吗

"准备好了吗，孩子？"他父亲问道，杰利米急忙点点头，并把枪捡起来。他的手戴着手套，显得有些笨拙。父亲把门推开，两人一起走进严冬的曙光里，把小窝棚的舒适、煤油炉的温暖、咸肉和咖啡的诱人香气一股脑儿都留在身后。

他们在窝棚前站了一阵，呼出的气体立即变成了白色的蒸汽。眼前的沼泽、水面和天空，一望无垠。要是在平时，杰利米就会叫父亲等一等，以便他摆弄照相机，把景物收进镜头，但今天不行。今天是庄严的日子，14岁的杰利米要第一次打猎。

其实，他并不喜欢打猎。自从父亲给他买了那支猎枪，教他瞄着泥鸽子射击，并说要带他来海湾这个小岛打猎，他就不高兴。但他决心要把这件事对付过去，因为他爱父亲。在这个世界上，他最希望得到的就是父亲的赞扬。今天早上如果一切顺利的话，他知道他会受到赞扬的。

来到海边的埋伏点，里面很窄，只放着一张长凳和一个弹药架。杰利米紧张地等待着。

天已大亮。在海湾的远处，一长串野鸭在冉冉升起的旭日的背景下一掠而过。

为了缓和一下情绪，他以水银色的水面为背景给他父亲拍了一张侧面照片。然后他匆忙把照相机放在架子上，拿起枪。

"上子弹吧，有时候它们会一下子就飞到你的头顶上的。"父亲看着儿子把枪栓扳开，装上子弹，把枪还原，然后也给自己的枪装上子弹，快活地说："我让你先打。啊，我盼望今天已经很久了，就我们两个人……"

他突然停止说话，身体向前倾，眯缝着眼睛说："有一小群野鸭正向这边飞来，把头低下，到时我会叫你。"

在他们的背后，地平线上的太阳把整个沼泽地映照成黄褐色，杰利米把一切都看得清清楚楚：他父亲紧张而热切的表情，枪管上微白的霜。他的心跳得厉害，他在心里期望：不要来，野鸭都不要朝这边飞。

不过它们不断向这边飞来。"四只黑的，"他父亲说道，"还有一只马拉特鸭。"

他听到了空中鸭翅振动的呼啸声。野鸭张大翅膀，开始兜圈子。他父亲低声说："准备。"

它们来了，警惕地昂着头，优雅的翅膀呈弯形。那只马拉特鸭正在降落。现在，它放下那双橘黄色的腿，准备降到水面。来了，来了……

"好！"杰利米的父亲喊道。他握着枪站了起来，"打吧！"

杰利米机械地服从着命令。他站起来，像父亲曾教他的那样俯身瞄准。

这时，野鸭群已经发现有人，纷纷四散飞走。那只马拉特鸭好像有线牵引一样，一下子又飞了起来。它在空中逗留了一秒钟。杰利米想扣扳机，结果没有动手指，那只野鸭此时已乘着气流，一下子飞得无影无踪。

"怎么啦？"父亲问他。

杰利米双唇颤抖，没有回答。

"怎么不开枪？"父亲又问。

杰利米关上保险，把枪小心地放在角落里。"它们这样活生生的……"他说着便哭了起来。

他坐着掩面而泣，让父亲高兴的努力失败了。他失去了机会。

他父亲好一阵子没说话，在杰利米身边蹲下，说："又来了一只，试试看吧。"

杰利米没有放下掩脸的手："不行，爸爸，我不能。"

"快点，来，不然它会飞走的。"

杰利米感到一样硬硬的东西触到他，一看，原来父亲递给他的不是枪，而是照相机。

"快，"父亲和蔼地说，"它不会总停在那里的。"

杰利米的父亲大声拍手，惊得那只大野鸭抬头振翅飞去。

杰利米放下相机："我拍到它了。"他一脸的神采飞扬。

"是啊，很好。"父亲拍拍杰利米的肩膀。杰利米在父亲的眼睛里并没有发现失望的表情，有的是自豪感、理解和爱意。

"不要紧，孩子，我就一直爱打猎，但你不一定要有这种爱好。决定不干一件事时也需要勇气。"他顿了顿，说道："现在，你来教我照相好吗？"

他不该得到一个"A"吗

我的第二个孩子埃里克，不论怎样努力，成绩始终不好，那些写着"C"的成绩报告单总是令他伤心落泪。

如果他不能学有所成，将来靠什么生活？想到这些，我就忧心忡忡。

在埃里克16岁那年，我对他有了新的认识。那天，我们正在起居室里，突然响起了一阵急促的电话铃声。我连忙抓起了电话……我惊呆了：我那79岁高龄的父亲因心脏病突发去世了。

"爸爸！"当我沉痛地把消息告诉每一个人的时候，埃里克痛哭失声。在埃里克5岁以前，我父亲确实担当过他"爸爸"的角色，所以，他经常这么称呼他。在那些日子里，我丈夫经常是夜里工作，白天睡觉。带埃里克的任务就落在我父亲的肩上，他带他去理发，吃冰淇淋，陪他打棒球等等。可以说，我父亲是埃里克的第一个好朋友。

后来，当我父亲离开我们回到生他养他的故乡时，埃里克仿佛失魂落魄似的。随着时间的推移，逐渐地，埃里克懂得了外祖父对那些老朋友和故土的深深眷恋之情。而祖父的每一个电话和每一次来访都让埃里克欣喜若狂：他的"爸爸"从来没有忘记他！

当我和两个孩子走进殡仪馆，走向他们外祖父时，我感到埃里克猛地抓住了我的手。后来，当数百位亲友络绎不绝地拥入告别厅的时候，我们才依依不舍地离开他的遗体，站在告别厅的一侧。

突然，我发现埃里克不知什么时候竟然不在我的身边了。我转过身，环顾四周，发现他正站在入口处帮助那些老人们——有的坐着助步车，有的拄着拐杖，还有很多人则要斜靠在埃里克的肩膀上由他搀扶着才能走到我父亲的遗体前。

那天晚上，丧事承办人向我提及还需要一名护柩者的时候，埃里克立刻接过话问道："先生，我能帮您吗？"

但是，丧事承办人却建议他最好和他的妹妹还有我待在一起。可是，埃里克却摇了摇头，说："我小的时候，一直都是'爸爸'带我，现在该我抬他了！"听到埃里克的话，我顿时难过地哭了起来。

从那一刻起，我知道我绝对不会再因为埃里克考不到好成绩而严厉地斥责他了，因为我所预想的那个形象根本就无法与我已经非常好的儿子相比。他的善良、他的爱心，都是上帝赐给他的礼物。

如今，埃里克已经20岁了，他仍旧在继续传播他的善良。无论走到哪里，对于他人，他仍旧一如既往地满怀同情。我不禁自问：

"当一个年轻人已经尽了自己最大的努力，发挥了他最大的潜能的时候，他的精神不应该得到一个'A'吗？"

～✦✦✦～

最幸福的一天

女教师瓦莲金娜·戈奥尔基耶夫娜说："从明天起就要放寒假了。我相信，同学们在假期中的每一天都将过得很幸福。各种各样的展览会和博物馆在等待着你们去游览参观。不过，其中某一天一定是最幸福的，我对此深信不疑。你们写一篇家庭作业，题目就叫做'最幸福的一天'。写得最好的将在全班朗读，到了那天，就该是我最幸福的一天了。"

我发现，老师特喜欢我们在作文中写一些"最"字。我最好的朋友；我最喜爱的书；我的最幸福的一天……

新年前一天夜里，妈妈和爸爸吵架了。我不知道吵架的原因，因为新年一整天他们都是在熟人那儿度过的，回到家时已经很晚。早晨起来，他们谁也不理谁，互不说话。这可糟糕了，真不如吵归吵，过后再和好。不知为什么他们都显得很平静。走动和说话都静悄悄的，像是什么事也没发生。但是，遇到这种情况我总感到一定是发生了什么事，而事情何时了结，我却弄不清楚。现在，他们又互不说话了。寒假的第一天我家过得安安静静，平平常常，连圣诞晚会我都不愿参加了。

每逢妈妈和爸爸吵架时，我心里总是十分难过，尽管在这样的日子里我总能从他们那儿得到我想要的一切。我刚说不想去参加圣诞晚会，爸爸立即接口说要带我到天文馆；妈妈呢，她说很高兴和我一起去溜冰场。如同每次发生这种情况一样，他们都极力表示：他们的吵架，不管吵到什么地步，也不会影响到我，这种吵架和我一点关系也没有。可是，我仍感到很难过。尤其在吃早饭时，我更难过了。爸爸对我说："你没忘了祝贺你妈妈新年好吧？"接着，妈妈瞅也不瞅爸爸一眼开口说道："去给你父亲把报纸拿来，我听见刚才送报的给放进信箱了。"妈妈只在非常情况下才称呼爸爸为"你父亲"，这是第一。第二，他俩又都极力使我相信，不管发生什么事，也只是他俩的事，绝对不是我的事。但事实上，当然也关系到我，而且关系甚重。我没有同意去天文馆，也拒绝去溜冰场。最好谁也别走开，哪儿都不去，我暗想，到晚上也许一切都会过去。但到了晚上，他俩之间仍一句话也不交谈。第二天是这样，第三天还是这样……

我一刻也不让妈妈和爸爸离开我的视线。他们下班刚进家，我便马上向他们问这问那，说个不停，使他俩只能留在家里，当然最好是留在一个房间里。可是，我提的要求他们总能满足，从不说二话。在这个问题上他俩简直像在相互竞赛，而且还总是走到我的身边，抚摸我的头。就是说，问题相当严重。老师还说她相信我们在寒假的每一天都将过得幸福呢，"我对此深信不疑"，她这样说过。可是，整整五天过去了，我连幸福的影子也没见，我感到阵阵忧郁。我下定决心，一定要促使妈妈和爸爸和好。

　　我在某本书上见过，也从广播中听到过，说欢乐和痛苦能将人们联结在一起。对于我，享受欢乐比忍受痛苦更来得不易。若想使人欢乐使他幸福，就必须要全力去寻找；而要使人痛苦使他丧气，却是再容易不过的了。但是，我不想那样做，不愿使人痛苦。于是，我便从使妈妈和爸爸感到欢乐做起……

　　假如现在不是假期而是在上学，我就能办到现在不能办到的事。算术，我要是得个4分，可就太好了！算术老师说我一点空间想像力也没有，并把这些看法写进给爸爸的家长通知里。

　　要是我一下子得个4分，回到家妈妈和爸爸一定会高兴地吻我，然后，他俩再相互亲吻。但是，这只是幻想。谁也没有在假期里得过什么分数。

　　能替妈妈爸爸做些什么事使他们感到欢乐呢？我决定打扫家里的卫生。我费了好长时间拖地、擦窗、刷衣柜，累得满头大汗。可糟糕的是，新年前妈妈忙了一整天，早把家里收拾干净整齐了。当你擦那早已擦净的地板和一点灰尘也没有的衣柜时，谁也不会发现你为此付出了劳动。妈妈和爸爸晚上回到家，根本没注意到地板又被擦净了，先注意到的却是我全身上下弄得很脏。"我把房间打扫了。"我对他们宣告。"你在想法帮助你妈妈，这很好。"爸爸根本不看妈妈一眼，说道。妈妈吻了我，又一次抚摸我的头，仿佛是在抚摸着一个可怜的孤儿。

　　第二天，虽然仍在假期，我却早早起床了，我打开收音机，开始伴着音乐做广播操，然后又去淋我从来没洗过的冷水浴。我在走廊里一个劲儿跺脚跳啊跳啊，大声扑哧着把水珠溅向四处。"你父亲不妨也做做体操，洗洗冷水浴。"妈妈不瞅爸爸一眼，说道。爸爸呢？他走过来用手抚摸我的脖子。我差点没放声大哭起来。

　　总之，欢乐并没能将我们联结在一起，没能使他们重新和好。于是，我走向另一个极端。

　　我想借助痛苦使他们紧紧结合，和好如初，当然，最好是先病。我情愿病倒，整个假期都卧床不起，发烧、呻吟、说胡话，什么药都吃，只要妈妈和爸爸重新和好就行。倘若真是那样，一切就又像从前那样好啦。对，装病！最好病得十二分的严重，眼看快要没救了。可是，很遗憾，世界上还存在着体温表，况且还有医生呢。

　　唯一可行的办法就是从家里逃走，暂时躲起来。太妙了！当天晚上，我对妈妈爸爸说："我到'莫吉拉'那儿去一趟，有件重要的事。"

　　"莫吉拉"就是守口如瓶的意思，是我的好朋友冉卡的外号。要是告诉他什么事，他总是一个劲儿地让人相信他："保证什么时候也不说，谁也不告诉，我——'莫吉拉'。"他总是这样，时间一长，就管他叫起"莫吉拉"来。在那天晚上，我正需要一位守口如瓶，能保守秘密的人。

　　"你要去很久吗?"爸爸问我。

　　"不，也就20分钟左右，不会再久。"我用力吻了爸爸，接着又吻了妈妈，好像我就要离开她动身去遥远的北极似的。妈妈和爸爸互相看了一眼。痛苦还未降临到他们头上哪，眼下不过仅是小小的不安，但他们已稍微的有一点接近了。我感觉到了这一点。我离开家去找冉卡。

　　可能是我的脸色不太正常，一见到冉卡，他就问："你是从家里逃出来的?"

　　"是的。"

　　"早该如此，你做得完全正确，只是不要过于激动，谁也不会知道的。莫吉拉!"

　　冉卡对事情的内幕完全是一无所知，但他天生就喜欢出走、躲逃、隐藏等等诸如此类的把戏。

　　"每过五分钟你给我父母打一次电话，说你正等我，很着急，因为我到现在仍还没来，不知是怎么啦，明白吗?你一直打下去，直到你感到他们急得快要发疯了。当然，并不是真的让他们发疯。"

　　"这是干什么啊?告诉我吧，我谁也不告诉，什么时候也不说出去。'莫吉拉'，这你是知道的。"

　　难道我可以将我的苦衷告诉他吗?虽则他是"莫吉拉"。

　　冉卡开始打电话。一会儿是妈妈来接，一会儿又是爸爸来接，可能是谁离走廊上的电话机近谁就答话。当冉卡打了五次之后，妈妈和爸爸就再也没有离开电话机。接着，他们又开始往这边打，不停地询问。

　　"他还没到你那儿吗?"妈妈问，"不可能，难道出了什么事?"

　　"我也很担心，"冉卡答道，"我们约好要见面，有件重要的事。不过……可能……反正他还活着。"

　　"你们约好做什么重要的事?"

　　"这是秘密，我不能告诉你，我发过誓，但他一定是急着到我这儿来的。一定出来了。"

　　"我妈妈的声音颤抖了吗?"我问冉卡。

"颤抖着，但现在抖得还不很厉害。再待一会儿，就该颤抖得说不出话来了。你放心，我一定让他这样。"

我很可怜我的妈妈和爸爸，尤其是妈妈。爸爸在这种情况下总还能冷静，这一点我早就发现了。

可是妈妈呢?但是，我此刻的所作所为都是为了一个崇高的目标。我要拯救我的家庭，这需要我必须经受住怜悯之情的考验。

我坚持着，整整过了一个小时。

"妈妈说什么?"听到妈妈又一次打来电话，我问冉卡。

"我们都急疯了!"冉卡兴高采烈地对我宣告说。此刻，他正兴奋非常。

"她说，'我们都急疯了'，是'我们'两个字吗?你听清了?"我追问着。

"没错，我发誓。应当让他们再受会儿难，"冉卡说，"让他们给警察局，给无名尸首认领所打电话吧。"

我拔腿飞跑回家。我用自己的钥匙打开房门，悄悄地，几乎无声地踮着脚尖走到走廊。

妈妈和爸爸正坐在电话机旁，脸色苍白，满面愁容，相互望着。他们在一起忍受着痛苦，这可太好了。猛然间，他们看见了我。他们从椅子上跳起身来，开始不停地吻我。然后，他俩互相亲吻。

这才是我寒假中最幸福的一天。

第二天，我坐下来写老师布置的家庭作业。

我写道，我的最幸福的一天是参观画廊。实际上，参观画廊已是一年半以前的事了，我不能写关于妈妈爸爸的事。老师说过，写得最好的作文将在全班朗读。我们六年级全班共有43名同学，万一我的作文写得最好呢?

童子军团长挽回大势

童子军们为"亲子之夜"的晚会已经准备好几个礼拜了。事事已井然就序。墙上挂满了展览品，童子军们个个兴高采烈，桌子上也摆满可口的食物。

主持人已经就座。观众们在预先安排下兴奋地唱着亲子晚会节目的主题曲。

之后就是吉米·戴维斯的致辞。这一刻他已经等很久了。他起立时，看了他母亲微笑的脸庞还有他父亲呆板而客气的脸一眼。他满怀热情地开始了。由于听众们把注意力焦点集中在他身上，他的演说更加动人心弦。

但意外发生了，他眼前的世界似乎模糊成一团。他的声音慢了下来——结结巴巴——就停了。他涨红了脸，手臂茫然挥动着，绝望中的他无助地看着他的童子军团长。

由于曾经排练过，童子军的领导人已经听过他的讲演许多次，于是他在旁提了词，使这个小伙子能继续下去。但无论如何已经不同了——这个杰作遭到了破坏。

吉米又停了——童子军团长又提了词。剩下的两分钟，看来像童子军团长在致辞，而不是吉米。

但吉米还是完成了。他在一群男孩中间坐下，知道他自己失败了，心情更是沉重。男孩的母亲脸上明明白白地表现出沮丧，而他父亲的脸则因羞愧而痛苦地扭曲着。

观众们敷衍地鼓掌，给这个失败的男孩以同情的鼓励。

但童子军团长还是站着，他冷静的眼睛眨了眨，所有的人都聚精会神地倾听，因为他没有说得很大声。

他在说什么？

"我比你们高兴，因为我更知道刚刚发生了什么。你已经看到一个男孩把可能成为悲惨失败的事件变成光荣的胜利。"

"吉米可以选择退缩，退缩会比较容易。在200人面前继续完成这项工作需要相当的勇气。"

"将来有一天你可能会听到一场更好的致辞，但我确信你不会看到任何比吉米表现的童子军精神更好的示范——在困难重重中也得继续下去！"

人们的鼓掌变得如雷贯耳。吉米的母亲骄傲地坐直了身子，男孩父亲的脸上又回复了自信。所有的人又变得兴高采烈，而吉米，不吐不快，对他旁边的朋友说："基，我真希望我有一天能变成像那样的童子军团长。"

（美国）华特·麦克匹克

重复的命运

有一个很穷的伐木人，他辛苦积攒了一些钱，想送自己的独生儿子上大学，而且还希望有朝一日自己不能再劳动时，大学的教育可以使孩子在劳动中更有效率，可以赚钱照顾自己。孩子在学校里学习十分刻苦，多次受到教师的赞扬。但是，父亲可怜的积蓄却在孩子没有完成学业之前用完了，儿子只好辍学。

儿子回到家里，父亲面对儿子，感到了深深的内疚。事实上，他们现在连每日的生活都难以维持。儿子提出要和父亲一起去砍树，但父亲却说儿子适应不了那么沉重的劳动，并且，他们根本就没有钱再去买一把斧子。儿子与父亲商量，两人借了邻居的斧子，便一同到森林里劳动。

到了中午，父亲提出要休息一会儿，但儿子说要在森林里走一走，找一些鸟窝。父亲认为儿子四处乱跑会让他白白消耗力气，下午会干不动活儿。但儿子还是去了。男孩在森林深处四处寻找，忽然他发现了一株几个人也环抱不过来的老橡树，树皮皱纹深深，像一个老人生气时的面孔。这株老橡树至少也有几百岁了，男孩认为一定会有许多鸟在上面筑巢。

忽然，男孩听到一个声音在哭叫："放我出来！放我出来！"声音来自地下。男孩拨开枯枝败叶，在树根处寻找，发现了一个玻璃瓶子，里面有一团雾状的生物正在不停地叫："放我出来！"

男孩未假思索就打开了瓶子，瓶子里的精灵像烟雾一样飘出，越来越大，最后竟有老橡树的一半那么高。精灵问男孩："你把我放出来了，你要什么回报呢？"

男孩说："我什么也不要。"

精灵却说："那我就要掐断你的脖子。"

男孩一点也不害怕，他镇定地说："我还希望好好活下去，绝不允许你来掐断我的脖子，如果早知道这就是你的回报，那我绝不会把你放出来。"

精灵用他极为深沉的声音说："我的名字叫墨丘理斯，你无论要什么都可以。但是，把放出我的人掐死却是我的职责。"

男孩灵机一动回答道："也好，不过我只是不相信像你那么大的人能装在那么小的瓶子里，如果你能表演给我看，那么我宁愿死在你的手里。"

墨丘理斯又钻入瓶中，当轻烟全部进入瓶里时，男孩迅速地盖上瓶盖，把瓶子又扔入树根下的乱叶中，然后回身准备去找自己的父亲。墨丘理斯在瓶子里又可怜地求告放了自己，并许诺让男孩一生富有。

最后，男孩终于决定再冒一次险。墨丘理斯也许在说实话，更重要的是，男孩从心底根本不相信一个神灵会伤害自己。于是他又打开瓶子，把巨大的精灵放出来。

墨丘理斯十分感激，他遵守了自己的诺言，并给男孩一块神布。这块布很像包扎伤口的纱布。

墨丘理斯告诉男孩说："如果你用这块布去摩擦钢铁，那么钢铁就会变成银子；如果你用这块布去抚摩伤口，那么伤口便会痊愈。"

男孩想要试一试是否灵验。他用斧子在老橡树的干上砍了一道口子，然后他用这块布去抚摩伤口，奇怪的是，树身上的伤口果然立刻就长合了。

精灵感谢男孩给他自由，男孩也感激对方的礼物，两人友好地分手了。

男孩回头找到父亲，父亲正为他一去很长时间而生气。男孩说他很快就会把活干完，父亲并不相信。男孩暗中用神布擦拭斧子，希望它能在砍树时发挥神奇的魔力。但是树并没有倒下，相反，斧子却崩出了缺口。原来斧子已经变成了银子，所以特别柔软。男孩埋怨斧子不好，而父亲却被激怒了，因为他还要赔偿邻居的斧子。男孩说自己会赔斧子，父亲嘲笑他是个白痴。父亲说："除去我给你的东西，你一无所有，你用什么来赔偿呢？"

一会儿，男孩说自己再也干不动了，他央告父亲一起回家。父亲拒绝了，说自己还有许多工作要干，绝不能回家闲坐着。男孩说自己从来没有在这片林子里走过，自己找不到回家的路。

于是，父亲强忍着怒气，把孩子带回家里。他吩咐儿子到城里把斧子卖了，这样可以有点钱好来赔偿邻居。

男孩把斧子送到了金匠处，金匠仔细检查并称了重量。金匠说斧子值400元，但他现在只能付给男孩300元，暂欠100元，男孩同意了，带着钱回到家中。邻居说一把斧子只值一元多钱，男孩付了他双倍的钱作为赔偿。然后男孩又给了父亲100元，对父亲说以后他可以不用辛苦地工作，就可以舒适地生活。

惊讶的父亲问他如何得到这么多钱，男孩讲了自己的经历，并说这一切都是自己相信别人的回报。

剩下的钱足够男孩完成自己的学业。在那块能治愈伤口的神布的帮助下，男孩后来成为著名的医生。

~~~~~~~~

手表

外婆的礼物太棒了，你猜也猜不到。

昨天晚上，我放学回来以后，邮递员来了。他给我带来一个包裹，里面是外婆给我的礼物。这个礼物可了不得啦，保证你猜也猜不到：是一只手表！太棒了！小朋友们又要眼馋了。爸爸还没有回家，因为今天晚上他要在单位吃饭。妈妈教我给表上弦，然后把表给我戴在手腕上。幸好今年我已经学会看钟点了，不像去年的时候。要是还像去年一样，我就老得问别人："我的手表几点了？"那可就太麻烦了。我的手表可好玩了，那根长针跑得最快，还有两根针要仔仔细细看好久，才能看它们动一点儿。我问妈妈长针有什么用，妈妈说，在煮鸡蛋的时候，长针可有用了，它能告诉我们鸡蛋煮熟了没有。

7点32分，我和妈妈围着桌子吃饭。太可惜了，今天没有煮鸡蛋。我一边吃饭一边看我的手表。妈妈说汤要凉了，叫我快点儿吃。长针只转了两圈多一点儿，我就喝光了汤。7点51分，妈妈把中午剩的蛋糕端来了。7点58分，我们吃完了。妈妈让我玩一会儿，我把耳朵贴在手表上，听里面发出的滴答声。8点15分，妈妈叫我上床睡觉。我真开心，差不多和上次给我钢笔的时候一样开心。那次弄得到处都是墨水。我想戴着手表睡觉，可妈妈说这样对手表不好。我就把手表放在床头桌上，这样只要我一翻身就能看到它。8点38分，妈妈把电灯关了。

咦，太奇怪了！我的手表上的数字和指针在夜里发光哪！现在，要是我想煮鸡蛋也用不着打开电灯。我睡不着，就这样一直看着我的手表。后来，我听见大门开了：是爸爸回来了。我可高兴了，因为我能给他看看外婆给我的礼物。我下了床，把手表戴好，从房间里跑出来。

我看见爸爸正踮着脚上楼梯。"爸爸，"我大声说，"看看外婆给我的礼物，多漂亮呀！"爸爸吓了一大跳，差一点从楼梯上摔下去。"嘘，尼古拉，"他对我说，"嘘，你要把妈妈吵醒了！"

灯亮了，妈妈从房间里走出来，"他妈妈已经醒了！"妈妈对爸爸说，样子不太高兴。她问爸爸吃什么吃了这么长时间。

"啊，得了，"爸爸说，"还不算太晚嘛。"

"现在是11点58分。"我很得意，因为我很喜欢给爸爸妈妈帮忙。

"你妈妈可真会送东西。"爸爸对妈妈说。

"都什么时候了，还在说我母亲，何况孩子还在这儿呢。"妈妈满脸不高兴地说，然后叫我上床去乖乖睡一大觉。

我回到我的屋子，听到爸爸和妈妈又讲了一会儿话。12点14分，我开始睡觉了。

5点零7分，我睡醒了。天开始亮。真可惜，我手表上的字不那么亮了。我用不着急着起床，今天不上课。可是我想，我说不定能帮爸爸的忙：爸爸说他的老板老是怪他上班迟到。我又等了一会儿，到了5点12分，我走进爸爸和妈妈的屋子里，大声喊："爸爸，天亮了！你上班又要迟到了！"

爸爸又吓了一大跳，不过，这里比楼梯上保险多了，因为在床上是摔不下去的。可是，爸爸气坏了，就像真的摔下去一样。妈妈也一下子醒了。

"怎么啦？怎么啦？"妈妈问。

"又是那只表，"爸爸说，"好像天亮了。"

"是的，"我说，"现在是5点15分，马上就要到16了。"

"真乖，"妈妈说，"快回去睡觉吧，现在我们已经醒了。"

我回去睡觉了。可是，他们还是没有动。我在5点47分、6点18分和7点零2分连着又去了三次，爸爸和妈妈最后才起床了。

我们坐在桌旁吃早饭。爸爸冲妈妈喊："快一点儿，亲爱的，咖啡再不来，我就要迟到了。我已经等了5分钟了。"

"是8分钟。"我说。

妈妈来了，不知为什么直看我。她往杯子里倒咖啡的时候洒到了台布上，她的手发抖了。妈妈可不要生病啊。

"我今天早些回来吃午饭，"爸爸说，"去点个卯。"

我问妈妈什么叫"点个卯"。妈妈让我少管这个，到外面去玩。我第一次觉得想上学了，我想让小朋友们看看我的手表。在学校里，只有杰弗里带来过一次手表。那只表是他爸爸的，很大，有盖子和链子，可好玩了。不过，好像家里不许他拿，这家伙惹祸了。那以后，我们再也没见到大手表。杰弗里跟我们说，他屁股挨了一顿揍，差一点再也见不着我们了。

我去找阿尔赛斯特，他家离我家不远。这家伙是个胖子，可能吃了。我知道他起床很早，因为早饭他要吃好长时间。

"阿尔赛斯特！"我站在他家大门口喊，"阿尔赛斯特！有好东西给你看！"

阿尔赛斯特出来了，手里拿着面包，嘴里还咬着一个。

"我有一只手表了！"说完，我把胳臂举到他嘴里的面包旁边。阿尔赛斯特斜眼看了看，又咽了一口，才说："有什么了不起的。"

"我的表走得可准了，它有一根专门用来煮鸡蛋的针。而且，它晚上还能发光呢。"我告诉阿尔赛斯特。

"那表的里头呢，是啥？"阿尔赛斯特问。

"这个，我忘了看啦。"

"先等我一会儿。"阿尔赛斯特说着跑进屋里去了。出来的时候，他又拿了一个面包，还有一把铅笔刀。

"把你的表给我，"阿尔赛斯特对我说，"我用铅笔刀把它打开。我知道怎么开，我已经开过爸爸的手表了。"

我把手表递给阿尔赛斯特，他就用铅笔刀干起来了。我真怕他把我的手表给弄坏了，就对他说："把手表给我吧。"

可阿尔赛斯特不肯，他伸着舌头，想把手表打开，我上去想把手表抢回来。刀子一滑，碰伤了阿尔赛斯特的手指，阿尔赛斯特一叫，手表开了，跟着又掉到地上，那时正好是9点10分。等我哭着回到家，还是9点10分，手表不走了。妈妈抱住我，说爸爸会想办法的。

爸爸回家吃午饭的时候，妈妈把表给了他。爸爸拧拧小钮。他瞅瞅妈妈，瞅瞅手表，又瞅瞅我，对我说："听着，尼古拉，这只手表没法儿修了，不过你还能用它玩。这样反而更好，你再也不用为它担心了，它总是和你的小胳臂一样好看。"

他的样子很高兴，妈妈也那么高兴，于是我也一样高兴了。

现在，我的手表一直是4点钟：这个时间最好，是吃巧克力夹心小面包的时间。一到晚上，表上的字还能闪光。

外婆的礼物真了不起。

（比利时）尚贝·戈西尼

苏珊

你知道，卢浮宫是一个博物馆，那里藏着许多美丽和古老的东西——这种做法很聪明，因为"古"和"美"都是同样值得敬仰的东西。卢浮宫博物馆里的名贵古物中有一件最感人的东西，那就是一块大理石像的断片。它有许多地方显得很破旧，但上面刻的两个手里拿着花的人却仍然可以看得很清楚。这是两个美丽女子的形象。当希腊还是年轻的时候，她们也是年轻的。人们说，那是一个完美无缺的美的时代。把她们的形象给我们留下的那位雕刻师，把她们用侧面像的形式表现了出来。她们在彼此交换莲花——当时认为是神圣的花。从这花儿的杯形蓝色花萼中，世人吸进苦难生活的遗忘剂。

我们的学者们对这两位姑娘作过许多思考。为了要了解她们，他们翻过许多书——又大又厚的书、羊皮精装的书，还有许多用牛皮和猪皮精装的书。可是他们从来没有弄清楚为什么这两个姑娘各人手里要拿着一朵花。

他们费了那么多的精力和思考、那么多辛苦的日子和不眠之夜所不能发现的东西，苏珊小姐可是一会儿就弄清楚了。

她的爸爸因为要在卢浮宫去办点事，就把她也带到那儿去了。苏珊姑娘惊奇不已地观看那些古代文物，看到了许多缺胳膊、断腿、无头的神像。她对自己说："啊！对了，这都是一些成年绅士们的玩偶；我可以看出这些绅士们把他们的玩偶弄坏了，正像我们女孩子一样。"

但当她来到这两位姑娘面前时，看到她们每人手里拿着一朵花，她便给了她们一个吻——因为她们是那样娇美。接着她父亲问她："她们为什么相互赠送一朵花？"

苏珊立刻回答说："她们是在彼此祝贺生日快乐。"她思索了一下，又补充了一句："因为她们是在同一天过生日呀。她们两人长得一模一样，所以她们也就彼此赠送同样的花。女孩子们都应该是同一天过生日才对呀。"

现在苏珊离开卢浮宫博物馆和古希腊石像已经很远了，她现在是在鸟儿和花儿的王国里。她正在草地上的树林里度过那晴朗的春天。她在草地上玩耍——而这也是一种最快乐的玩耍。

她记得这天是她的小丽雅克妮的生日，因此她要采一些花送给她，并且吻她。

心灵之窗

我的女儿凯伦患有罕见的眼疾，这是一种无法医治的先天性综合病症。一眼看去，她的眼睛好像没有问题，几乎看不出什么症状。不过疾病还是给她带来了诸多不便，除了身体上的不适之外，还给她带来了不易觉察的种种困难。因为有病，凯伦和别的孩子不太一样。而对一个小学生来说，没有什么比这更糟糕的了。不过，女儿虽然很特殊，但还是结交了许多朋友。

小学五年级的那年暑假，凯伦的视网膜脱落了。所幸发现得及时，通过外科手术还可以修复。手术非常疼，特别是对一个孩子来说，而且术后要经历很长一段恢复期。最糟糕的是，手术当中出现了种种并发症，最终，脱落的视网膜没能像预期的那样重新放入眼球，而是被摘除了。这样一来，凯伦的那只眼睛就永远被夺去了聚光的能力，而且，失去了视网膜也就等于失去了一道阻挡阳光中有害射线的天然屏障。在长达四个小时的痛苦折磨中，手术医师又发现了另一个并发症：孩子另一只眼睛的视网膜也已经开始脱落。于是，在手术的最后一分钟，医生们对另一只眼睛进行了激光矫正手术。

在手术刚刚结束的那些天里，女儿的两只眼睛都肿得睁不开了，脸上缠满了绷带。她被黑暗和痛苦包围着，害怕自己就算最后睁开双眼，也还是什么都看不见。

为了让她转移注意力以减轻痛苦，我时常给她读书或是让她听录音机里播放的故事。她还给朋友们打电话聊上几句。有的朋友虽然在电话里对她表示同情，但又迫不及待地要利用暑假时间多出去玩玩，不愿意和她多说；也有的朋友答应要来看望她，却从未出现过。很快，她不再给那些朋友打电话了。凯伦感到很伤心，不明白她的朋友怎么会这么对待她。

只有一个朋友例外，她让女儿从这段经历中领略到了什么是真正的友谊，见识到了真情闪烁的光芒，她就是珍妮。我们从医院回到家里刚刚安顿好，珍妮就来看望凯伦了，还给她带来了一束鲜花和一个小动物充气玩具，让她"一疼起来的时候就把它挂起来"。当珍妮意识到凯伦看不见的时候，她就悄悄爬上床，坐在我女儿身边，轻轻地握着凯伦的手，让她知道自己来了。

术后的凯伦疼痛难忍，所以珍妮来看她的时候她没说几句话，就坐在那里拉着珍妮的手。两个女孩就这样坐着，几乎是沉默不语，一坐就是很长时间，直到珍妮该回家了。她说她还会来的。我看着她渐渐远去的背景，心想不知道她能不能信守自己对凯伦的承诺。

我发誓，如果她不再来了，我也能理解。我知道刚才对她来说也挺痛苦的。在她和我女儿坐在死一般寂静的卧室里时，我无意间瞥见她双眼中闪烁着的同情的泪花。如果她不再来了，我也不能怪她。孩子们在暑假里本应尽情地玩耍嬉戏，去历险，去自由自在地享受一切。我不能责备珍妮，如果她不想和凯伦一块坐在病房里的话。

可是珍妮来了，一次又一次，在凯伦养病的那漫长的几个月里从未间断。在凯伦摘掉了眼罩，可因阳光太刺眼还不能出门时，珍妮来陪着她；在凯伦还不能骑车、不能跑跳、不能玩耍时，珍妮来陪着她；在凯伦佩戴了一副抗紫外线的特殊隐形眼镜，需要接受医生频频探访的时候，还是珍妮常常来陪着她。在那个漫长而痛苦的夏天里，珍妮坚持隔一两天就来看望凯伦——每次凯伦都很兴奋，在病痛几乎让她难得一笑的日子里，珍妮总能让微笑重新浮现在凯伦的脸上。究竟有多少次珍妮的出现让凯伦变得更加振作，连我都数不清了。

在接下来的一个学年中，珍妮仍坚持来看望凯伦，帮助凯伦。她一直在凯伦身边，伸给她一只援助的手，送她一个开心的微笑。别人嘲笑凯伦的时候，她也总是护着凯伦。甚至多年以来，直到现在，这两个女孩依然是很要好的朋友。让我高兴的是，珍妮仍然常来我们家。

我相信，一个人在小学时期认识的朋友是自己一生中最真的朋友——这个最好的朋友会和你一同分享成长的喜悦与苦恼，这个和你一样大的孩子会时时看护着你的左右，看护着你的内心，看护着连接这两个世界的纽带，让你的内心世界能够和外界自由地融为一体。我的女儿凯伦就拥有这样一个朋友——这个小女孩的同情心和她的善良永远触动着我的心弦。

我坚信珍妮最终将成为凯伦一生中最好的朋友。

假如我们原谅上帝……

玛丽现在8岁了。我希望她会走路。我希望她能拿起笔在练习本上写字。我希望她的视力能好一些，这样她就可以看清书上的字，而不必让老师为她把字写在大纸上。我希望她不用把轮椅挪得离电视那么近就能看动画片。就是为了玛丽自己，我也希望她能做所有的事情。

可是她不能。大夫说，她的大脑损伤无法补救，永远不会恢复了。虽然她有这么多生理缺陷，我现在还是为我们有了她而感到幸福。

起初我们真的绝望过。玛丽虽然早产两个半月，我却绝没想过她会有什么缺陷。我以为她完全正常。十八个月以后，她被诊断为大脑麻痹。我的精神崩溃了。对这个快乐的宝贝，我寄托了多少希望、多少憧憬啊！我曾盼望她能像她姐姐一样，出落成一个身材颀长、文静自信的姑娘。被仙女遗弃在冷漠之乡的，难道注定是我们的玛丽吗？

我不相信那个诊断，于是带着玛丽四处求医。对别人，我渐渐又嫉恨又恼火。我开始生上帝的气。我对自己更是怒气冲天：我究竟做了什么对不起孩子的事情？

我对自己说：我应当爱她。可是我却为她痛心，为她在这个世界上注定将面临的排斥和悲苦痛心。在这个世界上，被视为有价值的人只有那些自立者、成功者、美人和富人；在这个世界上，没有魅力就是错误，患了癌症就是走上了绝路，失去工作等于道德上的失败；在这个世界上，受苦会被掩饰起来，死亡也会被藏匿得不为人见。我怎么也无法接受现在的玛丽。我为她感到羞耻，我想要个健全的孩子。我不能原谅自己，也不能原谅上帝。我祈求上帝祛除这个残酷可怕的符咒，通过什么魔法或者奇迹使玛丽焕然一新，变成我所期望的那个美丽可爱的姑娘。

后来我通过观察，才明白我的这种看法错了。

在玛丽看来，她天生就是这样。她并不把时间花在弄懂为什么她不能像别的孩子那样走路、做事上，而是乐天知命地生活着。我开始看到，她由于有个独一无二的自我而快乐。她充满了发自心底的精力、活力和热情。她圆圆的脸儿红扑扑的，对一切都宽容厚道，仿佛认为一切都该如此。她所关心的不是自己不能做什么，而是自己还能做什么。众人的盯视、同龄人的好奇、比她小的孩子问她"你怎么啦？""你为什么不会走路？"这一切她都不放在心上，因为她自己就对这个世界提出了许多问题，产生了种种好奇。

我明白了，以前我看到的都是事情的阴暗面。中了符咒的不是玛丽，而是我自己。我真傻，居然相信一切印有失败、无能、疾病和丑陋印记的事物即使很富于人性，也都是不能接受的，因此也是不可爱的。其实，我比玛丽更无能。"爱你所发现的东西吧"，这句话我听别人说过，却不知为什么不想记住它。我慢慢地懂得了：现实世界中每个人都在某个方面是无能的。我明白了，使我们不能理解人性的原因，就在于我们不接受已经赋予我们自己的东西、不接受已经赋予丈夫、孩子、朋友以及任何人的东西。

我们不愿太胖，不愿太瘦，不愿变老，不愿没有魅力。我们为使谈吐得体焦虑，为自己的嗓音和口音焦虑，为自己鼻子太大或者秃顶焦虑。我们为没有一份诱人的工作可干而烦恼。我们担心孩子的牙齿长歪或是在大学的成绩不好。我们渴望自己聪明、迷人、优雅和轻松安逸。我们想让人家看到我们衣着讲究、住在体面的地方。这都是为什么呢？因为我们太轻信传言和市场的奉承，说什么假如没有一个完美无瑕的身体，我们就毫无价值。

玛丽向我揭示了心灵的真理：我们都是因为爱而被创造、为了爱而被创造的，这种创造是免费而无偿的。要接受赋予我们的东西，首先要接受现实的自己。我们必须学会接受在别人身上发现的东西，也要学会接受在自己身上发现的东西。假如我们原谅上帝，上帝也会原谅我们。

如果我现在能够重新选择——比方说，随着一道白光，有个声音说往事一笔勾销，玛丽将会成为一个健全的孩子，那么我的快乐将难以言喻。不过，为了我自己，我还想要求一件事：我要求自己不要重复从前的思想方法和感情，因为现在我已经能够接受现实中的玛丽了。她将变得越来越美丽，越来越可爱。

（英国）帕特·柯林斯

圣诞节的早晨

清晨4点，他忽然醒来，就再也无睡意了。过去，他父亲总是在这时唤醒他去帮着挤奶，他自己对迄今还保持着这个早醒的习惯也觉得有点奇怪。父亲已经去世30年了，可他现在仍然一到4点钟就醒。今天早晨——因为是圣诞节，他不想再接着睡了。

可今年的圣诞节对他又有什么魔力呢？他的孩提时代和青春的时光早已逝去，就连他的孩子们也已长大成人、各奔东西了。

昨天，妻子对他说："没必要去修剪圣诞树了，噢，也许用不着再花那份工夫了。"

"不，艾莉丝，"他带着肯定的语气说，"虽然只有咱们两个人，但是还是要好好过个圣诞节。"

她有点勉强地说："那咱们明天再修剪吧，我实在有点累了。"

他同意了，现在那棵树仍在后门外放着。

他静静地躺在自己的房间里，妻子睡在隔壁的屋子。两屋之间的门关着，因为她常彻夜失眠，即使有时睡着了，也极易被极小的声响弄醒。因此，他俩几年前就决定分开睡了，可再也没有从前睡得香。毕竟，天长日久在一起的生活，使他们再也无法分开了。

他今晚为何毫无睡意？寂静的夜晚，繁星闪烁，满天星斗构成了另一个奇妙的世界。每当他在这时想起那件往事，特别是在圣诞节黎明之前想起它，星星就好像显得特别大、特别亮。

这些年来，他经常不由自主地回忆起过去的时光。那时他十几岁，住在父亲的农场里。他很爱他的父亲，可父亲却从没有意识到这种爱。直到有一天他无意中听到他父亲对母亲说的话。

"玛丽，我讨厌老是那么早就叫醒鲍勃，他身体长得那么快，需要睡眠。我真想把挤奶的事全包了。"

"可这不行啊，亚当，"他听到母亲的声音传来，"他已经不是孩子了，该学着干点事了。"

"这我知道，可我实在不忍心叫醒他。"

当他听到这些，从心底里明白了：父亲爱他。他过去从来没有想到过这些，因为以前他认为血缘关系大概就是这样，很自然。现在他明白了，于是早晨他再也不想钻在被窝里磨时间，还要让父亲来叫。想到这儿，他揉着睡眼，磕磕碰碰地起了床，穿上衣服。

一晃几天过去了，圣诞节的前夜，他躺在床上翻来覆去，想着第二天要干的事。他家里不富裕，过圣诞节最使他们高兴的，就是吃火鸡和妈妈做的馅饼。他姐姐每每都要缝制一些圣诞礼物，而父母总给他买些他需要的东西，有时可能不光是一件温暖的夹克，还有另外的东西，比如说一本书什么的。而他呢，也总是把零用钱攒起来，给他们每个人都买份礼物。

他想，这个圣诞节他就15岁了，该送给爸爸一份更好的礼物，而不像过去那样，老是到商店里给他买条普通的领带。他侧身躺在阁楼的床上，眼睛望着窗外，心里琢磨着这份礼物。

当他还很小的时候，有一次问父亲："爸爸，马厩是什么？"

"就是牲口棚，"父亲回答说，"就像咱们家那个牲口棚一样。"

接着，父亲告诉他，耶稣就是在牲口棚里诞生的。还说牧师和圣人来到牲口棚，给人们带来了圣诞礼物。

他忽然闪过一个念头：对啊，我为什么不能在牲口棚里送给爸爸一件特殊的礼物呢？我可以早早起床，悄悄去奶牛棚里，一个人给牛添草加料，把奶挤了，并将牛棚打扫干净……这样，在爸爸进去挤奶的时候，就会发现所有的事都干完了。

他凝望着满天的星斗，静静地想着，不觉得意地笑了。他想，要干这事，就不能睡得太死。

这一夜，他醒了好多次，每次都要擦根火柴，借着火光看他那只旧表，生怕误了时间。

半夜两点半他就起了床，悄悄下楼，轻轻拉开房门，以免发出声响，然后蹑手蹑脚地走了出去。屋外，一颗泛着微红的星星很大、很低，就像挂在屋顶上。牛棚里，一头头奶牛睡眼惺忪地望着他，显出惊奇的样子，好像在说："你好早啊！"

这群牛对他还挺顺从。他给奶牛添了些干草，然后摆好奶桶和大奶罐。

过去，他从没有独自一个人挤过奶，可现在觉得似乎在做一件不简单的事。他不慌不忙地干着，桶里散发出的醉人奶香，使他开心地笑了。奶牛也配合得很好，似乎它们也知道今天是圣诞节。

挤完奶时，两只奶罐全已盛满，他盖上了盖子，接着打扫牛棚……诸事完毕后，便小心翼翼地关上了门。

当他回到房间里时，离4点只差5分钟了。他赶紧脱衣上床，钻进被窝，因为他已听到父亲起床的声音。他用被子捂住头，生怕自己激动的喘息声被父亲听见。这时，房门开了。

"鲍勃，"父亲的声音，"虽然是圣诞节，我们也得起来干活啊，孩子。"

"好——吧——"他故意装作还没睡醒的样子。

"那我先去了，我得把事先干起来。"

门关上了。他仍躺在床上，忍不住笑出了声。想到等一会儿父亲就会明白一切时，他的心跳得都快蹦出来了。

这段时间过得好像特别长，也不知道过了多久，他终于听到了父亲的脚步声，接着，门开了。

"鲍勃！"

"嗯，爸爸——"

"你这鬼，"父亲激动得连话也被哽住了，"你这家伙骗了我，是不是？"

"这是给您的圣诞礼物，爸爸！"

这时，他发现父亲已经紧紧地搂住了他，双臂在他的后背上下抚摸着，炽热的泪水滴到了他的面颊上。天很黑，他们谁也看不清谁的脸，却都能感到彼此的心在跳动。

"孩子，我真谢谢你。再没人比这干得更棒了！"

"噢，爸爸，我想要你知道——我真想成为好样的！"这是从他心底里冒出的话。他不知再说什么好，而心里却充满了爱。

过了一会儿，父亲说："好了，我想我该去睡觉了。噢，不！听，小家伙们都醒了。想想，孩子，我从没有在你们第一眼看到圣诞树的时候见到你们，那时我总是在牛棚里干活。来吧！"

他重新穿上衣服，跟着父亲走到圣诞树旁。不久，星星消失了，太阳爬上了天穹。噢，这圣诞节多美好啊，特别是在他听到父亲告诉母亲的话，说他——鲍勃已经如何能自己起床的时候，他感到有点羞愧，但更多的是感到自豪。

"我从没有得到过这么好的礼物，我会记住它的，孩子！"父亲说，"只要我活着，每年圣诞节的早晨，我都会想起它！"

那时，他们俩都记着这份礼物。而现在父亲早已不在了，只有他独自默默地记着：在那个美妙的圣诞节的早晨，他独自在奶牛棚里制作了一份挚爱的礼物。窗外，星辰渐渐淡去。他穿好睡衣下了床，穿上鞋，把那棵树搬进屋里，开始仔仔细细地修剪起来。很快，一棵圣诞树就修剪好了。然后，他走进书屋取出了一个小盒子，里面装着送给妻子的礼物——一枚不大却很精致的钻石胸针。可他还不满意。他想要告诉她，他是多么的爱她！

他能够爱，这是多么幸运、多么美好啊！能够爱，这是生活真正的乐趣！他相信有一些人不会去爱别人，但爱却存在于他的心间，直到现在依然如故。

他猛然想到，这爱所以留存在心中，是由于当他明白父亲爱他的时候，挚爱从他的心底醒来——只有用爱才能唤醒爱。

而这天早晨，这美好的圣诞节的早晨，他要把这爱献给他亲爱的妻子。他可以把这些写在信里给她看，并让她永远保存着。他走到桌前，提起笔写道："我最亲爱的爱人……"写完以后，他把信封了，系在圣诞树上。然后关上灯，踮着脚轻轻地回到了自己的房间。

天空中的星星已经消失，绚丽的早霞将东方的天际装点得分外好看。多么幸福啊，幸福的圣诞节！

（美国）赛珍珠

STORY

真正的高度

真正的高度

他的掌心在出汗，他需要毛巾来擦攥紧的手。一杯冰水可消解他的干渴，但不能消除他的紧张。身下所坐的太空垫和今天他所面临的国家奥林匹克比赛同样让人焦灼。横竿定在17英尺，比他个人最好成绩高3英寸。米奇尔·斯通面临着他撑竿跳高生涯中最富挑战性的时刻。

尽管最后一项跑步比赛一小时之前就已结束，但看台上仍挤满了大约2000多人。撑竿跳是所有田径比赛中真正富有魅力的一项，它把体操优雅的姿态与健美身体的力量完美结合起来。它还具有飞的特色。飞到二层楼那么高这种想法，对于观看这项比赛的任何人来说都是一个梦想。今天，此时此刻，这不但是米奇尔的现实与梦想，而且是他的追求。

米奇尔记事起就梦想着飞翔。他妈妈给他读了许多关于飞行的故事。那些故事总是讲飞翔天空，鸟瞰大地。母亲读到细节时的兴奋和激情使得米奇尔的梦想充满了神奇的色彩和动人的美丽。米奇尔让他的梦想得以重现。他将使乡间的小路变短。在脚下，他能感觉到岩石和土块。当他沿着金色的麦田跑步时，他总要超过经过身边的机车，就在此刻他深吸一口气，开始从地面腾空，像鹰一样高飞。

无论飞到哪里，他都难忘母亲的讲述，无论飞向何方，总有一双敏锐和充满慈爱的眼睛注视着他。而父亲却不是个梦想家。伯特·斯通是个脚踏实地的现实主义者。他推崇辛勤和汗水。他的座右铭是："想要什么，那就为之努力吧！"

从14岁起，米奇尔就那么做了。他开始了一项周密详细的举重训练。他隔一天练举重，隔一天练跑步。训练计划是由教练也即他的父亲细心制订的。米奇尔的执著、决心和严格训练都是父亲一手调教的。米奇尔是个优秀的学生，又是独子，他常帮着父母干农场中的杂活。米奇尔为完美而奋力拼搏的这种坚持不懈的精神，不但是他的信念，而且是他的激情。

母亲米尔德里德·斯则希望儿子的训练能轻松一些，想让儿子仍是那个充满自由自在梦想的小小孩子。她曾试着同米奇尔和米奇尔的父亲谈论此事，但她丈夫马上打断了她，说："想要得到，就必须努力。"

时至今日，米奇尔撑竿跳所取得的全部成绩似乎都是对他努力训练的回报。如果米奇尔对越过17英尺的横竿感到震惊或自满的话，你心中自有体会。一落到充气垫上，落到人群的脚下，米奇尔就马上为他的下次试跳作准备。他似乎忘记了他刚刚以一英尺的优势越过他个人的最好成绩，忘记了在这场撑竿跳比赛中，他是最后的两名竞争选手之一。

当越过17英尺2英寸、17英尺4英寸的高度时，他竟出奇的理智。不懈的准备和决心是他的远见。躺在垫子上，他听到人群的惋惜声，知道另一名选手的最后一跳已经失败。他知道最后的时刻来临了。只要跨过这个高度就可以稳获冠军，而小小的失误又会使它屈居亚军。这并没有什么可羞耻的，然而米奇尔不允许自己失败。

他在草地上翻滚了一下。指尖上举，祈祷了三次。他拿起撑竿，稳稳站定，踏上他17岁的生涯中最具挑战性的跑道。

然而这次他感到跑道和以前不同，它让他感到片刻慌张，就像被水浸透了的干草捆。横竿被定在比他个人成绩（最好成绩）高18英寸的位置上，那距全国记录仅1英寸。他这么想着，感到剧烈的紧张和不安。他想放松起来，但无济于事，反倒使他更紧张。怎么会这样？！他。他愈发紧张——或者说是恐惧。怎么办？他从未经历过这种体验。他内心深处无时不在想着母亲。现在怎么了？母亲会怎么做呢？很简单，母亲常告诉他这样的时候做一下深呼吸。

他照这么做了，紧张从腿上消失，他把撑竿轻轻地置于脚下。他伸开胳膊，抬起身体，微笑拂动，飘然逝去。一道冷汗沿着脊背流了下来。他小心地拿起撑竿，心脏怦怦在跳。他想观众一定也是屏住呼吸，四周静寂。忽然他听到远处几只飞翔的知更鸟的歌声，他飞行的时刻到来了。

他开始全速助跑，跑道与往日不同又很熟悉。地面就像他常梦到的乡间小路。岩石、土块、金色麦田纷纷涌入脑海。他做了一下深呼吸，一切顺理成章，他飞了起来。毫不费力，就像在童年的梦幻中。只是这次，他知道不是在做梦，这是真的。一切似乎都在以慢动作进行着，他感到周围的空气那样纯净，那样新鲜。米奇尔以鹰的威严在翱翔。

不知是看台上的人们的欢呼声还是落地时的重击声使米奇尔重新清醒。鲜亮的暖洋洋的阳光照在脸上。他知道他只能想象母亲脸上的微笑。父亲也可能在笑，甚至在开怀大笑。当父亲激动时，他会微笑或咯咯地笑。米奇尔不知道他的父亲正在搂着妻子大哭呢。是的，坚信"想得到什么，就必须努力去做"的伯特·斯通像孩子似的在妻子怀中抽噎呢，米尔德里德从未见到过丈夫哭得如此厉害。她知道那是自豪的泪水。米奇尔马上被人群包围，人们与他拥抱，祝贺他生命中辉煌的成就。他跳越了17英尺6.5英寸的高度：一项全国乃至世界的青年锦标赛纪录。

鲜花、奖金和传媒的关注将改变米奇尔日后的生活。这一切不是因为他赢得全国青年赛的冠军并打破一项新的世界纪录，也不是因为他把自己的最好成绩提高了9.5英寸，而只是因为米奇尔·斯通是个盲人。

（美）戴维·奈斯特

妈妈的银烛台

　　我的妈妈在纽约贫民区的二手商店橱窗背面看到一支银烛台，它大概有一尺高，蒙着很厚的一层灰尘，但是只要擦一擦就可以恢复它原有的光泽。它的底座刻有"纯银"的标志。它们怎么会被放在这里？是怎样穷的人把它卖到这里的？妈妈很想买下它们，但是我们必须先去为我日渐长大的脚买双新鞋，所以只好先作罢。

　　纽约，一个我们移民美国后定居的地方，而我们住在与所有移民者梦想的乐土——黄金美蒂纳相距甚远的地方。然而，纽约终究是一个充满机会的地方，所有的人可以经由努力工作实现他们的梦想。

　　"我们可以奋力往前游，或者等着沉下去。"妈妈一再地提醒我们，而我告诉妈妈："我会一直做一个勇敢的游泳者。"

　　我们确实很努力在力争上游。爸爸每天下午在路旁叫卖焦糖杏仁，而我们帮忙装袋并送到买主家，妈妈早上则重回学校学习当按摩师，一个礼拜有好几个下午到各个家庭帮佣。我进小学念书，我的姐姐萝特则在圣路易的一家聋盲学校工作以免费学英语。有时候，爸爸晚上还会兼差当管理员，妈妈则为加工厂缝手套赚取零钱。

　　我们住在15层楼的顶楼，河岸景观和我爸妈以前的故居地德国有些相像。我们并不是一定得走楼梯上楼，而是有电梯可坐，但是有专人为想搭电梯的人服务并要求收小费。问题是谁能付得起？所以我们都爬楼梯上15楼。

　　我们的家包括一间厨房、浴室、客厅和一间卧室。姐姐和我共用客厅，一直到她离家去上学才分开。当我们第一次看到公寓的时候，妈妈脸色苍白地看着整屋的脏乱，可是后来我们把它弄得很舒适。

　　我们住进去的第一夜，睡到一半时，我全身痒得受不了醒过来，姐姐赶快把妈妈叫起来，以为我被病菌感染了热病。可是我并没有得热病，我只是全身起红疹。爸爸看着我，说了一些我听不懂的话，然后拿了一把刀把床垫割开，竟发现里面有虫在动。他急忙把床垫拿起来，拖到阳台上从15楼往下扔，扔到我们发现床垫的街道上。

我一直不解，为何纽约的冬天还有小虫。

我和姊姊蜷曲着睡在地板上一直到天亮，而当爸爸找到一家二手店把他的冬天外套典当掉以换取另一张床垫时，我记得妈妈哭了好久。

有一天晚上，当我和妈妈一起做手工时，她告诉我有关银烛台的事："让我们盘算看看把它买下来，我想如果把它擦一擦会看起来很漂亮。"

我们计划着如何存够钱好把它们买下来当做爸爸的生日礼物，但是又想，爸爸大概不会很想收到那样的生日礼物，他的兴趣在奋斗——也就是他的财产可以增加，还有我们的生活费及房租。但是妈妈却很渴望我们简陋的屋内可以摆一样美丽的东西。

那个银烛台标价3块钱，我们在3月拟定了购买的计划，并且讨论存钱的对策。"我想，我可以说服邻居让我帮他们把垃圾拿到楼下去丢。"我告诉妈妈。

妈妈说："我可以买大一点的蛋给爸爸吃，而我们吃小一点、便宜一点的。"除此之外，她买放了3天的面包取代放了一天的面包，一次可节省7分钱。一位朋友还告诉她，把面包用湿布包着放在烤炉上烤会让面包吃起来更新鲜美味，这个方法真的很有效！

我们转而把存钱当做是一场比赛。在4月结束的时候，我们先为我们的宝物付了50美分的订金，而1940年的9月23日前，我们已经全部付清，而且还能加买几支用过的蜡烛。这支银烛台给了我们美国人的"跳脱规则"及"赊账"的观念，而这些对我父母来说原本是那么的陌生。

我们把银烛台擦得发亮，妈妈把用过的蜡烛切断并把外表刮干净让它们看起来像新的一样。

我永远都不会忘记第一次使用银烛台的那天，妈妈因为高兴眼泪从脸上滑下，除了生活辛苦一点外，我们都很庆幸能聚在一起，而且最重要的是，都能很平安且身体健康。

当我结婚搬到怀俄明州时，妈妈把银烛台当做新婚礼物送给我，所以我还能一直分享它的美丽。妈妈告诉我："你帮忙买下它，你也懂它对我的意义，我希望让你拥有它，而且有一天可以把它传给你的女儿。"

银烛台现在还放在客厅的钢琴上，我们在家庭生活的每一个值得纪念的日子都会使用它，不管是高兴或是悲伤的。有一天，我将会把它传给我的女儿，就好像妈妈传给我一样。它有着比银烛台本身更深的意义，它们是忠诚、勇气和爱的象征。

发上之花

她头发上总是戴一朵花，一直戴着，大多时我觉得看起来很奇怪，白天戴朵花来上班，参加专业会议？她是个抱负非凡的平面设计师，我们同在一个忙碌的大办公室中工作。每天她带着超现代的清新装饰，大摇大摆地走进办公室，及肩的发上别了一朵花，通常是配上她合宜的套装颜色，花朵盛开，像一把色泽鲜艳的小阳伞，别在大片的深褐色发卷上。

有时（像是在公司的圣诞派对上），她发上的花增添节庆的欢乐气氛，看起来很相称。但戴花来上班，就真的不合时宜了。办公室里有些较有"事业心"的女性已经对她的行为有点愤慨，觉得应该有人私下告诉她商场上受人"尊重"的"规矩"，包括我在内的其他一些人则认为那只是种怪癖，私下称她为"花神"或"花姑娘"。

"花神是不是已经完成华尔街个案的初步设计了？"一个同事问另一个同事，带着一点讪笑。

"当然完成了，看来很不错，她的作品真的'开花'结果了！"另一个可能这样回答，交换了一个轻蔑的眼神，彼此会心而笑。当时我们认为这样的嘲弄无伤大雅。据我所知，根本没有人询问过这位年轻女同事为何天天戴花上班，事实上，如果她哪天没戴花出现，我们才比较可能去问她。

有一天她没戴花，当她把设计拿到我办公室时，我随口问她："我注意到你今天没戴花。我很习惯看你每天戴花，没戴反倒是有点奇怪。"

"哦，是啊！"她平静地回答，语调相当忧郁，与她平常活泼开朗、意气风发的个性很不一样，接下来的沉默更是出乎寻常，我不得不问：

"你还好吗？"虽然我本能的希望她能回答："我很好。"但是我知道我已逾越到比花还私人的事情。

"哦，"她轻声地说，表情痛苦，沉浸在回忆中，"今天是我母亲的忌日，我很想念她，心里很难过。"

"我了解，"我同情地说，但并不想涉入感情。"我想，这对你不是很容易的事。"我继续说。我希望她能体会谈话应该结束了，心里却了解可能不止如此而已。

"哦，真的没关系，我知道我今天实在太敏感，这是哀伤的一天，你知道……"她开始告诉我她与母亲的故事。

"那时我才十五岁，我和母亲的关系相当亲密，她很爱我，为我付出很多。后来她知道自己得了癌症，将不久于人世，便预先录下一些录像带，让我在每年生日那天拿出来看。从十六岁开始，到现在我已经二十五岁了，今天是我的生日，早上我看了她为我准备的录像带，到现在我仍在回味中，真希望她还活着。"

"嗯，我了解你的感受。"我说，心里很同情她。

"谢谢你，"她说，"哦，关于不戴花的事……小时候，母亲常常把花戴在我头上。有一天她在医院时，我从花园中摘了一朵大玫瑰，拿到她面前让她闻闻花香，她一语不发地把花拿去，把我拉到身边，抚摸我的头发，把花别在我头发上，就像我小时候一般。当天她就死了……"

温暖亲情的小故事 | STORY

她热泪盈眶，接着说："母亲死后，我头发上就一直戴朵花，那让我觉得她好像与我长相左右，至少精神上如此，不过，"她叹息着，"今天我看着她为我录下的影带，她在影带中说她很抱歉，没办法陪着我成长，她希望自己是称职的家长，希望能看到我独立自主。那就是我母亲的想法，她表达的方式。"她看着我，在回忆中甜甜浅笑，"她很有智慧。"

我同意地点点头："嗯，听起来她很有智慧。"

"所以我想，要如何显得自己独立自主呢？也许就是不要再戴花了，不过我还是会想念花和它所代表的意义。"

她淡褐色的眼睛望向远方，仍在回想："我很幸运，有这样的母亲。"

她的声音渐弱，再次看着我，然后忧伤地说："不过我不需要戴朵花才会记住这些事，这只是宝贵记忆的外在表征而已，即使不戴花，记忆仍常存。不过，我还是会想念……哦，计划案在这里，希望能获得你的同意。"

她交给我整齐干净的档案夹，签了名，下面画朵花，那已成了她签名的注册商标。

我年轻时，曾听说过："在判断人之前，须先设身处地为人着想。"

我想到以前一直对这位同事头发上的花毫无感觉，而且在不知情之前还曾嘲讽过她，不知道她的命运，不知她身上所背的十字架有多重，多么悲哀啊！我以往很得意于自己了解公司里错综复杂的每一面，丝毫不差地清楚每个角色间的互动及功能，但悲哀的是，我却认为一个人的私生活与职业生涯无关，认为进入职场的团体生活之门，就该将私生活丢在门外。

那天我得知这位同事头上所戴的花，事实上是她流露爱的象征，让她能因而与死去的母亲相连。

我浏览了她完成的计划案，觉得这个案子让她这么一个有感情深度和强度的人来处理，的确很适合。她的作品一直都在水准以上，因为她天天用心在生活，而这也让我得以重新检视自己的心。

搏击命运

童年时代我记忆最深的一件事是和母亲一起逃命。当时，所有的人和动物——男人、女人、孩子、狗、猫、鸡，都发了疯似的跑。那是1927年，我才9岁，我们朝高于家乡阿肯色州阿肯色城的大堤狂奔。密西西比河的天然堤被冲毁了，河水正咆哮着涌进城市。我们不顾一切地逃命。

洪水嘶喊着追逐我们，母亲用有力的手抓住我的手跑，抓得那样紧，我觉得手都快碎了。好一阵子，洪水与我们近在咫尺。我不知能否逃得性命，只觉得双腿沉甸甸的，心里极度恐惧。就在我几乎要倒下时，母亲却猛然加速，冲上大堤的斜坡。堤上的人伸出援救的手，把我们从潮湿滑溜的斜坡拉上安全地带。但我们所有的东西——衣服、家具和辛苦积攒的几美元钱，全葬入洪水了。

那以后，我们一切从头开始。

母亲生于1891年8月4日，成长在私刑泛滥和三K党将黑人商人赶出城市，将黑人政治家驱出政界的年代。她读过三年小学，随后为贫困所迫，开始下田干活。年轻时她移居阿肯色城，给人当用人，并热心于当地的社会活动。无论何时何地，她总是心情开朗，对生活满怀希望。

"格特夫人"——大伙儿这样称她，个头不高，很强壮，脸上总带着笑，有钢铁般的意志。

真正的高度 | STORY

　　她走路身板笔挺，头扬着，是个气度不凡的女人。她饱尝过痛苦、失望和恐惧，但都挺了过来，并由此生成一种特殊尊严，是那种饱经沧桑，不再对未来有任何畏惧的女人的尊严。母亲家教甚严，气头上甚至用软鞭子施展家规。人们常问我为何不抽烟，这是因为，我10岁那年偷偷抽烟被母亲发现，她狠揍了我一顿，至今我记忆犹新。

　　我家没有什么钱，但并非赤贫。至少，我从没挨过饿，冬天我们可生火取暖，夏天我们有一部旧冰箱，可做冰淇淋。但从童年到少年，我仍渴望过一种更好的生活，摆脱包围我们的肮脏、血汗和痛苦。

　　问题在于，阿肯色城的中学不招收黑人。所以，1931年我读8年级时，面临我的毕业前途似乎仅一条，就是同祖辈一样，过一种苦力加屈辱的生活。

　　但我没料到的是母亲的力量和她那百折不挠的决心。在她看来，凡你想做的，只要奋力尝试，就一定会做成。

　　母亲的梦，便是送我去芝加哥读中学，在那儿受体面的教育，并成为出类拔萃的人物。这是要有非凡的刚强信念的，因为这无异于倾囊下注，而对牌底却全不知晓。

　　1932年我毕业时，那笔钱还远未攒够。但这并没有难倒母亲，她加倍干苦工，帮码头工作洗衣和做饭，所有能揽到的活她全都包下。整个夏天，她像是着了魔似的干活。我也毫不闲着，与她同度那段"发烧"的日子，为整整50名工人洗衣、熨衣和做饭。

　　夏季之末，事情已很明显，开学前我们攒不够去芝加哥的车费。就在这梦想的低潮期，母亲作出了惊人的决定。"你继续读8年级，"她说，"直到我们攒够车费。"她不想让我像野孩子似的满街乱跑，更不想让我重操祖辈的屈辱营生。为了避免这些，她宁肯让我复读8年级，不论读多少年，她都情愿。

　　周围人开始嘲笑我们。邻居好心劝她，叫她别发那疯了，做这么大的牺牲，只为了一个也许永远没有什么出息的孩子。母亲没说什么，只是继续使劲干活，继续做她的梦。"成功会来的，"她说，"只要我们有足够的勇气，相信自己的力量。"

　　又过了一年，这期间母亲从没有动摇过。但继父始终怀疑，这样做是否明智。终于，在1933年夏天，我们凑足那笔血汗钱。母亲眼望北方，渴望自由的心已朝那里翱翔。

　　继父拼命要把我们留下，为此他警告道，我们这是在走向灾难，我们将加入失业大军行列，在芝加哥寒冷的冬天冻死在大街上。我深知母亲有多爱继父，所以我想，她此刻的决定是一生中最勇敢的行动之一：离开她挚爱着的男人，带我踏上火车，奔向陌生的远方。也许她心儿碎了，但携带我上车时，却看不出有半点犹豫。她爱继父，但更爱知识和自由。

我激动得脸儿发烧，心里既担忧，又满怀希望。那年我15岁。从此以后，一切都不同以往了。

在芝加哥，母亲靠当用人谋生。一年之后，继父也来了。我考入达塞布尔中学，并以优等成绩毕业。此后我又顺利读完大学。1942年，我开始计划办一份杂志，名为《黑人文摘》。

但还有最后一道障碍需克服：我需要500美元邮费，好向可能的订户发函。一家信贷公司愿借我这笔钱，但有个条件，我得有一笔财产作抵押。

母亲曾在我帮助下购买一批家具，我请她同意我用家具作抵押。平生第一次，她犹豫了。为买这批家具，她分期付款好长时间，终于买下了，她当然不肯失去。但经不住我一再缠磨，她最后说："让我先问问天主，看他会怎样说。"

随后一个星期，我每天都回家，问母亲天主怎样表态。"不，还没结果呢。"她几次都说。

于是我俩一起祷告。最后，她终于说："天主是希望我这样做的。"

1943年，《黑人文摘》获得巨大成功。我终于能干我梦想多年的事了：我将母亲列入我的工资花名册，并告诉她算是退休工人，再不用工作了。那天，母亲哭了。当时的轻快感，和那种梦想成真的自豪感，我想，今生再未有更深切的体验。

从1981年到她去世，整整59年，我们几乎每天都见面或通电话。无论我在苏联，在非洲，或在法国，我每天至少要和母亲通一次电话。一次在海地时，我爬上一根电线杆，和母亲进行通话。周围人都忍不住笑了，但母亲能够理解我。

每次，当工作遇到障碍时，我就打电话给母亲。她总是鼓励我："你能闯过来的。"

在一段反常的日子里，我经营的一切仿佛都坠入谷底，当时的巨大困难和障碍，仿佛已是我无力克服的。我心情忧郁地告诉她："妈妈，看来这次我真要失败了。"

"儿子，"她说，"你努力试过了吗？"

"试过。"

"非常努力吗？"

"是的。"

"很好，"她以断然的语气结束谈话，"无论何时，只要你努力尝试，就不会失败。真正的失败只有一种，那就是不再努力。"

她就是这样一种女人，无论体质还是精神都很强健。从小到大，我每天都从她身上吸取到精神养料。

母亲的珠链断了

父亲死后，我们有时很缺钱使用。有一次母亲接受了陪伴一位老太太的职务。母亲长于朗诵，她和富裕而患有风湿病的艾芬汉夫人相处得很好。

艾芬汉夫人患了风湿病，终于不得不到一位纽约的医生那里去求医。母亲已有多年未去纽约，因此，当艾芬汉夫人要她陪同前往，并说他们要在豪华的广场旅馆逗留一个星期时，母亲无限兴奋。

她把这个消息告诉我的时候，脸上忽然有了忧愁的阴影。"我没有想到衣服，我究竟有什么衣服可穿啊？"她喘着粗气，若有所思地说，"自然我有一件黑衣裳，配上那串珍珠，我完全可以见得人了。"

我给过妈妈一串珍珠——一串花了3元9角8分钱买来的很好的珠子。从那时起，她总在说要买一件十分相称的黑衣裳，好来佩戴这串珍珠。于是我们去了所罗门先生的店铺里。很凑巧，他拿出了一件黑色衣服，看上去真像是专门为那串珠子而做的。穿在身上温文娴雅，真使人想到在广场旅馆喝下午茶的意味，于是我便非常乐意地买了它。

直到母亲从纽约平安回来以后，我才知道她和她那串珍珠的特殊经过——

一天晚上，母亲和艾芬汉夫人吃过晚饭，走过广场旅馆的大厅时，那串珠子突然断了。

"哎呀！我的珍珠！"母亲一声惊呼。

顷刻之间一阵轰动，有一个殷勤有礼的美国海军军官跑来帮忙，动手就捡珠子。

不料旅馆侍者的领班来了，断然把那个海军中校推开："先生，对不起。在保安主任未来以前，我得为此事负责。请大家避开一点，好让我们在这位太太周围画个圈儿，不让一颗珍珠失落。"

"噢，谢谢你！"母亲说。旅馆侍者对她这样殷勤，她实在很高兴。她声音轻轻地一下向这个人、一下向那个人道谢，一直谢到找回最后一颗珠子才停。

"太太，您是否要我把这些珍珠封进一个信封，放在旅馆的保险箱里，到了您要把它穿好的时候，再交给您？"保安主任问她。

"那太好了！"母亲说，并心满意足地在台子前面等候收据。

翌日，母亲上街散步，停在一家华丽首饰店的橱窗前观看。她忽然想起这正好是重新穿起珠子的地方。这一定是命运替她安排的，使她刚好来到此地。

她走进店里，一个穿燕尾服、高个子的男人迎了上来接待她。

"我有一串珍珠散了，你们能在一两天以内把它穿好吗？"母亲问道，"我是从外地来的，如果可能，我想越快越好。"

那个男人非常谦恭有礼。"我去问问看。"他说，"夫人，你把珍珠带来了吗？"

"没有带来。"母亲说，"我把珍珠放在广场旅馆的保险箱里了。"

那个男人拿起电话，给广场旅馆客客气气地通话："如果夫人没有另外的公干，我们的德韦特先生今天下午可以到广场旅馆把珍珠取来。我们盼望您跟德韦特先生带着珍珠一同来这里，亲眼看我们穿珠。"

人家对她如此殷勤，母亲有些飘飘然。大家对她的珍珠这样重视，多叫人高兴啊！

"我真想亲眼看看！"她感谢地说，"我的珍珠是我最珍贵的东西。"

"的确是的。"那位高个子的男人说，"3点钟好吗？"

德韦特先生到达广场旅馆时，依然密封着的那串珠子已经在母亲的手袋里。德韦特是一个风度翩翩的男人，看起来像一个美国的参议员，母亲和他一起穿过大厅时，觉得自己成了别人羡慕的目标。当她乘着为她准备的华贵轿车回到那家首饰店时，她自己也感到确实很新奇。

到了首饰店，德韦特先生引导母亲穿过陈列着钻石的台子行列，穿过放纯银器和上等玻璃器皿的地方，走到最里面一个设备精美的房间。母亲在一张台子旁边坐下，在她面前铺了一块厚厚的黑丝绒台布。

"串珠子的是我们的杜勃莱先生，马上就来了。"德韦特先生说。

杜勃莱先生是一个矮小的法国人，尖尖的脸孔，上唇留着一撮别致的胡子，不久就鞠躬如也地进了房间。他坐下以后，在台上放了一盘工具，把丝绒摩平，伸手去拿广场旅馆的封套。

大家看着他用纤细的手指小心翼翼地把封套打开，让珠子滚出来。他刚要戴上眼镜时，突然愣住了，手在颤动，犹豫了一下，然后匆匆忙忙地把眼镜戴好。他仔仔细细、目不转睛地看那些珠子，突然嘶嘶地吸了一口气。

"夫人的珠子给人偷了！"他喊叫着，"快点把警察叫来。这些可不是珍珠。"

母亲眨了眨眼睛。"噢，我相信不会的！"她说，"广场旅馆的每一个人都那么好——我——我不相信他们会做这种事！"

接着，她俯下身去仔细看那些珠子。"没有"，她透了一口气说，"这些正是我的珍珠，没有错，我清清楚楚认识那个合扣，它是用金子和钻石做的鸢尾花式——当然不是真的钻石，不过这个合扣非常别致，你说不是吗？"

母亲望望杜勃莱先生，又转过脸望望德韦特先生。德韦特先生满脸通红，看上去就像脑冲血的样子。那个矮小的法国人则面色灰白，紧紧抓住椅子的扶手，张开了嘴巴，可是没有说出声来。

"有什么不对吗？"母亲惊讶地问。

最先恢复说话本能的是德韦特先生。他说："夫人，您现在坐在世界上最有地位的珠宝商的密室里，阿加罕曾经坐过您坐的这张椅子，看我们给他那些无价的翡翠设计新的图样；英国皇太子曾携着他传家的宝石走进这个房间来，讨论怎样重新镶嵌。尽管如此，我们也没有太自负而不愿替美国公民重串珍珠。可是，夫人，我们可不穿只值9角8分钱的假珠子！"

母亲正襟危坐。"我认为你十分无礼，"她以冷峻的口吻说，"这绝对不是9角8分钱的珠子。这些珍珠是我女儿送给我的。我从来没有过问价钱——这种事情我敢说你完全不能了解——但是我知道这些珍珠虽然不是真的珍珠，却是好的珍珠。如果你不愿意重穿，尽可以拒绝，可是你的态度太没有礼貌了。"

母亲话说完时，德韦特先生已经恢复镇定，站起身来。

"夫人说得对。"他说时，恢复了像参议员的风度，"错在我们。请您原谅我的失礼。就只因为我在这里工作了这么多年——不过不提这个也罢！是我们错了。杜勃莱，立刻动手重穿夫人的珍珠。"

"噢，真是多谢你了！"母亲脸上又露出了笑容。

"而且我们不收你的费用！"德韦特先生又加了一句，一脸痛苦的表情，但那却是豪爽地忍痛的表情。

打破沉默

寂静，令人发疯的寂静让我头痛欲裂。没有笑声，没有哭声，也没有说话声从大厅那边传进长长的走廊尽头这间私人病房里。

就在几小时以前，病房里满是护士的说话声、机器的滴答声以及医生忙碌的声音。在产房里经过两天的挣扎，这间静悄悄的病房成了我最意想不到的"坟墓"。在那两天里，我已习惯了母亲们痛苦的尖叫、喜极而泣的泪水，以及第一眼见到自己的新生儿时快乐的笑声。但现在，除了空虚和寂静，什么都没有。

躺在医院的病床上，我呆呆地盯着窗外，脑海中却无法相信这世界竟然还按部就班地继续着。我望着工地上的建筑工人、驾车驶过的路人、医院里走来走去的勤杂工和探病的家属，心里还在迷惑，为什么他们的生活没有在尖叫中戛然而止，而我却是如此不幸。当我的孩子们在22周大、还没有呼吸到一口这世界上的空气就胎死腹中的时候，我的生活怎么还能够继续？没有了她们，我怎么可以活下去？

更可怕的是，这些陌生人和医院里的工作人员对于我的痛苦竟毫不在意。而那些我爱的人们似乎既不能够在我的孩子们存在的时候分享我的快乐，也不能在我失去她们之后分担我的伤痛。几个月以来，对于我所怀的是一对双胞胎姐妹的预测是每个人都热衷的话题。可是现在，突然之间，在我急切地需要与人分担我的想法、爱、希望和对她们的回忆时，这个话题却一下子成了禁区。家人和朋友们来探望我的时候，我知道他们也在为孩子们而悲伤。但是，没有人提到我第一胎的孩子们。每当我试图谈起她们，却总会被人悄然转移话题——或者是沉默。

一天，我听到护士在走廊里与我父母和丈夫交谈："她需要的是让一切都结束。你们得帮她忘掉她们。"

"我们该怎么做呢？"母亲问。

"鼓励她继续新的生活，并且把这一切抛在脑后。把所有与婴儿有关的东西都收起来。这样，等她回家的时候就不用为收拾这些东西而再经历一次痛苦了。"护士说，"而且，别谈论那两个婴儿。"

我想起了前一周买的那两套口袋上绣着小熊的外衣。一想到有人要把它们装进箱子里，我便开始忍不住哭了起来。悲伤渐渐转化成了无声的愤怒。当我丈夫和父母进来的时候，我继续望着窗外，以沉默回应他们。然后，我转过脸说："别管别人给你们建议了什么，别碰婴儿房里的任何东西，连门都不要开。如果我回家的时候发现有一件东西不在原处，我永远都不会原谅你们。"

他们一言不发地点了点头，坐下来，然后开始执行护士的其他建议——不提孩子。

当我试着谈到她们时，话题总是会被立刻转到其他事情上面去。即使是平常非常善于处理棘手事件的父亲，在我提起孩子的时候也转换了话题。

"双胞胎的模样看上去是一模一样的，"我说，"我想她们应该都长得像妈妈。"

"对，没错……我在想她们打算怎么处理外面的那堆土。"他说，眼睛望向窗外。

过了一会儿，我放弃了。病房里一片沉寂。

到了下午，我被搞得筋疲力尽——既因为屋子里的沉默气氛，也因为所有人都在试图让我忘记我努力想记住的。于是，我决定自己记住她们，并要求不再让任何探视的人进到病房里来。

那天天黑的时候，我丈夫敲门进来，说他的家人已经在外面等了几小时，他们想知道现在是不是可以看看我。

"不。"我轻轻地回答说。

"克里斯蒂娜也来了。"

我的心感到了一些温暖。我一直很喜欢我丈夫的妹妹克里斯蒂娜，她既是我的朋友，也是我唯一的姐妹。我意识到我想见到她，同时我也不希望把我丈夫的家人拒之门外或是冷落了他们，于是我同意让他们进来一小会儿。

他们一个接一个地进了病房——我丈夫的父母、他的妹妹克里斯蒂娜，还有她的丈夫。她靠在墙边，仿佛是在等着轮到她说话的机会。在一阵"没关系，她们现在与上帝在一起了"以及"大夫说你还可以生孩子"的安慰结束之后，房间里又是一片沉默。然后，除了克里斯蒂娜，所有的人都离开了。

她走过来坐在床边的椅子上，从包里拿出了钱夹，又从钱夹的驾驶证后面抽出了一张折得四四方方的纸。她小心地打开那张纸，指尖怜惜地从上面滑过。然后，她带着微笑将纸塞到我手中。我低下头，看见了两个小脚印。

"这是我的宝贝们，"她说，"现在，给我讲讲你的，好吗？"

我突然间想起，克里斯蒂娜也曾失去一对双胞胎女儿，她们是在23周的时候胎死腹中的。她明白我此刻正沉浸在悲痛中，她给了我一线生机。

友谊就是做那些对你的朋友最有益的事情，哪怕那些事与大多数人的观点相悖。克里斯蒂娜知道我一直期待着这两个孩子的降生，也知道尽管我只是怀了她们几个月，但我与她们是多么的亲近。她还知道忘记她们只会给我带来更深的伤痛。

于是，我们一边聊，一边哭，一边聊，一边笑，然后，我们又谈到更多事情。我们谈到孩子们美丽的小脸蛋儿，还有她们腿上看起来很结实的肌肉。我们谈到她们本可以成长为医生、律师、作家、诺贝尔奖获得者，或者是伟大的母亲。我们为她们做什么样的梦并不重要，重要的是我们一直在梦想她们。我们谈到她们是多么的特别，我们是多么的想念她们，以及我们有多么爱她们，而且我们会永远爱她们。

最后，沉默终于被打破了。

驶入安全水域

18岁那年，已决定接收我入学的那所大学忽然在我中学毕业后的那个夏天宣布关闭了。本来再过几个星期我就要离开家，去寻找自己的新生活了，可突然间发生的变故让我不知所措。

于是，我钻进了一个朋友狭窄的汽车，两个人向旧金山出发了。在一个亲戚家的公寓的地板上睡了一个星期后，我在科尔区和海特区的拐角处租了一套三楼的房子。这个地区是醉鬼们睡觉和年轻人狂欢的地方。我还隐隐约约地有了一个理想，想成为第二个弗吉尼亚·吴尔夫或埃米莉·迪金森。于是，我坐上公共汽车到旧金山州立大学报了名。到旧金山时，我身上只带着大约1000美元。付完房租和学费后，剩下的钱只够买几盒通心粉和奶酪。我想，现在我应该正视空荡荡的冰箱，出去找个工作，真正做个成年人了。

17年后，我拥有一个没什么用的英语文凭、一个招生办的全职工作和两个可爱的孩子，其他的就没有什么了。我当然已经长大成人了。我放弃了我那迷人但酗酒的丈夫，还有所有关于我自己的房间的梦想。我在写作专业上拿到的学位却浪费在写程序册和会议须知上，但是我也没有太多可抱怨的。毕竟这份工作在我破产和被拒绝贷款之后，让我仍然能够生存下来。虽然独身，但有了这份大学的工作，至少我就有了医疗保险、房子和安定的生活，可以让我的孩子穿着体面的衣服去上学。虽然我没有成为埃米莉·迪金森，但好在我也没有生活在狄更斯的小说中。

我通常早上7点到办公室，这样我就可以在下午4点钟下班。我喜欢早一点下班去托儿所接孩子，然后陪他们吃比萨饼、看录像片。我的朋友们有时会开玩笑地说，其实我可以过个浪漫的周末。但是，熬过了好几年总不知道醉鬼丈夫会在周末给我们带来什么麻烦的日子，现在我觉得，只要能和我的两个孩子在一起，不管他们要买什么稀奇古怪口味的冰淇淋，我都会感到很满足了。

我曾经遇到过一些同我经历类似的女人。刚开始时她们似乎失去了方向，但很快就会像稳健的水手在暴风雨中一样，将生活的帆船驶入风平浪静的水域，并安居乐业。她们之中就有我亲爱的朋友卡蒂，她对我的生活产生了重要的影响。

卡蒂中学还没有毕业就成了两个孩子的妈妈，还没来得及考虑她可能会怎样生活。之后很多年，她一直住在郊区，忙着送孩子上学和在节假日准备丰盛的食物和饮料。她生了第三个孩子，并且在五年后又生了第四个。她的丈夫只管工作，而她则要抚养孩子，为一家六口人做饭、洗碗，还要尽量让大家心情愉快。她丈夫酒喝得越来越多，话说得越来越少，而且经常发脾气。卡蒂只得把自己变成女超人，她的酒也越喝越多。但是，喝醉酒时是很难把握方向的。卡蒂感到自己被困在一个大屋子里照顾一大家子人，多年来一直被家庭生活所拖累。终于有一天，卡蒂要自己"掌舵"了。

有人告诉了她一个戒酒的组织。她参加了几次会议，心里开始萌生了一个新的想法。她定期看门诊，终于把酒戒掉了。她进行了一次职业咨询，发现自己非常适合当一名护士（当然是产科护士）。当大女儿开始上大学，小女儿也开始上幼儿园时，卡蒂开始学习基础课程。她还学会了如何利用洋流把握方向，并最终驶向正确的方向。在这个过程中，她为自己和家庭开拓了新的领地。当然，她的家人经常会埋怨，有时甚至还想让她回到原先的路线上。毕竟，走老路会更习惯一些。但是，卡蒂却看到了在远处闪光的东西。她像我一样，扬帆向彼岸驶去。当遇到风浪时，她会紧紧把住方向盘，坚持自己的目标。她知道，当风平浪静时，她的努力就会显出价值。她也知道，前方还会有新的探险。

有时，在星期五，我和卡蒂会将船向彼此靠拢，我们拉着孩子们一起出去吃饭，然后带孩子们到公园玩。我和卡蒂则静静地坐在一起，交谈、欢笑、做梦。

原来你是凯蒂的女儿

我小的时候，不顺妈妈的心，而妈妈也不称我的心，彼此都不是生活中要选择的伴侣。我心目中的妈妈，应该是一个棕色头发，梳着发髻的中年人，态度严肃，说话温柔，穿着围裙，会做蛋糕。结婚以前，曾经当过中学教师，或者是图书馆里的工作人员。

但实际上，我妈妈并不是如此。她甚至没有受过多少学校教育，整天忙于工作和家务劳动，她高高的个子，宽宽的肩膀，窄窄的臀部，长长的双腿，样子像个运动员。不过她确实是一个运动员。她满头金发，嘻嘻哈哈，说话像放炮仗，性格活像个男孩子。别人的妈妈叫孩子回家时，是用那颤抖的高音；而我的妈妈叫我时，却用两个指头，放在嘴里吹口哨，吹得满街都能听见。她不但不爱唱圣诗，还把爵士音乐当做摇篮曲送我入睡。可我爸爸呢？却认为妈妈什么都好。

如果我的妈妈不是我理想中的妈妈的话，我也就不是她理想中的女儿了。就连我的性别都不对。当我出生的时候，她竟然不相信我是一个女孩，连名字都不给我取，她让她的姐姐给我取了一个名字。尽管如此，当她确实看到我还是医院里长得最大、最胖的小孩时，才认为生我还值得。

妈妈确实感到我将来定能成为一个美丽的、多才多艺的、能歌善舞的童星，还有那么一股好强劲儿。当我三岁的时候，她就送我进了拿巴米小姐办的舞蹈学校，学跳脚尖舞、芭蕾舞和特技。四岁的时候，我就跳得很好了，拿巴米小姐还时常叫我作示范表演。这时，妈妈很得意，时常送我去上课，陪我到妇女俱乐部和本地戏院里举行的"天才晚会"上表演。

但好景不长。我上小学以后，整天泡在图书馆里，看书像着了迷一般，仿佛书本就是打开奇迹之门的钥匙。妈妈常常对我说："你老爱说'等我看完这页后'，这是什么意思？还不去练功！你老是钻在图书馆里，真急死人！"一天晚上，在演出以前，妈妈终于走过来，看见我还在看书，不去排练。"天哪！"她叫道，"看书，看书，还坐在那里看书！"她的眼睛里浸满着泪水，掉头走了。

最后，她下了通牒："读书还是跳舞，你到底选择哪一样？"

"读书！"我回答道。此刻她的脸上显出失望，伤心，恍惚的神色。

在一个周末，她将此事告诉了我姨妈玛格丽特。姨妈说："我看也许只能这样罢了，凯蒂。你看她，都快七岁了，瘦得像根豇豆，嘴上还缺了两颗门牙，她可不是三十年代的女童星莉·汤朴尔。"

"不错，那她也该做一个四十年代的女童星真妮·威斯尔。"妈妈顶了一句。

我渐渐长大以后，和妈妈大吵大闹的次数比较少了。上中学时，我和妈妈彼此都开始有了一点儿谅解，但那仅仅是一点儿。

妈妈的娘家，向来重视体育运动。几年来，我妈妈和姨妈总是在"妇女运动会"的记分牌上名列前茅。当我们和妈妈家的人走出门时，总有一些陌生的人走过来问道："喂！你就是姓德里黑？我记得看过你的演出……"

后来我进了女子中学，成了学校篮球队的一名队员。这使得妈妈高兴起来，但一听说我是后卫，就失望了。她不住地问道："你什么时候才能当前锋？"

"一辈子也不会。"我回答道。

"嘿——那你就不能得分了。"从此以后，她再也不爱看球赛了。

但在另一件事情上，我开始称妈妈的心。那就是我的倔犟劲儿。在中学毕业后，我得到了大学的部分奖学金。我能上大学，妈妈想都没有想过。当时，爸爸在军队里，妈妈为了补贴家用，在一家订书厂里工作，工资很微薄，加上我在暑假和课余干活挣的钱，才能勉强维持生活。当我告诉妈妈，我可以上大学时，妈妈竟愣住了，什么话也没有说。但过了几天，妈妈却高兴地告诉我："翠玛丽，你去上大学吧！"原来我妈妈找到了当时算是工资较高的一项工作——擦洗火车。这工作又脏又累，但她毫无怨言。一方面因为我不知道体力劳动多么艰苦；另一方面，由于妈妈的态度，我从来没有细想过，为了实现我的理想，妈妈居然如此辛劳。

在大学里，我的学习成绩很优异，但这并没有减轻妈妈的负担，因为同学们选我去参加学生的集会时，一切费用她都得照付。当我告诉妈妈要出远门时，她就觉得很气派，因为妈妈也从来没有远离过家门。我也觉得很气派。上火车的时候，我身上的穿着是从同学那里借来的短皮上衣，和从另一位朋友家里借来的裙子，样子真像汽水广告里的模特姑娘。但这种姑娘的妈妈可能都是性格温柔，说话和气，结婚以前还在中学教书或是在图书馆里工作过。当然，这不过是我的想象罢了。

有一天，我告诉妈妈，就要出门了。妈妈十分高兴地说，火车开的时候，她正在车场里干活，她会向我挥手告别的。火车出站了，我不停地向车场上张望，终于看见了一只手在使劲地向我挥动，那就是我的妈妈。我站起来使劲向妈妈挥手，但由于太阳光照射在她的眼睛里，她不能看清我，只是不停地挥手。我终于看见了她。啊！那不是吗？妈妈头上披的金发，脚下厚底的布鞋，那双干活干粗了的手。我穿着一身借来的漂亮衣服。而脚下的车厢地板，可能就是妈妈那双粗大的手擦洗过的啊！忽然间，我焦急地一定要让妈妈看见我，看见她的女儿也在向她挥手，我更加使劲地挥手，挥啊，挥啊，直到她那小小的身影消失在我眷恋的眼神里。

在家里，我和妈妈之间哪怕是最深厚的感情也从不外露，都牢牢蕴藏在心底。可是那一天我感到我可以毫无保留地对她说：妈妈，我是多么的爱你呀！

这机会再也不会有了。我大学毕业几年后，她就离开了人世。然而在我长大成人以后，她去世以前，我渐渐地明白：和像妈妈这样性格完全与己不同的人一道生活也会是愉快的。而我现在却不能对妈妈倾吐一言了。但我想，妈妈是一定知道的，她的女儿对她该是有多深的感情，而我也明白，妈妈对我也倾注了多少的疼爱啊！

妈妈去世几个月了。在一次集会上，一个陌生的人走过来对我说："也许我太冒昧了，你是不是姓德里黑？"

"不，我的妈妈姓德里黑。"我回答道。

"哦，原来你就是凯蒂的女儿。我见她时，她还是一个小姑娘呢。德里黑一家人我都认识，真是了不起的人啊！"他微笑着点了点头，"原来你就是凯蒂的女儿。没错，你走到哪儿，我也认得出。"

我也笑着说道："谢谢你，这话我最爱听。"这也是我的心里话。

❧❧❧

爱的盛宴

人生路上，埋藏着许多奇异的珍宝。起初，我们也许不清楚它们的价值，甚至根本没有意识到它们的存在，就像妈妈的"万能汤"。

提起它，往事历历在目：火炉上蹿出蓝色的火焰，细密地亲吻着蓝白相间的上釉瓷罐。瓷罐里正沸腾着咕咕的气泡，氤氲的蒸气冉冉升起，整个瓷罐仿佛快要喷发的火山。每当我走进厨房外的回廊，浓郁的香气总让我觉得心里踏实。无论妈妈在不在厨房，我都知道：我回家了！

妈妈在意大利北部度过她的少女时代，据说，她那时就从我曾祖母手里学会了"万能汤"的做法。这是一种浓肉汁菜汤，没有固定的原材料，完全随着厨房存货的变化而变化。这种变化使它成了我们家的"家庭经济晴雨表"，如果汤很黏稠，有西红柿、面团、蚕豆、胡萝卜、芹菜、洋葱、玉米和肉片等丰富的内容，那么就表示父母手头宽裕；反之，就是手头拮据。

妈妈的"万能汤"从来都被一扫而光，她教导我们，食物是上天的恩赐，不可以浪费。无论何时，只要我开始默诵祷告词，就会想起妈妈：夜色未尽，她已经起床了；她在为全家准备食物；她哺育孩子成长，她的孩子为她祈福……

可有一段时间，"万能汤"却成为我的心病，担心它会断送自己和新朋友苏的友谊。苏瘦高个、黑头发，他的爸爸是医生，家住城里的富人区。我还从没有交过住在富人区的朋友，因此，我很珍惜这份友谊。

苏常常邀我去他家吃饭。他家里有专门的厨师，穿着洁白的制服，用闪光的镀铬器皿盛上食物；他们每个人都有专用的餐具，就餐前，会有专门的仆人摆放好刀、叉等，显得庄重而气派。但我总觉得食物精美却缺乏滋味——一种亲情的滋味。苏的爸爸妈妈虽然彬彬有礼，气氛却十分沉闷，他们在吃饭时，竟然没有拥抱彼此。可是在我家里，如果谁省略这一步，妈妈会关切地问："怎么了，不舒服？"有时，当苏跟着他爸爸进书房时，我发现他的手都在害怕得不停颤抖。

纵然如此，我还是担心自己的贫寒家境会葬送这段友谊。不久，苏准备到我家里玩耍，为了配得上苏，我试探着问妈妈可不可以改变她的烹饪方式："妈妈，真正的美国家庭不是这样吃饭的。我们干吗不做一些汉堡包或炸鸡？"

"噢，我不是美国人，是意大利人。只有那些自以为是的小糊涂蛋，才不喜欢我的万能汤。"妈妈不容反对的坚决眼神，明白无误地表示，她不会改变。

我没法说服妈妈。苏要来那天，我沮丧地想：那罐"万能汤"，它将成为我和苏之间的句点。

妈妈和其他九个家庭成员热烈地欢迎苏，他们逐个拥抱、问候他，有的还亲热地拍拍他的背。当大家坐在饭桌前，我简直羞愧死了：笨重的大木桌四周，雕刻了许多爸爸喜欢的花纹，可是花纹的繁多华丽与桌子的斑斑污迹，形成更加鲜明的对比；而桌布则是色泽鲜艳的透明油布……和苏的家，真是天壤之别。

祷告后，妈妈给我们每人盛上一碗肉汁汤，她问："苏，知道这是什么吗？"

"汤？"苏为妈妈的问题感到不解。

"不是汤那么简单，"妈妈强调，"是'万能汤'！"

接着，妈妈开始滔滔不绝地解释"万能汤"的来历和神奇功效：它可以治疗头疼、感冒、伤风、消化不良等许多疾病，甚至心脏病和肝病。妈妈摸了摸苏的胳膊后，又加上一种："万能汤"能让你更强壮，就像传说中的美意混血英雄查里·安特拉斯。我的心一阵阵抽搐：古怪的人，古怪的食物，古怪的论调，苏也许再也不会到我家来了。

然而，苏的举动让我大吃一惊。他咕嘟咕嘟喝光了碗里的汤，抬起头对妈妈赞叹道："太好喝了，请您再给我盛两碗，行吗？"

道别时，苏羡慕地说："你的爸爸妈妈，你的兄弟姐妹……真好！我希望我妈妈也能做出这么一桌美妙的饭菜，尤其是'万能汤'。李奥，你太幸运了！"

幸运？我百思不得其解。幸运！

记得妈妈去世后第二天，家人关掉厨房里的煤气炉。再也没有蓝色的火焰，蓝白相间的上釉瓷罐，再也不见咕咕的气泡和氤氲的蒸气。可是，直到今天，我似乎仍然闻到空气中弥漫着"万能汤"的香气，还混合着香味薄荷配料的味道。那种香气始终温暖着我的心灵。

我和苏的友谊一直没有中断，在他的婚礼上，我做他的伴郎。婚后几年，他邀请我去他家里吃晚饭。那时我肝脏有些毛病。开饭前，苏和他的孩子们互相问候拥抱，也向我张开热情的双手，表达他们的关怀和欢迎。苏的妻子端上一锅热气腾腾的鸡汤，汤里混着新鲜的蔬菜和大块的肉片。

"嘿，李奥，知道这是什么吗？"苏的目光透出几分狡黠。

"汤？鸡汤？"我被苏看得发蒙。

"鸡汤？这是'苏记万用鸡汤'治疗感冒、头痛、消化不良等。特别对你的肝有独特疗效。李奥，我也很幸运！"苏眨眨眼，开心地笑起来。

霎时，我明白他当年的言外之意。

苏在我家里吃的"万能汤"，的确赶不上专业厨师的手艺，可又远远胜过专业厨师的手艺。因为，它是爱的盛宴！它浓缩了妈妈的温暖、爱心、关怀，还有整个家庭的天伦之乐。

真正的高度 | STORY

它是爱的盛宴！

喝着"苏牌万用鸡汤"，我知道，我回家了！

（美）李奥·布斯卡格里亚

天使就在身边

我坐在对街眼看着房子失火燃烧殆尽，心情一直下沉。当我发现我们的"新的开始"付之一炬时，我的眼泪沿着脸颊滑落。

我花了很长的时间才鼓起勇气，带着我的7个小孩搬迁到远离我那神经质、情绪化丈夫一百英里外的小城镇。在那里，我希望小孩能过得好一些。大约一个月前，我才在新的落脚地买了新房子，并在整修后搬进去。没想到就在9个多小时前，我刚在户政事务所完成登记的手续，现在竟只能眼睁睁地看着它完蛋，我的希望也跟着破灭了。

我13岁的儿子金在黑暗中狂奔到我朋友派西的家，她的先生杰瑞获悉后便把我们带回到拖车上暂宿，等到小孩躺在地板上都入睡后，我才像泄了气的皮球瘫在沙发上，我在黑暗中躺着，闻着烧毁的房子传来的臭味，想着接下来还要发生什么事，我们该何去何从？

隔天，我们在杰瑞拖车旁的庭院搭起帐篷，我也试着寻求地方社区服务机构的协助，但是他们却说，除非我找到安身的住所，否则无法提供我们任何的协助。因此，我花了二到三个月的时间想要找到愿意把房子租给我们的人，但是要能容纳7个小孩的空间还真是很难找，所以我只好又去社服机构请求协助。没想到更惨的是，小城里的人竟开始怀疑起我们的房子失火是我们自导自演的结果。

我们再次受到重大打击，而我的前夫不愿给予任何的协助，甚至拒绝提供小孩的抚养费。不幸地，我的两个小孩因为生活条件太差的缘故，分别因为染上肺炎与耳膜严重感染，被送进医院，但最后都仍不治死亡。当我问女儿为什么不告诉我她的身体很不舒服时，她告诉我她知道我已经有太多事需要操心，不想再造成我的负担。听到她这么贴心的话，我的眼泪又像决堤般滚落。我的小孩承受太多不是他们的年纪该承受的苦难，而我羞愧自己却连基本的生活需求都无法满足他们。

就在万圣节前夕，一位邻居愿意提供我们一部有两间房间的小拖车让我们栖身，我欣然接受了，虽然小拖车又小又简陋，但是它毕竟是一个可以遮避风雨的地方，而且有了固定的居所后，我便可以申请政府的协助。我们的小拖车装设有火炉，所以我得学习劈木柴来烧火，而当洗衣服时，则把污水排到户外。

我们在拖车内大概住了3个月，在我找到一份捆绑用来搭建屋顶的松木的工作后，就搬到靠近老磨坊的镇里。工作很艰辛，虽然我都戴着手套，可是每天下班后，双手还是都会留下被松木刮伤的痕迹。

我们在只有400人的小镇住了大约5年，但是几乎不见容于社区。我和小孩仍不遗余力地希望被认同。我们整理房子旁边的一片空地，并建了座棒球场，虽然我们很穷困，但是我们还是很欢迎来访者，并提供他们吃喝。我的儿子金甚至成立了一个名为"和平创造者"的俱乐部，希望能和其他的年轻人打成一片。

然而，经过5年的努力后，我已经疲于面对一次又一次冷漠的回应。我们还是不断地被当做"自己放火烧房子的家庭"，甚至当我们上教堂时，还会被嘲笑是"装模作样"。我们的"好日子"仍旧只是梦想。几番挣扎后，我们决定另觅去处。

我们的家当很少，但是我们还是得卖掉大部分以换钱买车票，并把有纪念性的物品打包。离开前，我先打电话联络一间出租的房子。然而，当我们在芝加哥换车，我打电话给我的姐姐时，却得知房东拒绝把房子租给一位带着那么多小孩的单亲妈妈。所以，我们又再次遇上同样的处境，没有地方可住，新的生活在未开始时就宣告结束。

我们被迫只得暂时和我姐姐一家人挤在她只有两张床的小套房里，直到公寓的屋主抱怨我们这些"访客"已经逗留太久才搬出。我要的，不只是有一个属于我们的地方，有工作，更渴望能过平凡的生活。我再一次寻求政府的协助，公共救助部门表示愿意提供我们住的地方，但是我却遭到更大的冲击。因为社福员告知我，如果在下午4点45分前我没有找到住的地方，他们就要带走我的小孩。

我走投无路，等到时间一到，我紧急向专门帮助和我有同样处境的机构求援，请他们出面与社福员沟通，并将我们暂时安置在汽车旅馆内。

隔天，我们和律师见面，由他代表我们与政府机关申请紧急救助金并撤回要带走我的小孩的命令。但是他第一个接触的人就拒绝了我们的请求。接着，他与更高层的单位沟通，然后，又更高层的官员，最后甚至还找上非常高层的官员。律师不得已使出撒手锏，说他将要打电话给电视、广播电台与报纸，并召开记者会公布所有发生的事。才终于让政府官员回心转意。

我们如愿拿到救助金，并通过一些很好的人，找到一间出租的房子定居下来。

很不幸地，房子却不尽人意，下水道正好通过我们住的房间的下方，滋生一大堆蚊虫病媒。此外，房里的火炉及冰箱也都有故障无法使用。但是我还是很感激，至少屋顶是好的。

我开始为我们寻找一个可以做礼拜的教堂，可是却没有合意的。直到有一天，街上一张宝蓝色的纸片从我身旁掉落，我顺手把它捡起来，而一切也有了转机。

那是张印着城里的大教堂免费提供巴士载送服务的宣传单，我根据上面刊登的电话号码打过去，询问他们是否会到我们住的地区接送，答案是可以。我开心地迫不及待想再到教堂做礼拜，而且还是大教堂。

那间教堂是我们的开始，进出的教徒都很有人情味。我重新活跃于教会，在那里兼差并筹组一所托儿中心。我的儿子金也担任医护工作，那里的小孩都称呼他"杰夫叔叔"。

一位教会的执事，他真是好人，为我们带来一间我可以租得起的舒适房子。因此，我们搬到距离州立心理医院一英里的地方，有时候，其中的一位病患也会住在我们家。我和我的两个小孩大卫和莉莎开始经营家庭看护的工作。一个礼拜一次，我们会去拜访地方看护之家，读书给那里的病人听，为他们祷告，并为他们送去像拖鞋、文具或是宠物等特别的小东西。

住在一个充满家庭暴力与把我当做罪犯看待的小镇几年下来，已经摧毁了我的自尊。有很长一段时间，我甚至以为自己再也不值得被爱，但是到了我们的新城镇和教堂后，我终于又有能力给予并接受爱。

所有的好事都集中在一起，虽然比我们计划的要迟了些，但我们终于找到了我们的新生命。

父母心

轮船从神户港开往北海道，当驶出濑户内海到了志摩海面时，聚集在甲板上的人群中，有位衣着华丽、引人注目的、年近40的高贵夫人。有一个老女佣和一个侍女陪伴在她身边。

高贵夫人不远，有个40岁左右的穷人，他也引人注意：他带着三个孩子，最大的七八岁。看上去个个聪明可爱，可是每个孩子的衣裳都污迹斑斑。

不知为什么，高贵夫人总看着这父子们。后来，她在老女佣耳边嘀咕了一阵，女佣就走到那个穷人身旁搭讪起来：

"孩子多，真快乐啊！"

"哪的话。实说，我还有一个吃奶的孩子。穷人孩子多了更苦。不怕您笑话，我们夫妻已没法子养育这四个孩子了！但又不舍得抛弃他们。这不，现在就是为了孩子们，一家六口去北海道找工做啊。"

"我倒有件事和你商量，我家主人是北海道函馆的大富翁，年过40，可是没有孩子。夫人让我跟你商量，是否能从你的孩子当中领着一个做她家的后嗣？如果行，会给你们一笔钱作酬谢。"

"那可是求之不得啊！可我还是和孩子的母亲商量商量再决定。"

傍晚，轮船驶进相模滩时，那个男人和妻子带着大儿子来到夫人的舱房。

"请您收下这小家伙吧！"

夫妻俩收下了钱，流着眼泪离开了夫人舱房。

第二天清晨，当船驶过房总半岛，父亲拉着五岁的二儿子出现在贵夫人的舱房。

"昨晚，我们仔细地考虑了好久，不管家里多穷，我们也该留着大儿子继承家业。把长子送人，不管怎么说都是不合适的。如果允许，我们想用二儿子换回大儿子！"

"完全可以。"贵夫人愉快地回答。

这天傍晚，母亲又领着三岁女儿到了贵夫人舱内，很难为情地说：

"按理说我们不该再给您添麻烦了。我二儿子的长相、嗓音极像死去的婆婆。把他送给您，总觉得像是抛弃了婆婆似的，实在太对不起我丈夫了。再说，孩子五岁了。也开始记事了，他已经懂得是我们抛弃他的。这太可怜了。如果您允许，我想用女儿换回他。"

贵夫人一听是想用女孩换走男孩，稍有点不高兴，看见母亲难过的样子，也只好同意了。

第三天上午，轮船快接近北海道的时候，夫妻俩又出现在贵夫人的卧舱里，什么话还没说就放声大哭。

"你们怎么了？"贵夫人问了好几遍。

父亲抽泣地说，"对不起。昨晚我们一夜没合眼，女儿太小了，真舍不得她。把不懂事的孩子送给别人，我们做父母的心太残酷了。我们愿意把钱还给您，请您把孩子还给我们。与其把孩子送给别人，还不如全家一起挨饿……"

贵夫人听着流下同情的泪："都是我不好。我虽没有孩子，可理解做父母的心。我真羡慕你们。孩子应该还给你们，可这钱要请你们收下，是对你们父母心的酬谢，作你们在北海道做工的本钱吧！"

妈妈的银行存款

每星期六的晚上，妈妈照例坐在擦干净的饭桌前，皱着眉头归置爸爸小小的工资袋里的那点钱。

钱分成好几摞。"这是付给房东的。"妈妈嘴里念叨着，把大的银币摞成一堆。

"这是付给副食商店的。"又是一摞银币。

"凯瑞恩的鞋要打个掌子。"妈妈又取出一个小银币。

"老师说这星期我得买个本子。"我们孩子当中有人提出。

妈妈脸色严肃地又拿出一个5分的镍币或一角银币放在一边。

我们眼看着那钱堆变得越来越小。最后，爸爸总是要说："就这些了吧？"妈妈点点头，大家才可以靠在椅子背上松口气。妈妈会抬起头笑一笑，轻轻地说："好，这就用不着上银行取钱了。"

妈妈在银行里有存款，真是件了不起的事。我们都引以为荣。它给人一种暖乎乎的、安全的感觉。我们认识的人当中还没有一个在城里的银行有存款的。

我忘不了住在街那头的简森一家因交不起房租被扫地出门的情景。我们看见几个不认识的大人把家具搬走了，可怜的简森太太眼泪汪汪的，当时我感到非常害怕。这一切会不会，可不可能也落到我们的头上？

这时戴格玛滚烫的小手伸过来抓住我的手，还轻轻地对我说："我们银行里有存款。"马上我觉得又能喘气了。

莱尔斯中学毕业后想上商学院。妈妈说："好吧。"爸爸也点头表示同意。

大家又急切地拉过椅子聚到桌子面前。我把那只漆着鲜艳颜色的盒子拿下来，小心翼翼地放在妈妈面前。那盒子是西格里姨妈有一年圣诞节时从挪威寄给我们的。

这就是我们的"小银行"。它和城里的大银行不同之点在于有急需时就用这里面的钱。昆斯廷摔断胳膊请大夫时动用过；戴格玛得了重感冒，爸爸要买药的时候用过。

莱尔斯把上大学的各类花销——学费多少，书费多少，列了一张清单。妈妈对着那些写得清清楚楚的数字看了好大一会儿，然后把小银行里的钱数出来。可是不够。

妈妈闭紧了嘴唇，轻声说："最好不要动用大银行里的钱。"

我们一致同意。

莱尔斯提出："夏天我到德伦的副食商店去干活。"

妈妈对他赞赏地笑了一笑。她慢慢地写下了一个数字，加减了一番。爸爸很快地心算了一遍。"还不够，"他把烟斗从嘴里拿下来端详了好一会之后，说道，"我戒烟。"

妈妈从桌子这边伸出手，无言地抚摸着爸爸的袖子。又写下了一个数字。

我说："我每星期五晚上到桑德曼家去看孩子。"当我看到几个小妹妹眼睛里的神情时，又加了一句，"昆斯廷、戴格玛和凯瑞恩帮我一起看。"

"好。"妈妈说。

又一次避免了动用妈妈的银行存款，我们心里感到很踏实。

即使在罢工期间，妈妈也不多让我们操心。大家一起出力干活，使得去大银行取钱的事一再拖延。这简直像游戏一样有趣。

把沙发搬进厨房我们都没有意见，因为这样才可以把前面一间房子租出去。

在那段时间，妈妈到克茹帕的面包房去帮忙。得的报酬是一大袋发霉的面包和咖啡蛋糕。妈妈说，新鲜面包对人并不太好。咖啡蛋糕在烤箱里再烤一下吃起来和新出炉的差不多。

爸爸每天晚上到奶制品公司刷瓶子。老板给他3夸脱（1夸脱等于1.14公升）鲜牛奶，发酸的牛奶随便拿。妈妈把酸了的奶做成奶酪。

最后，罢工结束了，爸爸又去上工。那天妈妈的背似乎也比平时直了一点。

她自豪地环顾着我们大家，说："太好了，怎么样？我们又顶住了，没上大银行取钱。"

后来，好像忽然之间孩子们都长大工作了。我们一个个结了婚，离开家了。爸爸好像变矮了，妈妈的黄头发里也闪烁着根根白发。

在那个时候，我们买下了那所小房子，爸爸开始领养老金。

也在那个时候，我的第一篇小说被一家杂志接受了。

收到支票的时候，我急忙跑到妈妈屋里。把那张长长的绿色的纸条放在她的膝盖上。我对她说："这是给你的，放在你的存折上。"

她把支票在手里捏了一会，说："好。"眼睛里透着骄傲的神色。

我说："明天，你一定得拿到银行里去。"

"你和我一起去好吗，凯瑟琳？"

"我用不着去，妈妈。你瞧，我已经签上字把它落到了你的户头上。只要交给银行营业员，他就存到你的帐上了。"

妈妈抬头看着我的时候，嘴上挂着一丝微笑。

"哪里有什么存款，"她说，"我活了这一辈子，从来没有进过银行的大门。"

（美）凯瑟琳·福伯斯著

母亲节的礼物

5月的一个星期日，年轻的主妇颇感忧郁。那天正好是母亲节，可是她的双亲却远在800英里外的俄亥俄州……

那天早晨，她曾给母亲打过电话，祝她老人家母亲节愉快；而她母亲提到，随着春天的来临，庭院里显得绚丽多彩。在她们谈话时，这位年轻妇女几乎嗅到了紫丁香那诱人的芬芳——那些花开在她娘家后门外的一株茁壮的丁香树上。

后来，当她对丈夫说起她是多么想念那些紫丁香时，她丈夫猛地从椅子上站起来，说："我知道哪能找到你要的东西，把孩子们带上，走吧！"

于是，他们离开了家，开车沿着罗得岛北部的乡间道路行驶。这天，阳光明媚，碧空万里，周围一片嫩绿，充满生机，令人心旷神怡——只有在5月中旬才能有这样的天气。

他们停车的道路两旁，长满了茂密的雪松、桧柏和矮小的桦树，却看不见一株丁香。

男的说："跟我来。"他们刚爬到半山腰，就感到花香扑鼻。孩子们开始往上跑。紧接着，妈妈也跑起来了，她一口气跑到了山顶。

在那里，一株株亭亭玉立的丁香树上开满了硕大的、松果状的花朵，压得枝头几乎弯到地上。这些花远离驱车旅行的游人，也不受日益扩张的文明的侵袭。这位年轻妇女微笑着奔向离她最近的那一株，把脸埋在花丛里，尽情地汲取那迷人的芳香，陶醉在它所勾起的回忆之中。

她十分细心地这儿挑一个嫩枝，那儿选一个嫩枝，并用小刀把这些嫩枝割下来。她不慌不忙地欣赏着，好像每一朵花都是精美的稀世珍宝一样。

最后，他们回到汽车里，踏上了归途。孩子们唧唧喳喳地说个没完，男人开着车；而女的，则微笑着坐在那儿，周围簇拥着鲜花，眼睛看着远方，似乎在凝神遐想。

离家不到3英里了，这时她突然向丈夫喊道："停车！就在这儿停车！"

男的戛然刹住了车。他还没有来得及问是怎么回事，女的已经跳下车，匆匆忙忙地往附近一个长满野草的山坡上跑去，手里依然捧着那簇丁香花。

原来，在山冈上设有一所疗养院。这天春光明媚，所以病人纷纷走出来，有的同亲属们一起散步，有的坐在门廊上。

年轻妇女跑到了门廊尽头。在那里，一位上了年纪的病人正坐在轮椅上。她孤身一人，耷拉着脑袋，背对着众人。只见鲜花越过门廊栏杆，出现在这位老妇人的膝上。这时她抬起头，笑了。

两个妇女聊了一会儿。两人都由于十分高兴而容光焕发。然后，年轻妇女转过身，跑回到她家人这边来。

汽车开动了，轮椅上的老妇人招着手，挥动着花束。

"妈妈，"孩子们问道，"她是谁呀？您为什么把我们的花给她呢？她是谁的妈妈么？"

妈妈说，她并不认识那位老妇人。可是这天是母亲节，而她又是那么孤单。谁看见花会不高兴呢？她又说："再说，我有你们，我还有我的妈妈——虽然她离我很远。那位老奶奶比我更需要这些花的。"

孩子们明白了。然而，丈夫的心情却不能平静。第二天，他买来6株丁香树苗，栽在院子的四周。在那以后，他又陆续栽了许多株。

如今，每年5月份，他们家自己的院子里都洋溢着丁香花的芳馨。每逢母亲节，他们的孩子们都要采集那种紫色的花朵。她年年都会记起挂在那位孤独老妇人脸上的笑容。而每到这时，她的心里就又充满了使那位老妇人欢笑起来的那股柔情。

（美）肯·威伯

杰西卡

待产的母亲极少公开表示她偏喜女儿或尤爱儿子。她们不敢和命运打赌。有时，我私下想要个男孩。然而同时，我心里清楚她就是她。

因此，在那个夏日的雨天凌晨她呱呱坠地时，在见到被人捧在手里和在众目睽睽之下尖叫的女儿时，我并不惊异，如释重负。是的，我有的只是风雨漫漫数小时航行后终于抵达海岸时的宽慰，另外还有欣喜，因为见她父亲如愿以偿，抱着她流露出阵阵欣喜。不过，我并不惊异。而后，他们把她给了我。一瞬间，她吸了口气，不哭了。她和我四目相对。我没有心满意足之感，没有欢快，没有突发涌起的爱，只有相互间的认识。我似乎早就认识她了。而且我发现她眼里也反射出似曾相识的熠辉。

我从没真正期望生个孩子。就连十月怀胎和临产阵痛也不能抵挡心中的疑惑和空幻，直至母女面面相对那一刻，我才如梦初醒。然而，真正使我震惊的是，她竟改变了我。刚做母亲的人当然会面临带孩子、做家务这种种变化。但是我指的是她改变了我。我打量着她，聆听她的声音，从她那儿获得感悟启发，她使我失望沮丧；她使我惊愕木然！她就是她，完备无缺。她属于她，凛然独立。周围世界变了，我仿佛已经穿过一扇神秘的门，门钥匙就是女儿的出生。展现眼前的是我过去从不了解的人生、情感、经验和知识。

她的降生和她的出现，使我归入坚实温暖的母亲行列。一种奇怪的体验产生了。我发现自己与那些母亲们沟通了。对世人常说的吃苦受罪那一套，我一直自然而然地流露出少女那愤世嫉俗的厌恶感。可是现在，我对人间疾苦却怀着一腔深情，我容易流泪，容易难受，容易愤怒。

杰西卡已长到5岁半。她对这些感情的强调程度只有我的一半，多半因为她的心脏还太柔弱。她是一个可爱又可亲的孩子。她甚至会跑去拯救一条被雨水冲刷的蛇。她希望有人能告诉她，使她懂得什么是非洲难民，他们为什么骨瘦如柴。她想知道孤儿是怎么回事，另外还有聋子、盲人和哑巴等。而且她要求能免除他们的一切灾难和不幸。她追问为什么。她使上帝战栗！

她又是如此令人恐惧地表现出独立性。"这事我自己能做。"她说，"这是杰西卡的房间，别进来。"为了试图约束她、禁止她，为了捍卫某种尊严，甚至为了查明原因，为了扮演大人角色，为了让她知道是我在说话。有时我不由怒火中烧，四下喷射。我们冲突、大哭、愤恨、激怒，然后互相紧紧拥抱。

她比我外向得多，见到她这样信心百倍，"交游广泛"确实使我很高兴。她把自己投进世界之中，大睁双眼，什么都看在眼里，把任何人、每个人融入胸中，这无疑是上天恩赐厚礼。她永远不会自怨自艾、寂寞烦恼。我为她祝福，她能自由自在地离开我，走向人生。她从不拉住我的围裙系带纠缠，我毫不喜欢那种紧紧依附父母的孩子。然而她又不失温柔和顺，情意绵绵，她不吝惜她的亲吻和拥抱。她把她的爱分送他人，那样大度，那样欢愉，那样热烈。也许在她长大成人之后我该对此有所担心，不过，我不会这样做的。

在许多方面，她和其他儿童一样，毫无理由地瞎挑剔，翻脸噘起小嘴发脾气，惧怕黑夜和妖怪。她有着圆圆的脸，健康的躯体，普通的棕色头发直直垂着。她既不漂亮，也不难看。

她非常滑稽有趣，词汇很多，用词细腻、精确，阅读自如。不过她缺乏跳舞才能，跑步也不算敏捷快速。她有相当好的音乐听力，画图却没有天资。她自尊心极易受到伤害，不过她极易宽恕别人。她有些独断。一个真正的混和体，通常也是别具一格的。

她深深根植于我的心里，她使我用不同的眼光看待世界，较少地为自己担忧，较多地为她费心。她的出生使我变得宽容、释然、越脱、淡泊。那个七月的凌晨，就在她最终，也是第一次与我相见时，我成熟了。

她也一样。

（英）苏姗·希尔

真正的高度 | STORY

当艾滋病威胁我家时

近日，一个邻居死了。他的孩子正是与我孩子朝夕相处的伙伴。可是直到他去世以后，我们才得知他得的是艾滋病。

我曾从电视里看到或从书里读过有关艾滋病的报道，但很少为我的孩子担忧过。我做梦也不会想到，顷刻间这种事情会面对面冲着我来。

我得知鲍伯情况不妙的消息，还是在圣诞节前不久的一天下午。那天，鲍伯的妻子珍妮来访，说她要带鲍伯去找大夫，要求放学后把6岁的埃米留在我这儿，当然，我同意了。我知道鲍伯已有一段时间感觉欠佳。整个秋季，他一直遭受珍妮称之为"胃病毒"的折磨。

埃米和其他几个邻里孩子常由我照看，这已成为习惯。不过，埃米很特别，经常来。自从两年前她家从对面街搬来后，她就一直是我五岁孩子的最好朋友。

一个钟头后，埃米和我的三个女儿——克里斯廷、詹妮弗和林德赛都坐到电视机前看卡通片。

后来，珍妮来接埃米回去，她一声不吭，神情沮丧。看得出她哭过。

"怎么啦？医生怎么说的？"我惊奇地问。

迟疑了一阵，她说："医生把鲍伯送到医院去检查，他得了一种少见的白血病。"她努力地克制着，强忍着泪水。

以后三个月里，鲍伯反复地住院出院。埃米成了我们的常客，还常在我家过夜。可怜这可爱的黑眼睛姑娘，一看到她我的眼泪就不由自主地夺眶而出。

有一天，她走进我们的客厅说："如果这儿有人生病了，我就得离得远远的。妈妈说，如果学校里有人生病，我也要远远地离开他们。要是我自己得病了，我就不能和爸爸在一起了。你知道我是不能染上任何病的。"当时我并不在意她的话。

5月中旬，鲍伯死了。

葬礼后的当天晚上，一则当地电视新闻引起了我的注意。广播员报道了鲍伯的死亡。出乎我的意料之外，他宣布鲍伯死于艾滋病。鲍伯的尸体被送往达拉斯作防腐处理，大家都好奇地关注着这件事。

慢慢的我的四肢麻木了。"啊，马克，他在讲鲍伯呢！"我对丈夫说。"我知道。"丈夫叹了口气，脸色苍白，眼神中露出惊骇。我们不约而同地想到一块儿去了：珍妮怎么能这样对待我们呢？她自己可能也染上艾滋病！还有埃米，她就和父亲住在一起。我满腔怒火难以控制。几个月来，珍妮竟对我们如此守口如瓶。

我浮想联翩，难以忘却去年秋天的一个星期六，鲍伯带上我的孩子和他自己的孩子去看电影，孩子们自始至终和他在一起。

带她们回家后，他对我说："她们都很乖。电影快结束时，克里斯廷有点沉不住气，我就抱她坐在我膝盖上。"

想到这儿，我不禁泪眼汪汪。以前有家长们抗议不能让患艾滋病的孩子入学。然而只是到现在，我才理解他们的忧虑。

那天晚上，马克和我迟迟不能入睡，反复思忖着这件事，两人都试图相互安慰。最后马克决定次日去拜访我们的家庭儿科医生。

"无须惊慌。"医生告诉我，"你所说的一切，都不能证明你的女儿染上了该病。"

然而，当天晚上珍妮前来敲门，说要和我谈谈。

最初，珍妮只是寻找字眼拉家常，接着她两眼直勾勾地盯住我。"我觉得你们所有的人都有权利知道，鲍伯死于艾滋病。"说完，她看着我。我知道她在等待着我的反应，说出这些话想必是需要足够的勇气的。

"我知道了。"

珍妮大吃一惊："但是你是怎么知道的？我本来还想至少再等几天才说呢。"

"昨天我在电视上听到的。"

"那镇上的人都已经知道了？"她惊恐万状。

我只能点头说是。

"我好像是《圣经》中的麻风病人，人们怎样看待我们，还有鲍伯？"她极力抑制着眼泪。

我非常难过，不知该伸出手臂搂住她，还是应该问她和埃米是否也传染上了。最后我还是决定问她。

"你和埃米的情况怎么样呢？是不是有传染上的可能？"

"我现在还不能考虑这个问题，他们想让我去医院检查一下，可我无法在失去鲍

真正的高度 | STORY

伯的同时又去应付这件事。我想等以后再找个时间。"

我觉得有权了解清楚，因为，我发现就在那当儿，我的三个小女儿正在克里斯廷的房间里和埃米下棋。然而我没再问下去。我真想冲出厨房去看她们的一举一动。我家是不是已经被传染上了这病毒？

"我辞去了学校的工作。"珍妮语气平淡，眼中无泪，"但我们还要待在这儿。放假后，再搬到阿肯色州，在我家人附近的地方住。"

我对她产生了同情。今后她将要经受怎样的折磨，但我也能理解其他家长可能产生的担忧，我自己也由于惧怕而麻木了呀。

珍妮似乎领悟我的所虑："我已请求鲍伯的医生在学校开次座谈会，对家长们讲解爱滋病是怎么回事。但愿有所帮助。"

既然大家都知道鲍伯是怎么死的，我的家一定不再会是邻居孩子们聚集的地方了。果然不出所料，孩子们不再来找我的女儿玩了。以后我便发现，别人实际上也在极力躲避着我们，正如我们想躲避埃米那样。

珍妮来访后，我有好多天没见到她。而埃米却不断前来叩门，每逢我极力抑制着赶她回家的欲望时，便愧疚得两颊绯红。可是，无论这个孩子是在我家或在庭院外出现，都让我放心不下。

鲍伯去世两周后，珍妮提过的座谈会在学校召开了。座谈会由鲍伯的私人医生以及红十字会的代表组成了一个问答小组。组员们耐心地回答了家长们提出的问题。诸如我的孩子喝自来水会不会染上艾滋病？患艾滋病的老师会传染给其学生吗？和艾滋病患者共用一个游泳池或毛巾会被传染吗？食物和日用器皿是否滞留该病毒？靠近患者会被传染吗？这些问题都得到了否定的回答。

我参加了两个座谈会，并阅读了所有能寻到的有关材料。座谈会上不管提的问题如何尖刻，主持人都予以重视，认真对待。他们解释说：只有当病人的血液、精液或阴道分泌物等接触了另一个人的血液时才有可能染上该病。他们还强调：艾滋病是不会通过空气传染的。其实，与其他如感冒和喉疼等病毒传染相比较，艾滋病是不易被传染上的。

了解愈多，恐惧愈小。可是，让孩子们和埃米玩，仍让我心有余悸。自私心驱使我不得不这么想：倘若埃米不在这儿，邻居的孩子就不会躲避我的孩子了。每次我的孩子问起："为什么我们不能和埃米一起玩呢？为什么人人都怕她呢？她还可以不可以成为我们的朋友。"我总不免为之一震。

我必须重新考虑自己衡量友谊与同情的标准。以前，我曾学过如何采取必要的预防措施，懂得怎样控制恐惧感。可是现在我却已变得冷漠和麻木不仁，把有怀疑的艾滋病受害者拒于社会之外。直到尝到了自家被别人躲避的滋味后，我才开始理解那些染上爱滋病的人必须忍受的一切，那真是噩梦，不可思议呀。在朋友最需要的时候，对他们置之不理不是我的本性。我要我的孩子从我身上学到什么呢？回答是容易的。我拿起电话拨到珍妮家，邀请埃米当天晚上和我的孩子们一起野营共度良宵。

接着那个星期，珍妮打来电话说："我和埃米做过检查了，我们都有艾滋病抗体。今晚看看电视吧，新闻会播放的。"

一个艾滋病患者的妻子没有染上病毒令人难于理解。但我知道应该尊重他人的婚姻和隐私，那不关我的事。

不久邻居聚集又恢复正常。我的房子和院子又成了孩子们嬉戏玩耍的中心。

从珍妮那儿我学到很多。珍妮的力量——能在鲍伯临死那些日子里忍受住一切。珍妮的决心——不让孩子因父亲死了而淡忘他。珍妮的意志——决不回避因继续待下来所要面临的一切问题。这些让我懂得了什么叫尊严。流言飞语也罢，人们害怕她们不睬她们也罢，她从不责怪别人。如果我处在珍妮的地位，我会怎样呢？

许愿

我永远也不会忘记我妈妈让我去参加一个生日宴会的那一天。那时候，我在得克萨斯州威奇托福尔斯市内一个由布莱克女士执教的三年级班中上学。一天，我带回家一份沾有些许花生油的请贴。

"我不打算去，"我说，"她是新来的一个女孩，名叫露丝，伯尼斯和帕特也不打算去。她邀请了我们全班的同学，共36个人。"

妈妈仔细地端详着那份手工制作的请帖，她看上去有一种奇特的忧伤神情。然后，她说："好了，你应该去，明天我去给你挑选一件礼品。"

我简直无法相信这是真的，妈妈可是从未让我去参加过宴会的呀！我确定如果一定要让我去，我只有去死，但无论是怎样的歇斯底里也动摇不了妈妈。

星期六那一天到来了，一大早妈妈就把我从床上催了起来，并让我把一个漂亮的如同珠母般的红色化妆盒包裹好，这是妈妈花了2.98美元买来的。

她用她那辆1950年产的黄白色汽车把我送了过去。露丝开了门，示意我跟着她走上一段我所见过的最陡峭、也是最让人惊恐的楼梯。

进门之后，我才感到有一种极大的解脱，客厅内的阳光十分充足，硬木地板在阳光照耀下闪闪发光。屋子里的家具陈旧而又显得特别的拥挤，家具的背面和扶手上还覆盖着白布垫。

桌子的上面摆着一块我所见过的最大的蛋糕，上面装饰着9只粉红色的蜡烛，一个印刷草率的露丝生日快乐的印牌和一些我想大约是玫瑰的花蕊图案。

在蛋糕的旁边，摆着36个盛冰淇淋的纸杯，里面装着家庭制作的牛奶软糖，每个杯子上还都写着一个名字。

我断定，一旦每个人都来到这儿的话，这将不会是一个很庄重的场面。

"你妈妈呢？"我问露丝。

她低着头看着地板，说："唉，她有些不大舒服。"

"噢，你爸爸呢？"

"他已经去世了。"

接下来是一阵沉寂，只有几声沙哑的咳嗽从一扇关着的门后传出。过了近15分钟……接着又是10多分钟。突然间，有一个可怕的意念进入了脑海，再没有人会来了。我怎么能离开这儿呢？正当我陷入对自己同情的时候，我听到一阵捂住嘴巴的抽泣声。我抬起头，看到了露丝那张被泪水滑出一道道泪痕的脸。顷刻间，我的年仅8岁的幼小心灵被对露丝的同情所淹没了，同时充满了对我们班其他35个自私的同学的愤怒之情。

踮起我穿着白色皮鞋的双脚，我用尽量大的声音宣告："谁需要他们！"

露丝吃惊地看着我，渐渐地变成欣喜的赞同。

这里有我们——两个小女孩和一个三层蛋糕、36个装着糖果的冰淇淋杯子、冰淇淋，几加仑红饮料，三打宴会赠品，要玩的游戏和胜利者的奖品。

我们从蛋糕开始，却找不到火柴。露丝（她已不再是简单的露丝了）不愿去打扰她妈妈，所以我们只是假装点着了蜡烛。露丝许了一个愿，开始吹灭那些想象中的火苗。我在旁边唱着"生日快乐"之歌。

一转眼，就到了中午，妈妈在外面按汽车喇叭。我赶紧收拾起所有的东西，再次感谢了露丝，向汽车飞跑过去。我的心里禁不住激动了起来。

"我赢了所有的游戏！对了，其实，露丝赢了往驴子尾巴上别图钉的游戏，只是她说过生日的女孩赢是不公平的，所以她把奖品给了我。我们把宴会赠品平分了。妈妈，她的确很喜欢那个化妆盒。我是唯一去那里的一个——布莱克女士的整个三年级班不算在内。我简直有些等不及了，我要告诉他们每一个人，他们错过了一个多么盛大的宴会呀！"

妈妈把车开到了路边上，停了下来，紧紧地抱住我，眼睛里充满了泪水。她说："我为你感到骄傲！"

正是在那一天，我懂得了一个人的确可以产生很大的影响。我对露丝的9岁生日产生了很大的影响，而妈妈对我的一生产生了很大的影响。

（美）莱昂尼·瑞威斯

礼物

一个温暖的夏日，上天将此礼物交到她手边。那礼物看起来如此柔弱，让她激动、战栗不已。这是上天不同寻常的馈赠——这礼物终有一天会属于整个尘世，而在此之前，上天启谕她要细心照管和保护。母亲说自己明白了，然后就虔敬地把礼物带回家中。她决心信守对上天的承诺。

最初，母亲密切关注，无比眷顾呵护，使他远离任何险境。她看着他从自己营造的隐秘天地中探头探脑，心中惶惑不安。但她开始认识到不能永远把他置于自己羽翼之下。若要茁壮成长，必须经受艰苦的环境。于是她谨慎地给他更多的空间，使之恣意自由地生长。

静夜之时母亲躺在床上，有时会自感信心不足，会问自己有无能力负荷如此令人敬畏的抚育重任。这时神灵会在她耳畔低语，向她保证上天知道她做得很好，于是母亲就安然入眠。

时光流逝，母亲渐渐相安于她的责任。那件礼物使她的生命如此丰盈，以至于在此之前的生命历程不堪回首，以至于没有了如此馈赠，生命的后半段将难以为继，难以想象。她差一点就把与上天的约定置之脑后。

有这么一天，母亲意识到那礼物发生了变化——不再柔弱，变得强壮、坚定、生气勃勃。一月月地，她看着他越来越有力量。于是母亲忆起她的约定。她从心底知道她与礼物在一起的时间已不多了。

那一天终于不可避免地到来。神仙们下凡来取走礼物，因为他已长大成人，要在天地间闯荡一番。母亲心内怅惘，因为他不能与她的生命相与长存。她深深感谢上苍的恩典，让她多年与如此心爱的礼物朝夕相伴。她挺起双肩，自豪地站起来，心想这真是一件非常特殊的礼物——他——她的爱子——会给这尘世、这众生增添美好与真义。于是母亲放飞了她的孩子，让他自由地飞翔。

（美）罗尼·维罗曼

日出

我正在睡觉，忽然感到他碰着我的胳膊，想把我摇醒。我想继续装睡，但是他很坚持——像往常一样。我翻过身来，睡眼惺忪地看着他。

"你想干什么？"我没好气地说。

他的脸在黑暗中看不清，但是我可以感觉到他很兴奋，因为他的整个身体都因兴奋而紧张。

他用嘶哑的嗓音轻声说："想看日出吗？"

我的确很想去。于是，我在睡袋里穿好衣服。他不屑地轻声说："谁想看你？我根本就看不见你。谁会看？你有什么可看的？天啊，你的胸平得像熨衣板一样，我可以在上面熨衣服了。"

他就这样喋喋不休地说着，直到我钻出了睡袋。他拉着我的手，蹑手蹑脚地跨过其他睡袋中的人，朝帐篷门走去。从妹妹们身上跨过去很容易，但从妈妈身上跨过去可不是什么闹着玩的事情。她虽然个头不高，但是很凶，如果被她抓到……

一出帐篷，我们就被雄伟的山峰震撼了，俩人默默地站在那里，一动不动。我们就那样肩并肩地站着，望着那暗紫色的庞然大物，倾听着黑暗的树林里传出的鸟叫声。

过了几分钟，他转过身来看着我，轻声地说："走吧！"

梅尔像印第安人那样弯着腰跑，我也学着他的样子，跟着他穿过树林。树枝不断地抽打着我的脸颊和皮肤，拉扯着我的衣服。梅尔是个男孩，他不在乎皮肤被划破或是衣服被扯烂，但是我的性别决定了我对自己所受的损害更为敏感。我以后肯定会学会担心身材、皮肤颜色和发型之类的事情，但是在蓝山的那天清晨，我唯一的目标就是跟上我最敬慕的英雄。他却一点儿也不关心我的衣服是否挂破了，我的胳膊是否流血了。如果我表示出哪怕一丁点儿的抱怨，我肯定会被他说成是个女孩（还有什么比这更糟的吗？），然后被送回帐篷里。

他终于发现了一条小路，我们在柔和的月光下走着。他吓唬我说要当心熊，听到我用力地咽下一口唾沫后，他又安慰我说，他是半个印第安人。我一点儿也没有想过，如果他是半个印第安人，那么我也应该是半个印第安人。我只知道，他号称和彻罗基人有血缘关系，我就不再担心那些用斧头杀人的人、从疯人院逃出来并且在没有手的胳膊上装上铁钩的人、喜欢欺负小女孩的人和现在最担心的熊。如果我跟他在一起，就没有什么东西可以伤害我。我爱他已经爱到心痛的地步。

我们看到了一块突出的岩石，于是在几乎伸手不见五指的黑暗中摸索着爬了上去，坐在岩石的最边上。我们坐在那儿，两条腿就在谢南多尔峡谷的上空晃荡着。峡谷在我们下方几千英尺的地方熟睡着。我和哥哥等待看着太阳怎样从蓝山上升起。

天空泛起了鱼肚白，刚开始时似乎还有些害羞。她彬彬有礼地向我们走来，好像在同我们打招呼。它就像是一位夏日的少妇——一位害羞、文静的南方姑娘，披着华丽的斗篷，穿着粉红色和最端庄的紫色衣服，腰上系着一条橙色的腰带。突然之间，她甩掉了所有的粉色和紫色的衣服，穿着耀眼的蓝色、红色和深紫色的衣服向我们扑了过来。我笑了，梅尔也笑了。

他把手指放在嘴里打着呼哨，我高兴地拍着手。我们俩的腿在陡峭、危险的悬崖上兴奋地晃动着。

随后，天空脱下了她所有的彩色衣服，赤裸裸地站在我们面前，身上只挂着一轮朝日。没有了华丽的衣袍，她似乎没有那么漂亮了。我和梅尔都对她失去了兴趣，两个人困倦地靠在一起。先是他低着头，有一下没一下地打着盹。然后，我也叹了口气，疲乏地躺在岩石角上，睡一会儿、醒一会儿。

最后，我们俩像两只小猫一样蜷在一起，互相取着暖。一个多小时以后，妈妈找到了我们。

这下我们的麻烦可大了，梅尔更惨，他的印第安血统一点儿用处也没有了。妈妈冲他吼着："你比她大！我真没想到你会做出这样的事！我还以为你会照顾她呢！"

如果你从来没有被木板打过屁股，我再怎么给你形容也是没有用的。但是，我告诉你，一块细细、长长的木板落在颤抖的屁股上的感觉，会使一个人记住一辈子。

然后，妈妈冲我来了。她怒不可遏，非要我说说我从这次经历中学到了什么。我立刻就回答了她，因为我一直都很留心，完全知道我看到了什么。

"妈妈，我就像是白天。"我告诉她说，"刚开始我很害怕，但是如果我知道您喜欢我，我就会给您看我最漂亮的衣服。如果我知道您爱我，我就会脱光了衣服跳舞！"

妈妈瞪着我，一言不发，我想，也许我可以走了，于是在她还没有来得及想起来要干什么之前赶紧向营地跑去。经过我哥哥身边时，我听到他在嘟哝："脱光了衣服跳舞？这说的是什么屁话。哪儿有人愿意看你？"

但是我太高兴了，他的话一点儿也没有让我生气。如果梅尔愿意，他可以是半个印第安人。

那么我也可以是半个"黎明"，这可比他要好得多。

洗碗疗法

我打开了厨房的灯，但马上就发现自己真不该开灯。厨房里就像刚经历过一场地震，到处都是脏盘脏碗。丈夫把一只手放在我的肩上，轻声说："没那么糟糕。"我叹了口气，开始放水。很快，水蒸气就袅袅升起，洗涤液在我的指尖下生出许多泡泡。我全神贯注地一泡、二洗、三清、四擦，非常有节奏，疲惫感也开始消失了。我总是会这样。

我的婆婆经常会举出很多买洗碗机的理由。她说，实际上手洗比她那台时髦的节能洗碗机更费水。也许她是对的。但是，我还是喜欢传统的洗碗方法，喜欢我妈妈和她妈妈洗碗的方法：用一池溢满肥皂泡的温水、一块棉布和我的两只手。

我印象最深的儿时记忆就有关于饭后洗碗的。小时候，我和哥哥们总是尽可能跑得远远的，以免被逮住洗碗。不过，只要站在水池前的小凳上，我们很快就会忘掉那些牵强的理由，开始唱一些幼稚的歌，或者是听一些如果不洗碗就听不到的故事。奶奶从我们身边走过时会喂我们吃几口甜点，而妈妈则转过身去，假装没看见。长大后，我开始请男孩们回家吃饭，而洗碗成了最后的一关。如果吃完饭后，妈妈推开椅子站起来时，他们能够站起来表示要帮忙，就过关了。如果他犹犹豫豫，甚至需要我给他暗示，那他以后就再也不会接到邀请了。

在孩子出世并使我疲于奔命之前，我很喜欢在同丈夫享用完一顿宁静的晚餐后开始洗碗。有时他会帮我洗，有时不会。干一些无须动脑但却必要的活也是一种治疗。当我沉浸在充满肥皂泡的仪式中时，我会体会我们之间的亲密感情，思考出现的分歧，梦想我们的未来。

有了孩子后，所有家务中我仍然最喜欢洗碗。我可以故意避开脏乱的房间，但是我总会是第一个提出要洗碗的人，即使出在有一家六口，要洗的盘子很多。我知道，我一洗碗，就会得到"治疗"。

放学、下班后，大家都饥肠辘辘。我用可靠的克罗克电锅做出美味的饭菜，大家饱餐一顿。饭后，孩子们会帮助我打扫厨房。他们和我并排站在一起，一边把小手放在满是肥皂泡的水中划拉着，一边主动地告诉我一些平时即使问他们也不会说的事情。他们互相沟通，每个人都觉得自己是家中有用的、必不可少的一员。

世界充满挑战，没有开始也没有结束的时候。

在这个复杂的世界中，洗碗能够告诉我们，并非所有的工作都是复杂的。有的工作非常简单，而且很容易完成——只需要一个盘子一个盘子地洗，一个杯子一个杯子地洗，一个锅一个锅地洗，乱中有序。真希望我们今后的生活能如此简单。

有人对我有四个孩了却没有洗碗机感到非常惊讶。他们不知道，当我的孩子们的鼻子才刚刚够得到水池时，我就让他们开始洗碗了。虽然最初这只会增加我的工作量，但我还是会称赞他们"帮了妈妈"。从他们刚刚学会走路起，他们就不认为在满是肥皂泡的水池中玩水是一种家务，因为在他们知道这实际上是一种劳动之前，我已经把他们吸引到我的秘密娱乐活动中来了。我有一个孩子曾经说话结巴，我们常常一边聊天一边洗碗。他放松下来，说话也开始不结巴了，这令治疗他口吃的医生大为惊讶。现在他已经11岁了，仍然喜欢洗碗。

当只有我一个人清洗着碗碟上的油渍时，我感觉自己好像也在除去覆盖在我心头的阴影。遇到困难时，一整天都想不出来的解决办法往往在洗碗时很自然地出现在我的脑海中，仿佛一直在等着我放松下来去寻找它们一样。我会感到压力减轻，并获得一些想法。我不是想颂扬洗碗的工作。洗碗比不上锁上门、点上蜡烛、泡在浴缸里，也比不上在野外散步感觉清新自然，但是在充满各种活动和困难的忙碌生活中，洗碗也是仅次于此的不错选择。

聚会过后，我们的客人经常会高高兴兴地挽起袖子，参加到洗碗活动中来。一起洗碗时，我们曾经分享生活中的痛苦和快乐，分享在餐桌上或高朋满座的房间里无法分享的亲密感；我们曾经伸出沾满肥皂泡的双手，抚摸着水池中乱蹬着双腿的婴儿，感受着生活的奇迹；我们曾经把擦碗布搭在肩头，相拥而泣，或是纵情欢笑。

洗碗能带来欢乐、对话和亲密感。在洗碗的过程中，凌乱的厨房又变得井井有条了。

我从来没见过什么自动洗碗机能够做到这一点。

亲情之手

我妈妈收养科里那年，我14岁。当时，我已经习惯妈妈把陌生人带到家里来了。妈妈收养了不少人，但都不是正式的。那些人并没有真正搬到我们家里来，也没有放弃他们的家庭关系。在妈妈收养的人中，科里是最需要收养的，她同我们一起生活的时间也最长。我平时想到她都会很烦，甚至有些憎恨。但是，如果真正需要时，我们都会互相帮助。

科里在我妈妈工作的加利福尼亚学校上学，我们之间有天壤之别。我比她大两岁，还没到5英尺高就不长个了，科里则是个大个子——大约有6英尺高，而且结实得像个卡车司机，也许更像一台麦克牌卡车；我喜欢弹钢琴、读书、缝纫、烹饪，科里则喜欢一切体力的和机械的活动。

科里的父亲抱憾终生的是没有儿子，最接近他的愿望的就是他的大女儿科里。科里的妈妈很怕她的丈夫，她忙于操持家务，还要照顾几个更小的、更像女孩的女儿。我妈妈虽然比我高不了多少，但却有崇高的品格和善良的心灵。她给予科里在家里得不到的爱和支持。科里经常来我们家，也经常和我妈妈打电话，一打就是几小时。

"她需要我。"当我和妹妹抱怨科里把妈妈关爱我们的时间抢走了时，妈妈总是这样说。

科里变成了一个嬉皮士，住的地方换了一个又一个，最后住在离她母亲需要3小时车程的地方。当时，她的母亲已经成了寡妇。我们家后来搬到了爱达荷州。我最后一次见到她，是她搭便车到爱达荷州来看我妈妈的时候。因为我家离妈妈家很近，妈妈也请我一块儿来坐坐。我们仍然没有什么共同语言，也没有兴趣跟对方聊天。但那时我们之间早已不再有嫉妒了。我们一起回忆往事，度过了一个愉快的晚上。

接下来的几年，我不断从妈妈那里听到关于科里的最新消息。20世纪80年代末，我听说科里受了工伤。她一直在一家加油站工作，负责清洗汽车零件。因为她的手太大，老板没有给她提供足够大的橡胶手套。她用没有戴手套的双手拿着脏零件放进了一大桶透明的化学药水中。等她意识到自己犯了一个严重的错误时，一切都晚了。这种化学药剂是有毒的。几年之内，毒剂破坏了她的大部分肝脏。

我妈妈赶到加利福尼亚，陪她在医院住了几天。科里的肝脏竟奇迹般地有所好转，但她的精神却很差。原来我们在一起的时候都只有10多岁，现在已经过去了30多年。对我来说，科里和我就像是一家人一样。我当时住在东海岸，而且不久前才遭受了一场大灾难。我很想为她做点什么，但是我自己也身陷困境，心情沮丧，没有办法帮助她。有一天晚上，我遇到了一个非常会讲故事的人，他讲的故事令人忍俊不禁。我想到，我可以把他讲故事的录音带送给科里，让她开心。

收到录音带后，科里很快就给我打来电话，告诉我她非常喜欢里面的故事。我们谈得非常开心。但是因为过去的关系，我知道最好还是不要说什么保持联系的话。

不久，我在遭遇那次灾难后打的一场官司也到了最终审判的时候——我输掉了官司。我没有期望能得到我所要求的全部补偿，但是我的律师跟我说过，我的优势很明显，肯定能得到一些补偿，重新恢复我的生活。结果我什么都没有得到。我感觉筋疲力尽、心灰意冷。除了遭受经济损失之外，我还觉得被司法系统玩弄了，它们摧毁了我对公正和人道的信念。

这时，科里打来了电话。她想到了我，并且鼓起勇气拿起了电话，仅仅因为这一点就已经很令我吃惊了。但是，真正令我感动的是，我能从她的声音中听出她对我的关爱。她第一次向我敞开了她那深深隐藏起来的、敏感的心扉。她把自己在经历的苦难中得到的精神体验告诉了我。她还说，当她感到情绪低落时，她就会听我送给她的录音带。

"这会提醒我，你在自顾不暇的时候还能够想到我。想到这一点，我就会好受些。"她向我表白说。

当我们的谈话快结束时，科里说："还没有长大的时候，我们一直都不算朋友。但是我知道，虽然我抢走了你妈妈很多时间，你从来都没有让我觉得自己是多余的。这对当时的我来说已经很重要了，现在对我来说更是非同一般。当你像我一样接近死亡的时候，你就会认识到，最重要的就是爱。"她接着说，"而且，汉娜，你的名字就在我爱的人的名单上。"

十天后，科里死于肝功能衰竭。在我们的最后一次谈话中，她伸出了手，把我从绝望的深渊中拉了出来，并且在我心中占据了一个特殊的位置。这个位置是专门留给家人的，上面覆盖着用多年的关爱编织起来的丝锦。在最后一刻之前，我们谁都没有注意到它。

❦

永远和你在一起

"妈妈，"从莫拉异乎寻常的颤动的声音，我立即知道：这不是每周例行的来自学院的平安电话，"妈妈，我同宿舍的一位朋友想自杀，她要吞毒药丸。我们迫使她扔了毒药，陪她坐了一整夜，劝慰她。妈妈，她从前就自杀过。"

"你的朋友得到了医生的照顾吗？"我问道。我极力用平和的声音说出这句话。

"没有。她现在还好。另外，她也不想让我们张扬这件事。"

"你们这些年轻人还不能自己处理这类问题。"我告诫道，"你的朋友需要专职人员的帮助。把发生的事情报告你们的宿舍指导员，她知道该怎么办。"对于一个18岁的姑娘，这是多么重的担子呵。

"我感到害怕，妈妈，你想象不出我是多么害怕。"我能想象出。其实，莫拉，我也害怕，为你的朋友，也为你。

"我们所能做的就是握着她的手，倾听她的诉说。"此时，如果我能握着莫拉的手，那该有多好呵。

挂上电话之后，我思索了一下所有该办的事情——我说到的和没有说到的。

我们的家庭是个感情很深的家庭。我们也愿意表达我们的感情，只是，不乐于说出来。那么，该怎样疼爱一个远方的孩子呢？

我曾复印了一首诗，准备送给在学院学习的女儿。这件事使我有了正当理由。这首诗摘自吉芝的题为《勇敢地爱》的小诗集。作者在扉页写道：她的诗将拨动读者共鸣的心弦。她的这首诗确实拨动了我的心弦。

我理解你，

我永远和你在一起，

我与你同乐，

我陪你哭泣，

我和你谈心，

我伴你思虑，

我们一道规划未来，

我永远和你在一起，

纵然我们不能终生厮守，

请相信，

我永远和你在一起，爱着你。

莫拉收到信的当天就打来电话。告诉我：她的朋友已经全好了，她听从了忠告。"我把您寄来的诗送给她一份。她一直把这首诗放在皮夹内，她感到一种道义的支持。我把原文贴在我们房间的门板上。"

当我的舌头刚要说些什么的时候，它又硬住了。我突然改变了话题，"关于物理课考试分数……""现在危机已经过去了，莫拉，你应安下心来，刻苦学习了。"我重新扮演着一个监工，一个说教者，全然是这种角色的一派言辞。

又一个星期六，我收到莫拉的来信。怎么了？她从未写过信。也许，我对她太生硬了。还有什么坏消息——消息是这样糟，以至她不敢在电话上告诉我。信很短。

"亲爱的妈妈：请不要吃惊。我永远和你在一起，理解我。爱你的，莫拉。"

（美）M.娃德

妈妈和房客

妈妈在窗外贴出"租房启事"，海德先生应租而来。这是我们家第一次出租房屋，所以妈妈忽略了弄清海德先生的背景和人品，也忘了让他预付房费。

"房子我很满意，"海德先生说，"今晚我就送行李来，还有我的书。"

他顺顺当当地住进我家。平时，他好像没有固定的工作时间，常和善地与我家的孩子逗趣。

当他走过我妈妈坐着的大厅时，总是礼貌地弯弯腰。

我爸爸也喜欢他。爸爸喜好回忆迁居美国前住过的挪威。海德去过挪威，他能与爸爸起劲地聊在那儿钓鱼的野趣。

只有开客栈的杰妮大婶不欣赏我们的房客。她问："什么时候他给你们交房租呢？"

"向人要钱总难开口，他会很快付清的。"妈妈答道。

但杰妮大婶只是哼了两声："这种人我以前见过，"她一本正经地指教道，"别指望借给人一件新外套，回来还是好的。"

妈妈笑笑："兴许你说得对。"她递上一杯咖啡，止住了杰妮大婶的嘟囔。

雷雨天里，妈妈担心海德的屋子夜里冷，就让爸爸邀请他到暖和的厨房和我们一起坐。我两个姐姐、哥哥尼尔斯，还有我在灯下做作业，爸爸和海德靠着炉子叼着烟斗，妈妈在洗盘子或是在小桌上静静地工作。

海德能辅导尼尔斯的高中课程，有时还帮他学拉丁文。尼尔斯渐渐对学习产生了兴趣，分数高起来，他再不求爸爸让他停学做工了。当我们作业做完了，妈妈坐在摇椅上拿起针线时，海德就给我们讲他的旅游奇遇。噢，他知道的可真多。那些美妙的历史和地理，便随他走入我们的屋子和生活。

有天晚上，他给我们读狄更斯的书，很快，读书成了我们生活的一部分。我们写好作业，海德就夹一本书来高声朗读，一个神奇的新世界向我们洞开。

妈妈也像我们孩子一样爱听古挪威侠士传奇："太好听了！"

以后我们的房客还朗读莎士比亚的戏剧。海德悦耳的男低音，听起来像是大演员。

即使在天气暖和的晚上，我家的孩子们也不再出去玩耍。妈妈对此很欣慰。她是不喜欢我们天黑上街的。而最值得高兴的，还是尼尔斯几乎不再扎到街旮旯儿的孩子堆里。有天晚上，孩子们在街上闯了祸，而尼尔斯正和我们一起听《孤星血泪》的最后一章。

就在我们急于听完一个骑士的传奇时，一封信送到了海德手里，他将信很快读过，放入口袋，我们再不能听完那个故事了。翌晨，他告诉妈妈要离开。

"我得走了，"他说，"我把这些书留给尼尔斯和其他孩子。这里是一张我所欠房租的支票。夫人，对您的好心款待，我深表谢意。"

我们伤感地看着海德先生去了，同时，又为能在厨房继续读书感到兴奋。那么多的书啊！

妈妈精心地清理了书堆："我们可以从这里学到很多东西。尼尔斯能代替海德先生读书，他也有一副好嗓子。"我看得出来，这使尼尔斯很自豪。

妈妈向杰妮大婶亮出海德的支票："你看，收回的还是一件好外套。"

几天后，开面包铺的克瑞波先生来我家，糟糕的是他向我们怒气冲天地诉说时，杰妮大婶也在场。

克瑞波喊道："那个海德是个骗子，瞧他给我的支票，全是假货。银行的人告诉我，他早把款兑光了。"

杰妮大婶得意地点着头，那神态分明是说："看，我不是提醒过你们了吗，你们不听嘛。"

"我敢打赌，他也欠了你们家许多钱，是不是？"克瑞波不无希望地探问道。

妈妈转过身向着我们，她的眼睛长久地停留在尼尔斯身上，然后走到炉子边，把支票投入炉火。

"不！"他向克瑞波先生回答道，"不，他什么也不欠。"

（美）凯·福布斯

真正的高度 | STORY

魔盒

在一抹缠绵而又朦胧的夕照的映衬下，我四周高耸着伦敦城的房顶和烟囱，似乎就像监狱围墙上的雉堞。从我三楼的窗户鸟瞰，景色并不令人怡然自得——庭院满目萧条，死气沉沉的秃树刺破了暮色。远处，有口钟正在铮铮报时。

这每一下钟声仿佛都在提醒我：我是初次远离家乡。这是1953年，我刚从爱尔兰的克尔克兰来伦敦寻找运气。眼下，一阵乡愁流遍了我全身——这是一种被重负压得喘不过气来的伤心的感觉。

我倒在床上，注视着我的手提箱。"也许我得收拾一下吧。"我自语道。说不定正是这样整理一番，便能在这陌生环境中创造一种安宁感和孜孜以求的自在感呢。我把主意打定了。那时我甚至没有心思去费神脱下那天下午穿着的上衣。我伤感地坐着，凝视着窗口——这是我一生中最沮丧的时刻。接着突然响起了敲门声。

来人是女房东贝格斯太太。刚才她带我上楼看房时，我们只是匆匆见过一面。她身材细小，银丝满头——我开门时她举目望了望我，又冲没有灯光的房间扫了一眼。

"就坐在这样一片漆黑中，是吗？"我这才想起，我居然懒得开灯。"瞧，还套着那件沉甸甸的外衣！"她带着母亲的慈爱拉了拉我的衣袖，一边嗔怪着，"你就下楼来喝杯热茶吧。噢，我看你是喜欢喝茶的。"

贝格斯太太的客厅活像狄更斯笔下的某一场面。墙上贴满了退色的英格兰风景画和昏暗的家庭人员照片。屋子里挤满了又大又讲究的家具，在这重重包围中，贝格斯太太简直就像一个银发天使似的。

"我一直在倾听着你……"她一边准备茶具一边说，"可是听不到一丝动静。你进屋时我注意到了你手提箱上的标签。我这一辈子都在接待旅客。我看你的心境不佳。"

当我坐下和这位旅客的贴心人交谈时，我的忧郁感渐渐被她那不断地殷勤献上的热茶所驱散了。我思忖：在我以前，有多少惶惑不安的陌生人，就坐在这个拥挤的客厅里面对面地听过她的教诲啊!

随后,我告诉贝格斯太太我必须告辞了。然而她却坚持临走前给我看一样东西。她在桌上放了一只模样破旧的纸板盒——有鞋盒一半那么大小,显然十分"年迈"了,还用磨损的麻绳捆着。

"这就是我最宝贵的财产了,"她一边向我解释,一边几乎是带有敬意地抚摸着盒子,"对我来说,它比皇冠上的钻石更为宝贵。真的!"

我估计,这破盒里也许装有什么珍贵的纪念品。是的,连我自己的手提箱里也藏有几件小玩意——它们是感情上的无价之宝。

"这盒子是我亲爱的母亲赠与我的,"她告诉我,"那是在1912年的某个早上,那天我第一次离家。妈妈嘱咐我要永远珍惜它——对我来说,它比什么都珍贵。"

1912年!那是四十年前——这比我年龄的两倍还长!那个时代的事件倏地掠过我的脑海:冰海沉船"巨人号",南极探险的苏格兰人,依稀可辨的一次大战的炮声……

"这盒子已经历过两次世界大战了,"贝格斯太太继续说,"1917年恺撒的空袭,后来希特勒的轰炸……我都把它随身带到防空洞里,房屋损失了我并不在乎——我就怕失去这盒子。"

我感到十分好奇,而贝格斯太太却显得津津乐道。"此外,"她说,"我从来没有揭开过盖子。"她的目光越过镜片好笑地打量着我,"您能猜出里头有什么吗?"

我困惑地摇了摇头。无疑,她最珍惜的财产当然是非凡之物。

她忙着又给我倒了点热气腾腾的茶,接着端坐在安乐椅上,默默地注视着我——似乎在思索着如何选词来表达自己的意思。

然而,她的回答却简单得令人吃惊——"什么也没有,"她说,"这里头空空如也,什么也没有!"

一个空盒!天哪,究竟为啥将这么一个玩意当做宝贝珍藏,而且珍藏达四十年之久呢?我隐隐约约地怀疑起来,这位仁慈的老太太是否稍稍有点性格古怪?

"一定感到奇怪,是吧?"贝格斯太太说。

"这么多年来我一直珍藏着这么一个似乎是无用的东西。不错,这里头的确是空的。"

这当儿我朗声大笑了起来——我不想再将此事刨根究底地追问个水落石出。

"没错，是空的，"她认真地说，"四十年前，我妈将这盒子合上捆紧——这是当我离开父亲的约克夏尔故居时母亲所做的最后一桩事。把盒子合上捆紧——同时也将世上最甜蜜的地方——家的声响、家的气味和家的场景统统关在里头了。自此以后，我一直没将盒子打开过。我觉得这里头仍然充满了这些无价之宝哩。"

这是一只装满了天伦之乐的盒子！和所有纪念品相比较，它无疑既独特又不朽——相片早已退色，鲜花也早已化作尘土，只有家，却依然如自己的手指那么亲近！

贝格斯太太现在不再盯着我了，她注视着这陈旧的包裹，指头轻抚盒盖，陷入沉思之中。

又过了一会儿——还是在那晚，我又一次眺望着伦敦城。灯火在神奇地闪烁着——这地方似乎变得亲切得多了。我心中的忧郁大多已经消失——我苦笑着想到：这是被贝格斯太太那滚烫的茶冲跑的。此外，我心中又腾起一个更深刻的思想——我明白了，每个人离家时总会留下一点属于他的风味；同时，就像贝格斯太太那样，永远随身带着一点老家的气息，这也是完全办得到的。

（英）大卫·洛契佛特

永远不说你是做不到的

我的儿子乔伊出生的时候，他的脚是向上扭曲的，看起来就是脚掌在上的样子。第一次做母亲，我想这应该不是正常的，但我并不真正地理解这意味着什么。也许，这就是说乔伊是一个天生特厚畸形足的孩子。医生向我们保证说，只要经过合适的治疗，他肯定能够正常地走路，但很可能永远跑不快。

在他生命中的最初3年，乔伊一直在手术、各种金属模型和绷带中度过。他的双腿经历着按摩、运动、练习等一系列过程，然后，是的，在他七八岁的时候，如果你看见他走路的话，你甚至不知道他是有残疾的。如果他走了很长的路，比如说在娱乐公园里玩或者从家走到动物园那么远，他就会抱怨说他的腿很累很累，像受伤了一样。我们往往会停下来，买一点苏打水或一个甜筒冰激凌，谈谈我们刚刚都看见了什么以及我们将要看到些什么。我们没有告诉他为什么他的腿感到劳累，为什么它们那么虚弱。我们没有告诉他这本来是他天生就有的缺陷。我们没有告诉他，所以他不知道。

在孩子们一起玩耍的时候，邻居家的孩子总会四处奔跑，就像大多数孩子会做的那样。乔伊会看着他们玩，当然，也会跳起来、奔跑和玩耍。我们从来没告诉他，他很可能永远不能像别的孩子跑得那样快。我们没有告诉他：你是不一样的。我们没有告诉他，所以他不知道。

七年级那年，他决定参加环城赛跑小组。每天他都跟着那支队伍一起训练。他看起来比队里的其他成员练习得更努力，跑得也更多。很可能他已经感觉到，有些看起来很自然地就被其他人拥有的能力，并没有被他所拥有。我们没有告诉他，尽管他能够跑步，他很可能永远都只能在队伍的最后。我们没有告诉他，他本来就不应该去试图参加这样一个队伍。这个队伍的成员都是学校里跑前7名的选手。即使是整个队伍都去跑了，也只是那7个人才可能有潜力为学校挣得分数。我们没有告诉他，他很可能永不能正式加入那支队伍，所以他不知道。他继续一天跑四五英里，每天都是。我永不会忘记他高烧103华氏度的那天，他不能留在家里休息，因为他还要参加环城赛跑的训练。我整天都在为他担心。我一直在等着学校里打来电话，让我前去把他接回家来。没有人打过来。放学后我去了环城赛跑的练习场，因为我想如果我在那里，他或许会考虑逃过那天晚上的练习。

当我到达学校的时候，他正在沿着一条长长的林荫大道跑步，一个人。我把车开到他的跟前，车速很慢，好和他奔跑的步伐保持一致。我问他感觉如何。"很好。"他说。他只剩下两英里了。当汗水从他脸上淌下来的时候，他的眼睛因为发高烧，看起来就像玻璃一样，但他仍旧坚持看着前方，继续奔跑。我们从来没告诉过他，他不能在103度的体温下连续奔跑4英里。我们从来没告诉他，所以他不知道。两个星期以后，这个赛季倒数第三场比赛的前一天，宣布了参加正式比赛的成员名单，乔伊列在了名单上的第6位。乔伊成功地加入了这支队伍。他那时候上七年级，队伍里其他6个成员全部都上八年级。我们从来没告诉他，他本来不应该指望加入这样一支队伍。我们从来没告诉他，他做不到这一点。

我们从来没告诉他，他也不可能……所以他不知道。于是，他去做了。

STORY

心灵创可贴

心灵创可贴

　　我的丈夫汉诺奇和我写了一本书《善举：怎样发动一次"善举革命"》，这引起了很多美国人的关注。在芝加哥某广播电台的脱口秀节目中，一个不知名的人通过电话和我们分享了下面这个故事。

　　"嘿，妈妈，你在做什么？"苏茜问。

　　"我在给邻居史密斯太太做一个焙盘。"她妈妈说。

　　"为什么呢？"年仅6岁的苏茜问道。

　　"因为史密斯太太很伤心，她失去了女儿，难过得心都碎了。我们应该照顾她一段时间。"

　　"为什么呢，妈妈？"

　　"你看，苏茜，当一个人非常非常伤心的时候，他甚至会在一些像做饭这样的小事上有麻烦。因为我们都是社区中的一员，而史密斯太太又是我们的邻居，所以我们应该做些事情帮助她。史密斯太太再也不能和她女儿聊天或者拥抱她，或者做一些妈妈和女儿一起做的愉快的事情。你是个聪明的姑娘，苏茜，也许你会想出一个办法来帮助照顾史密斯太太。"

　　苏茜很严肃地思考了这个问题：她怎么才能为照顾史密斯太太出一份力呢？几分钟之后，苏茜敲了她家的门。过了一会儿史密斯太太开门说："嘿，苏茜。"

　　苏茜注意到史密斯太太的语调不如以前她和人打招呼时那么委婉动听了。

　　而且，史密斯太太看上去好像一直在哭泣，因为她的眼睛很湿，还有些肿。

　　"我能为你做些什么，苏茜？"史密斯太太问。

　　"妈妈说你失去了女儿所以非常非常伤心，伤心得心都碎了。"苏茜害羞地伸出了手，手中是一片创可贴，"这是为你受伤的心准备的。"

　　史密斯太太哽咽了，泪水有些止不住。她蹲下来抱住了苏茜，含泪说道："谢谢你，亲爱的，这很管用。"

　　史密斯太太接受了苏茜的善举，而且格外的珍惜。她买了一个带有普列克锡玻璃镜框的小钥匙环——既能挂钥匙又能骄傲地展示一张家里人照片的那种。史密斯太太把苏茜给的创可贴放进了镜框里，以便每次看到它时都能提醒自己要让心灵的伤口愈合一些。她很清醒地知道心灵的康复需要时间和支持。那个创可贴已经成为治疗她心灵创伤的一个象征，尽管她不会忘记曾和女儿一起分享的爱和欢乐。

（美）米兰蒂·麦克卡提

朱莉的礼物

几年前，我有一个报酬颇丰的好工作。我的同事都很好，我也很喜欢这个公司。后来有一天，我发现我并不真正喜欢这项工作，只是感到满足而已。我想，牛感到满足就行了，但人不应该。

于是我决定改变一下。我拿出了自己的简历，更新了上面的信息，要求提升到另一个部门。

第二个星期，我去爱尔兰度假，忘掉了关于工作的事情。等回到公司后，我发现有一个人力资源部的语音留言，要求我当天下午就去参加面试。

在午餐时间，我拿起一本满是介绍面试技巧的杂志，认真地看起来。杂志上介绍的方法都号称能够帮助我搞定最棒的工作。我看了看身体语言透露的潜在信息、如何穿着得体以及针对面试提问的最佳回答法等内容。对于我来说，这些建议似乎根本就不像一个人在真正面试时所能做到的。也许是我差得太远了？不管怎样，我还是按时赴约了。尽力而为吧。

面试官是一个肥胖的男人，高档衬衣上衬着鲜红的裤子吊带。他坐在皮转椅上，而我则坐在他那张红木桌前的小木椅上。每问一个问题，他都会把手指支起来，听到我的回答后，再在纸上写上几笔。在开头的半小时内，他问的都是一些意料之中的问题，诸如我的工作历史、教育背景、工作目标等。他不时点头，还有几次露出了微笑。我开始放松下来，感到更加自信了。

然后，他把手叠在下巴下面，从眼镜上面看着我说："再问最后一个问题：你生命中有哪件事情或哪项成就最令你感到骄傲？"

我脑子里闪过了伯特·派克斯在美国小姐选美比赛中拿着麦克风的镜头。我想，这才是最重要的问题。我如何回答这个问题将决定我是赢得肯定、并手捧鲜花走向观众，还是强装笑容、表现得像个大度的失败者。

我停了一会儿，想了想是应该按照杂志上的建议做，还是应该率意而为，展现我的本色。我决定还是忘掉杂志的建议。我想，如果要和这个家伙共事，我应该让他知道我的真实面目。

"事实上，最令我骄傲的时刻不是我做的什么事情，"我说，"而是我女儿10年前做的一件事情。"

然后，我就给他讲述了朱莉的礼物的故事。

好几年以前，我的丈夫在军队工作。有一次他被派到海外，我们在德国住了将近一年。在那里，我接到哥哥从圣路易斯打来的电话，说我爸爸已经去世了。同那个年代的大多数人一样，爸爸负责挣钱，妈妈负责照顾家里。爸爸去世后，哥哥就承担起了妈妈的经济负担。

爸爸的葬礼过后，我和丈夫，还有两个孩子，又回到了德国。不久，我哥哥又打来了电话。

他在检查妈妈的文件时发现，她会有几个月领不到救济金。在领到救济金之前，她将不得不靠自己微薄的积蓄生活。

当天吃晚饭时，我跟丈夫说，我打算给妈妈寄点儿钱。但是我们的谈话被一个电话打断了。

电话是一个邻居打来的，她想让朱莉帮她照看一下孩子。

朱莉当时14岁，一直在想办法赚点零花钱。最近，她开始给自己买衣服，而且好像每个星期都会喜欢上一个新的演唱组合，他们的演唱带她每盘都买。

第二天早上，朱莉递给我一个信封。

我看了看地址，是寄给我妈妈的。我用力地拥抱了她一下，告诉她，我为她能抽时间给外婆写信而感到很高兴。她耸了耸肩，离开家上学去了。她可不是什么感情丰富的孩子。

一个星期后，我哥哥又打来了电话。他对我寄去的支票表示感谢，并且告诉我，妈妈看完朱莉的信后激动得哭了。我说，朱莉是在我没有提出要求的情况下主动写信的，我感到非常高兴。

哥哥说，他不是在说信的事，而是信里的东西。朱莉在那封信里寄去了她帮人看孩子挣的5美元，并且在信中告诉外婆，这笔钱想怎么花就怎么花。

我讲完了这个故事，停了一会儿，抬起头说："我知道这不是什么工作业绩，但这的确是我一生中感到最骄傲的事情。"

面试官已经放下了笔。他没有再写什么。

"对不起，"我说，"我对任何人讲这个故事都会情不自禁。最令我骄傲的不仅仅是朱莉所做的事情，而是她没有告诉任何人。如果我哥哥不打电话，我可能永远都不知道这件事。"

他站起来，同我握了握手，说："我想我们要说的都说完了。大约在一个星期之内，你就会得到人力资源部门的消息了——不管是哪一种消息。"

走回办公室的路上，我不禁责怪自己对一个陌生人说了这么私人的事情。我想，这次提升是不可能了。

就像面试官说的那样，一个星期后，人力资源部给我打来了电话。只要我愿意，我就可以获得那份工作了。

几年后，在我的老板退休前，我又提起了那次面试的事。我问他为什么选择了我。他说，所有的候选人都很合格，但是听完我讲了那个最令我骄傲的故事后，他觉得他希望和我这样的员工共事。

这一次，我是朱莉的礼物的受益人。多年前她发自内心的那一次简单的爱意表达为我赢得了丰厚的红利。

一个五分钟的演说

我几乎不用想，就能讲出这个故事。那是1971年，自从我们的海军A—4轰炸机被击落后，我做了七年的战俘——噩梦般的七年，酷刑、腐烂的食物、长久地被监禁的孤独感。在那座被我们称做汉诺依·希尔顿的并不著名的监狱里，囚禁着我们近400名战犯。

那一次，我的狱友们成立了一个"宴会主人俱乐部"，我用30秒钟的时间准备一个五分钟的演说，内容是我个人生活中的任何一段经历。

我母亲的祖母13岁时在墨西哥和一个铁路工人结婚，并且来到了美国，在铁路上扳道岔，并且为客车上的旅客提供铺盖或者拆旧房屋。我的父母在很小的时候就不得不辍学，自己谋生。从他们那儿，我学到了勇敢坚韧、刚直不阿的品格，这些品格使我能够生存下来。更重要的是我懂得了那种纯洁的无条件的父母与孩子之间的爱，这种爱像一件盔甲一样，将永远保护着我度过困境。

我该怎么表达出这一切呢？我怎么向这些人描绘出几十年前我贫穷的父母给予我的宝贵财富呢？突然，我记起了童年时的一件小事，于是我知道该怎样说了。

在我八岁的时候，我们暂时和祖母住在加利福尼亚的萨利那斯。一天，祖母把我叫到一边小声地提醒我那天是妈妈的生日。我想给妈妈买点儿好东西，可我没钱，我想搜集一些盛苏打水的瓶子到街角杂货店去卖，一个一便士。

我拉着红色的小货车，在邻居家的垃圾箱里搜寻瓶子，每装满一车，我就走好远的路把它拉到商店里去卖。

到傍晚的时候，我已经有了足够的硬币。我拉着车，到了杂货店，捧出满满一把硬币，我不仅有足够的钱买一个生日卡，而且还可以买一些别的东西。

我的目光落在一个棒棒糖上，为妈妈买下它来，我的钱正好够。我把糖放进裤子口袋里，将卡片塞在衬衫底下跑回了家。

这时，天已经越来越黑了，当我拐出街角，快到家的时候，我看见妈妈正在找我，我知道她很着急而且生气了。

"你去哪儿了？"她严厉地问。我很害怕，当她把我带回家的时候，我开始大哭。

"你去哪儿了？"她又一次冲我喊着。我一边大哭，一边抽泣着说："我在外面搜集瓶子，卖了钱给你买生日礼物。"

我把手伸进衬衫，拿出那张未签名的生日卡给她。我的小脏手弄脏了我本该签名的地方。然后我又递过去棒棒糖，它在我的口袋里几乎被折成了两半："我还给你买了这个。"

她的怒色消失了，伸出双臂抱住我……我听到她在抽泣。

那天晚上，一些邻居来我家，妈妈指着窗子旁边放着的那支棒棒糖对他们说："那是我儿子送给我的生日礼物。"话里充满着自豪，眼里含着泪水。

故事讲完了，狱友们都静静地坐着。

"该死的埃弗！"其中的一个对着我骂道，一边擦去泪水。这时我明白了，我们中的许多人——幸运的人们，他们有着同样的隐藏在心里的有关温馨的家的珍贵回忆，同样的爱的盔甲，锁在童年的记忆中，它将保护着我们度过战争，不管要经历多长的时间。

献给妈妈的毕业礼物

我的母亲死于一场车祸，当时我正念八年级，而我的弟弟凯利才六年级。

从妈妈死后，父亲与我常常到她的墓前，但凯利从来不愿与我们一起去，他甚至从来都不要谈起妈妈，他好像要完全忘了她，这让我气愤。

当我上大学二年级时的一个休息日，我开车回家，决定要弯个路到母亲的墓前看一看。

凯利几天前高中毕业了，我想着如果妈妈还在，该多么为他骄傲。他不想念妈妈真是不对。

当我跪下来清理妈妈墓前的地面时，有什么东西让我眼前一亮。我近前一看，那是一个高中毕业帽上的流苏，仔细地摆放在墓碑前。

我不敢相信自己的眼睛！

所有这些年里他表现得好像并不在意，可凯利要妈妈与他分享他的成就，用这种他认为合适的方式。

这么多年来，是我没有看到他内心的痛苦，我总是以为他没有任何感觉。

这是我弟弟在意母亲的证明，用那个闪着金光的流苏。

半份儿礼物

那一年我十岁，我哥哥尼克十二岁。在我们俩想来，这一年的母亲节，完全是个让我们激动不已的日子——我们要各自送给母亲一份儿礼物。

　　这是我们送给她的头一份儿礼物。我们是穷人家的孩子，要买这样一份儿礼物，可就非同寻常了。好在我和尼克都很走运，出去帮人打杂儿都挣了一点儿外快。

　　我和尼克想着这件会让母亲感到出乎意料的事，越想心里越激动。我们把这事对父亲说了。他听了得意地抚摩着我们的头。

　　"这可是个好主意，"他说，"它会让你们的母亲高兴得合不上嘴的。"

　　从他的语气里，我们听得出他在想着什么。在他们的一起生活中，父亲能够给予母亲的东西真是太少了。母亲一天到晚操劳不停：既要做饭，又要照料我们，还要在浴缸里洗我们全家人的衣服，而且对干这一切活儿都毫无怨言。她很少笑。不过，她要笑起来，那可就是不负我们盼望的赏心乐事。

　　"你们打算给她送什么礼物？"父亲问。

　　"我们俩将各送各的礼物。"我答道。

　　"请您把这事告诉给母亲，"尼克对父亲说，"这样她就可以乐呵呵地想着它了。"

　　父亲说："这样一个了不起的想法，竟出自你这么个小脑袋瓜儿里，你可真聪明！"

　　尼克高兴得面泛红光。随着，他把一只手放在我的肩头，说："鲍勃也是这么想的。"

　　"不，"我说，"我没有这么想过。不过，我的礼物会弥补这个不足的。"

　　此后的几天里，我们和母亲都在满心高兴地玩着这个神秘的游戏。母亲干活儿时满面春风——她假装着什么也不知道，但脸上却总是挂着笑容。我们家里充满着爱的气氛。

　　尼克找我商量该买些什么礼物。

　　"我们谁也别对谁说自己要买什么。"尼克说。他是见我总也拿不定主意，等得实在不耐烦了。

　　我经过再三考虑，最后买了一把上面镶有许多光闪闪小石子儿的梳子。这些小石子儿看上去就如同钻石一般。尼克很赞赏我的礼物，但却不愿说出他买的是什么。

　　"等我选定个时间，我们再把礼物拿出来送给母亲。"他说。

　　"什么时间？"我迷惑不解地问。

　　"说不准，因为这跟我的礼物有关。你就别再问什么了。"

　　第二天早上，母亲准备要擦洗地板。尼克对我点头示意；然后我们就跑去拿我们的礼物。

我折转回来的时候，母亲正跪在地上，显得疲累不堪地擦洗着地板。她用我们穿烂了的破衣片，一点一点地把地板上的脏水擦去。这是她最讨厌干的活儿。

紧跟着，尼克也拿着他的礼物返回来了。母亲一看到他的礼物，顿时脸色煞白。尼克的礼物是一只带有绞干器的新清洗桶和一个新拖把！

"一只清洗桶，"她说着，伤心得几乎语不成句，"母亲节的礼物，竟然是一只……一只清洗桶……"

尼克的眼睛里涌出了泪花。他默然无语地拿上清洗桶和拖把便向着楼下走去。我把梳子装进我的衣袋，也跟着他跑了去。他在哭。我也哭了。

我们在楼梯上碰到了父亲。因为尼克哭得说不出话来，我便向父亲说明了事情的原委。

"我要把这些东西拿回去。"尼克抽抽噎噎地说。

"不，"父亲说着，接过了他手里的清洗桶和拖把，"这是一份儿很了不起的礼物。我自己应该想到它才对哩。"

我们又上到楼上。母亲还在厨房里擦洗着地板。

父亲二话没说，用拖把吸干了地上的一摊水；然后又用清洗桶上附带的脚踏绞干器，轻快地把拖把绞干。

"你没让尼克把他要说的话说出来，"他对母亲说，"尼克这份儿礼物的另一半儿，是从今天起由他来擦洗地板。是这样吗，尼克？"

尼克明白了其中的道理，羞愧得满面通红。"是的，啊，是的。"他声调不高但却热切地说。

母亲体恤地说："让孩子干这么重的活儿是会累坏他的。"

到了这个时候，我才看出了父亲有多么聪明。"啊，"他说，"用这种巧妙的绞干器和清洗桶活儿便不会怎么重，肯定干起来要比原先轻松得多。这样你的手就可以保持干净，你的膝盖也不会被磨破了。"父亲说着，又敏捷地示范了一下那绞干器的用法。

母亲伤感地望着尼克说："唉，女人可真蠢啊！"她吻着尼克。尼克这才感到好受了一些。

接着，父亲问我："你的礼物是什么呢？"

尼克望着我，脸色全白了。我摸着衣袋里的梳子，心里想，若把它拿出来，它会像尼克的清洗桶一样，仅仅只是一只清洗桶。就是说得再好，我的梳子也只不过是镶了几块像钻石一样闪亮的石子儿罢了。

"一半儿清洗桶。"我悲苦地说。尼克以同情的目光望着我。

（美）罗伯特·巴里

一个小女孩的礼物

夜间，雪静悄悄地绵绵而降。

我们一家人——丈夫拉斯，女儿，儿子和我，站在窗口又惊又喜地朝外望去，多美的景色啊！现在，我们的城镇似乎已披上了圣诞节的盛装。房子围着白绒般的头巾。前天还是光秃枯黄的树木，现在却已换上了闪闪发光的冰上衣。甚至连电线杆也戴上了一顶斑白的帽子。在呼啸的风声中，人们能听到圣诞节的歌声。

试想一下，正好还有一个星期的此时此刻，我们将走在去教堂做圣诞礼拜的路上。这就是我们13岁的儿子布莱德喜欢的家庭传统节日之一。我们踏着清晨的寒霜，向教堂走去。一路上，遇见邻居和朋友们。

"噢，"我丈夫说，"我们的早餐还可以吃到香肠、蛋糕和小蜜橘呢。"

"我们必须给鸟喂些食物。"安德烈娅温和地说，"雪总是使它们感到难受。"

安德烈娅今年15岁，算不了大人，可也不再是个小女孩了。有时这个姑娘既美丽又年轻，有时却是一个笨拙的小女孩。有时她既温和又懂事，有时却像天气那样变幻莫测，像冰雹那样任性：丢书、丢鞋子，甚至随心所欲地抛弃男朋友。

"是的，我们必须给鸟儿喂些食物了。"我说。在准备早餐时，我脑子里盘算着所有准备过圣诞节不得不做的事。早餐做好时，我抬头看到安德烈娅还站在窗边。

"你怎么啦？"我问道。

她惊跳了一下，好像是我把她从梦中叫醒似的："我刚才在想，我的学校里的圣诞音乐会上要穿什么衣服，我决定不了到底穿红羊毛衣，还是绿羊毛衣。"

"两件都不错。"我告诉她。

安德列娅在学校里的乐队中是吹长笛的。乐队总是在圣诞节前举行节日音乐会。我第一个吃好早餐，因为今天我要做的事实在太多了，有许多礼物要包扎在圣诞节用的闪光纸里，并用丝带扎好。随后我赶快去邮局把它们寄走。

我早上的大部分时间都花在包扎礼物上。

我终于把准备邮寄的最后一个礼物包扎好了。在我跑上楼去拿我的上衣经过安德烈娅的房间时，我惊讶地停了下来。她的房间简直是一团糟，甚至连床也没有铺好。在她的衣橱里是一些没包扎好的礼物，这些礼物远不如我所知道的她计划中要送的礼物多。

"她在哪儿？难道她真的不知道圣诞节前有许多事要做吗？"

几分钟后，她上楼来了。

"我……我在隔壁玛格丽特家练长笛。"她环顾了一下房间说，"天啊，这地方需要好好整理一下，是吗？"

"确实要整理一下。"我说，"我似乎觉得你还需要再多买一些礼物。"

我只是笑了笑。"你怕我不送你礼物吗，妈妈？"她开着玩笑说，"请放心吧，我决不会忘记你的，我日日夜夜在计划着，我的心充满着圣诞节的节日气氛。"

随着圣诞节的日子越来越近，我感到越来越疲劳，越来越忙碌，似乎觉得简直无法在圣诞节前把所有要做的事及时做好。

然而，安德烈娅并不分担我的忧虑。我想责任感对她来说等于零，这是毫不奇怪的。在圣诞节前最后几天的一个早晨，我烘好圣诞甜饼和蛋糕。事情并不像我计划好的那么顺利，而且离我计划的目标越来越远了。

中午，有客人过来吃午饭，我东奔西跑地把厨房整理好，打开洗碟机想把脏盘子和盆子放进去洗，可里面早已放满了——安德烈娅放进去的早餐盘子还没开动过机器洗呢！

这下可使我忍无可忍了，我眼里噙着泪水，因为突然间，所有这些事似乎使我感到受不了：一大堆脏盘子，东奔西跑的忙碌，安德烈娅一点也不帮我做家务……圣诞节就是使人忙得不可开交，过节这么忙似乎不值得。我怒气冲冲地受委屈地把脏盘子搁在一边，开始为我的客人准备午饭。从客人离开我家，到我把安德烈娅从学校接出再送她去上长笛课前的这段时间，只够我洗几个盘子。

我到达学校时还怒气未消。安德烈娅朝我跑来，高兴地告诉我一些事。但当她看见我的脸色时，就把话咽了下去。

"你怎么啦？"她问道。

"你总是把该做的事忘了，"我说，"你总是不做好你家里本分的工作，甚至连你自己的房间也不收拾好。你似乎从来也不考虑你会给别人带来多少麻烦。我不知道你在想些什么。你总是那么心不在焉。"我把气话一股脑儿地倒了出来。

当车子快要到上长笛课的地方时，我的话才讲完。安德烈娅一直静悄悄地坐着。当车子停下时，她跳下车子一句话也不说，这可使我意想不到地感到悲伤，难受。难道圣诞节就像这样的过吗？这哪里还有圣诞节的气氛呢？

开圣诞节音乐会的那个晚上，我们匆忙吃好晚饭，驾车到了这所中学。拉斯、布莱德和我坐在大礼堂里，安德烈娅和乐队的其他成员一起坐在前面。她穿着绿上衣，看上去非常漂亮。台上合唱队的孩子们男女排成两排。拉斯朝我微笑了一下，又朝台上点了点头。

"瞧，约翰尼·伊文斯长得多高啊，小苏西也变成了一位美丽的小姐了。"

"是啊，"我说，"我看到那个卡罗尔·安娜·米勒已剪了头发。"我们坐在那里，打量着我们邻居或朋友的孩子们，看到他们都长大了，我们感到很高兴。

当音乐会开始时，我的心情也开始轻松起来。音乐似乎舒畅了我紧张的神经，年轻人合唱着新的和老的圣诞节的歌曲，而美妙的音乐使我产生了一种温暖和满足的心情。

随着音乐教师报了最后一个节目，歌名是《这就是一个人向往的乐趣》。接着他补充说："这最后的节目是独奏，因为演奏者要使她家里的人惊讶一下，所以她的名字没有被列入节目单上。下面由安德烈娅·希儿表演长笛独奏。"

我由于惊奇而喘着气。当安德烈娅上去站在台上时，我眼里激动的泪花使我看不清她了。正当她要举起长笛放到嘴边时，她的目光直射她的父亲、弟弟和我，并愉快地向我们欢笑着。我也向她回笑了一下。布莱德、拉斯和我互相看了看。我们对台上这个容光焕发的女孩的亲密感情，似乎使我们4个人一起脱离了世俗，飘飘欲仙。

是不是因为是我们的孩子吹的长笛使音乐听上去格外优美？我并不这么想。我们听到的所有年轻人清新的歌声都很动听，所有容光焕发的脸都充满了希望。

可是，演奏中最美妙的部分是使我内心充满惊异感觉的那部分，因为我记得她在玛格丽特家做练习演奏时，我从来也未听到那种美妙的音乐。

只要她做了登台表演这桩大事，那么她在学校所花去的额外的时间，她所忘了做一些家庭琐事，她所没有完成的日常小事等，我都不在乎了。安德烈娅已懂得了这个我还不能明白的真理：爱比需要做一些小事情更有意义。不但现在，而且永远地她已经把她的爱以及圣诞节的意义和音乐献给了我，那就是安德烈娅的礼物。

向儿子学习

我儿子丹尼尔从13岁就开始对冲浪充满狂热，每天上学前放学后，他就穿上湿的泳衣，划到冲浪线外，等着接受挑战。有一天中午，他对冲浪的热爱受到了考验。

救生员在电话中对我先生麦可说："你儿子发生意外了！"

"情况有多严重？"

"不大好，当他冲浪冲到浪的顶端时，冲浪板的尖端正对他的眼睛刺过来。"

麦可赶快把丹尼尔送到急诊室，然后他们父子就被转到整形医师的办公室，丹尼尔眼睛旁至鼻梁的地方缝了26针。

当丹尼尔的眼睛在缝针时，我在飞机上，正结束演讲准备飞回家，麦可父子俩离开医院后就直接把车子开到机场，他在门口和我打招呼，告诉我丹尼尔在车内等我。

"丹尼尔在车内？"我问道。我记得当时我想到那天的海浪一定不小。

"他发生了意外，但他会好起来的。"

对一个必须经常旅行的职业妇女而言，最糟的噩梦成真了，我快速向车子奔去，以致高跟鞋的跟都断了，我打开车门，戴眼罩的小儿子俯身向前，对我展开双臂，哭着说："哦！妈妈，我好高兴你回来了！"

我在他的怀里啜泣，告诉他当救生员打电话来，而自己却不在时那种内心的自责与难过。

他安慰我说："妈，没关系的，反正你又不知道怎么冲浪。"

"你说什么？"我问道，真的被他的逻辑搞混了！

"我很快就会好的，医生说我8天后就可以再下水了！"

他疯了吗？我原本想跟他说35岁以前都不准再靠近水，但相反的，我没有说，只祈祷他能永远忘记冲浪这回事。

接下来7天，他一直要我让他再回去冲浪，第八天我坚决地跟他说了第一百次"不"，他却以其人之道还治其身，把我打败了。

"妈，你不是教我们不能放弃自己所热爱的东西吗？"

接着他拿给我一件东西以便收买我，那是一首兰斯登·休斯（Langston Hughes）的诗，诗框在画框里。丹尼尔买下来，"因为这首诗让我想起你。"

母亲致爱子

孩子，我要跟你说：

对我而言

生命从来就不是一座水晶的阶梯

上面有钉子

还有碎片

楼梯的木板也支离破碎

地板上也没有地毯

空荡荡一片

但我都一直往上爬

有时到达了，落脚了

有时转弯

有时在黑暗中摸索前进

四处一片漆黑

所以，孩子，你不要回头

也不要坐在阶梯上

就只因为你发现很难走下去

你不能一蹶不振

因为亲爱的，我还要继续走下去

我还要往上爬

生命对我而言

从来就不是一座水晶的阶梯。

我屈服了！

那时候丹尼尔不过是个热爱冲浪的小孩，现在他可是身负重任的成人了，他在世界职业冲浪选手中排名第二十五。

我在远方的城市教导听众一个重要的原则，而就在我家后院，我受到了这个原则的考验，这原则就是："热爱某种东西的人会拥抱他们所喜爱的，而且从不放弃。"

（美）丹妮尔·肯尼迪

❦

纯真的情感

清晨，火车车轮的当当声把我从睡梦中惊醒过来，我躺着倾听金属摩擦的声音，随着它的接近、奔驰和远去，我的思绪跟着飞回我童年的40年代。

国家当时正值内忧外患，战争时候的工厂孕育了美国的经济，而发生在欧洲的暴行所产生的不安和恐惧让人民心里也蒙上一层阴影。

那一段过渡时期是紧张且痛苦的：我们被列为二等公民，不能和其他的美国人一起平起平坐，也不能一同吃饭。

然而，当时我还是小女孩，我在家人的爱和保护下，不被社会阶层的歧视所影响，仍然满心喜悦地出外度假。

妈妈为我们准备了便当，小心地把薯条和面包用餐巾包好，并且放在一个棕色纸袋子里，她还准备另外一袋，把一些芹菜和红萝卜与水果合并在一起，一块厚实美味的蛋糕则装在第三袋。妈妈把所有的袋子都用餐巾包好装进行李箱内，然后打上一个结，因为行李箱的锁坏掉了，任何人都可以很轻易地就把它撬开。

我很喜欢火车摇摇晃晃的感觉，我在通道上走来走去玩着，当火车倾斜时，我靠到别人的膝盖，让自己取得平衡。我和坐在隔壁的乘客聊起我的旅游计划：拜访表哥、摘樱桃、挤牛奶、追小猪，还有爱抚小猫、小鸡等，每一年暑假，我都经历了城市女孩一年一次的乡村之旅，妈妈最后要求我坐下，陪我一起读我很喜欢且每次旅游都会带的故事书。

列车员过来检票并问我几岁。

我回答他："我7岁，而且将在丹马克的外婆家过生日。"列车员径自点点头，他用有趣的表情听着我说的旅游计划。

然后他说："你们必须在雷利站换车，这班火车并不到达丹马克。"

妈妈显得很沮丧，"但是我们买的是直达火车票。"她说，她的声音有点紧张地颤抖，"我们被告知不能像往常那样到南加州，必须在华盛顿换车。"

"是没错，有一些车是有直达，但是这班火车恰巧是要在雷利站停车并转往别的方向行驶，你们必须在那里换车，并且从华盛顿搭下一班车。你们必须在车站内停留约两小时。"列车员说完，就往前走继续查票。

他看我妈妈脸上皱成一团的表情和尽量控制不让眼泪流下来的样子，把脸转过去叹了一口气，然后向不远处的列车长走去，从列车长投过来的同情的目光中我看到了一丝希望。

妈妈一点都不喜欢坐在两边都被涂鸦的站台边等两小时的提议，她带着强烈的排斥情绪走进隔离室，那里似乎从没见过一把扫帚或拖把，加上空气不流通的关系，隔离室里充斥着一个星期或一个月或一年长期旅行者的汗臭味，妈妈知道那里一定很肮脏，冲击她教育小孩爱干净的观念，两小时对她来讲像是两天，想到就让她心情很烦乱。

我盯着妈妈看了一会儿，然后把脸朝向窗外，静静地观赏沿途的风景，我变得很安静且心不在焉，妈妈还以为我在打瞌睡。

火车继续它的旅程，穿过南加州，经过彼得堡和雷克蒙站，并渐渐靠近雷利。妈妈开始收拾行李，把我们所有的东西都聚集在一起，以方便提下车。我很闲适地坐在一边，并没有过去帮忙的意思。

"你最好把东西准备好，"妈妈说，"我们很快就要到雷利站了，到时候你会来不及拿东西。"

然而，当火车减速慢慢靠站时，我还是继续坐在位子上。

"亲爱的，快点！"妈妈催促我，她的声音变得有些尖锐。

"不，妈妈，"我告诉她，"我有预感我们不需要换车，我已经跟上帝祷告过了。"

妈妈看起来快哭了，她不知道该怎么劝我。

列车长沿着车厢走过来，一边高喊："雷利到了！雷利到了！这一站就是雷利！"然后他走向正在背起包包的妈妈说，"你和你女儿可以继续留在车上，行程有变，我们决定让这班车走完全程，你们只要舒舒服服地坐下来，就可以直达目地。"说完冲我微笑着眨眨眼，我会心地一笑。

妈妈不可思议地看着我，我开心地上下扭动身体，大声地说："我就知道，我告诉过你我知道，因为我跟上帝祈祷过了。"

❦❦❦

鲁彼的秘密

那是在1945年，12岁的鲁彼在一家商店橱窗前看到一样东西，一件令他心动的东西。那上面清楚地标着价格：5美元。5美元，对于小鲁彼而言可是一大笔钱。它足够全家人一星期买日用杂货的开支了。

他不敢向父亲要钱。全家就靠父亲马科·伊力在加拿大纽芬兰的罗伯特海湾捕鱼维持生计。

而母亲多拉也是终日在为她的五个孩子的衣食操劳着。

尽管如此，鲁彼还是推开了商店那扇岁月久远的门走了进去，穿着那面粉袋改做的衬衫和那洗得已经发白的裤子，自豪地、笔直地站着，告诉店主他想要的东西。并恳切地说："我现在还没有足够的钱，您能为我保留一些日子吗？"

"我尽量吧，"店主微笑着说，"这儿的人通常不会有钱花到这方面来，保留一段时间——估计没问题。"

鲁彼充满感激地用手碰了碰他的破帽子，走出店外，沐浴在阳光下，微风吹得罗伯特海湾的海水泛起阵阵涟漪。这一切多美呵！鲁彼大踏步地走着，心中藏着那个愿望！他要筹足那5美元，并且不让任何人知道。

鲁彼听到了小街传来的铁锤声，心里忽然有了个主意。他顺着那声音跑过去，来到了一处建筑工地前，罗伯特海湾的人们喜欢自己建造房屋，他们使用从附近工厂里买来的用麻袋装着的钉子，有时麻袋被匆忙地丢弃了。鲁彼知道工厂回收这种麻袋，每个5美分。

那天，他找到了两个麻袋，拿到锯木厂装钉工人那儿，换回了两个5美分的硬币。鲁彼一直跑了2公里，到家时还紧紧地攥着它们。

鲁彼家的房子旁有一个古老的谷仓，那里养着山羊和小鸡。在那里，鲁彼找到了一个生锈的小苏打铁罐，他虔诚地将两枚硬币放在里面，然后爬上谷仓的楼板，把钱罐藏在一堆香草下面。

晚饭时分，鲁彼跨进家门，父亲正坐在厨房饭桌旁摆弄他的鱼网，母亲多拉在厨房炉边忙碌着，准备开饭。鲁彼拣了个凳子在饭桌旁坐了下来。他看着母亲微笑了。窗户透进的些许夕阳照在母亲披肩的金发上，看上去修长而美丽。她是这个家的核心，是让这个家的所有成员凝聚在一起的黏合剂啊！

母亲的家务事似乎永远也没个完。日复一日。在那破旧的缝纫机上为我们缝缝补补；在那低矮的厨房里为我们做饭、烤面包；在自己开辟的土地上侍弄菜园；还要挤羊奶，在搓衣板上搓洗全家人那带着泥巴的衣裳。可母亲分明是快乐的！她对生活没有太大的奢望——全家人健康、幸福就是她唯一的也是最大的企盼了。

每天放学，做完家务事后，鲁彼就在小镇的建筑工地上搜寻麻袋。转眼夏季来临，鲁彼就读的那所只有两间教室的学校就要放假了，鲁彼心里比谁都高兴。因为这样会有更多的时间让他来实现心中的愿望。

整整一个夏季，鲁彼除了做家务事——锄草、砍柴、挑水、浇水之外，始终不曾忘记他心中的那个秘密使命。

时间过得真快，收获季节到来了，家里腌制了蔬菜，还贮藏了粮食。学校也开学了，树叶纷纷落下，风也变得寒冷起来。鲁彼在街头游荡，努力地寻找着对他来说无异于珍宝的麻袋。

他又冷又累又饿。是橱窗的那件东西，是那个心中藏匿的美好愿望支撑着他！每当回得较晚时，母亲会急切地问："鲁彼，你去哪啦？我们等你吃饭呢？"

"玩去了，妈妈，对不起！"

母亲在这时候总会看着他的脸，摇摇头——这孩子真贪玩！

明媚的春天终于来了。万物复苏，大地一派生机。鲁彼的精神也随之高涨起来，是时候了：

他飞跑到谷仓，爬上草垛，打开铁罐。倒出所有的硬币清点起来。

数了一遍，又数了一遍。还是差20差分。镇上还会有麻袋捡吗？

他明白，在那一天到来之前他必须再找到四个麻袋。他没有多想，就一头又扎进沃特街。

当工厂厂房的影子被夕阳拉得老长的时候，鲁彼气喘吁吁地到了，不巧正碰上收袋工人关门。

"先生！先生！请不要关门。"那工人闻声转过身来，看到了浑身脏兮兮、汗涔涔的小鲁彼。

"明天再来吧，孩子！"

"求求您了！先生。我现在就想卖给您！"他听出了男孩声音里的哭腔，看到了他眼中的泪光。

"你为什么这么急需这些钱呢？"

"这是秘密！"

那人收了四个麻袋，伸进口袋掏出四个硬币放在鲁彼的手心里，鲁彼轻声说了谢谢，飞跑回家。

他紧紧地把钱罐抱在胸前，向商店跑去。

"我有钱了！"他一字一顿地告诉那个店主。

店主走向橱窗，为他拿来那梦寐以求的东西，掸去灰尘，用纸小心地包好，放在鲁彼的手中。

鲁彼兴奋得一路小跑回家，闯进家门，母亲正在厨房擦炉子。"看！妈妈，看！"鲁彼欢快地叫着，跳到母亲身旁，把包裹起来的小盒子郑重地放在母亲那由于日夜操劳已变粗糙的手上。

母亲小心地打开包装。一个蓝色天鹅绒的首饰盒立刻映入眼帘。

她打开盒盖，泪水顿时模糊了双眼。

在那小巧的扁桃状的胸针上烫着一个金色耀眼的字：Mother

那是1946年的母亲节！

多拉从来没有收到过这样的礼物，除了结婚戒指外，她没有什么装饰品。看着这可爱的礼物，母亲无言以对，只是欣慰地笑着，一把将儿子搂在怀里！

1947年马科·伊力到了多伦多，多拉与孩子继续住在罗伯特海湾。两年后，家里经济状况好转，一家人才得以到多伦多团聚。

1983年时，多拉去世了，享年70岁。在她弥留之际，她把最有价值的财产给了儿子鲁彼。如今的鲁彼是一位年逾70，有两个儿子，五个孙儿的老人了，他从钟爱的房地产业中退下来，居住在蒙大拿州。他的妻子常常说道：鲁彼似乎从来未变过，还像那个给母亲送胸针的可爱的小男孩。

每每忆起母亲，鲁彼总是眼睛湿润。"她是世界上最美丽的人！"他常常这样说。

铃兰花

　　紧挨着我们家的地头有一块怕人的、黑黢黢的洼地，大家都管它叫"地狱"。它三面由陡坡环绕，活像一口深锅，只有一个隐没在晦暗、神秘的密林里的出口。山坡上长满了杂乱的灌木、黄檗、千金榆幼树、乌荆子、野樱桃树和一些乱七八糟的玩意儿。林丛间荒草蔓生，它们只宜于作羊饲料。在这里你可以找到扫石南、蕨草、木贼、藜芦和其他一些无用的野草。"地狱"里人迹罕至，阴阴森森，人们来到这里，心都会不由自主地紧缩起来。那里唯一有生命的东西是一眼泉水，它从洼地底层布满青苔的山岩下涌出来，经过一段不长的曲折流程，流到外边的广阔天地里，然后在那里消失。泉水的淙淙声响彻整个洼地。这种水流的喧闹声被三面陡坡折回来，在森林中回荡，变得更响了。溪流日夜不息的声响给这个阴森可怖的地方蒙上了更神秘的色彩。

　　乍一看，你会觉得从这样的地方不会有任何收益，父亲白白地租了这块地。说真的，"地狱"确实没有什么大作用，不过偶尔从那里能割来一两车垫牲畜栏的干草。父亲急需连枷杆和耙子把时，也到"地狱"去找。用"地狱"的千金榆作连枷杆，或用黄檗作耙齿，比其他地方的更结实耐用。

　　不过，那地方还是用来放牧最理想。"地狱"里的草虽然长得不高，但多汁，牲口很乐意吃。

　　我打从记事的时候开始就害怕这个地方。这首先应该归咎于它的名称。当父母对我进行基督教的启蒙教育时，我便从他们那里听说过地狱；当我扯着母亲的长裙上教堂的时候，教堂里也谈到过地狱。在我幼小的心灵中，我们当地的"地狱"简直和真正的地狱一模一样，只不过在它的深处少一堆不熄灭的大火罢了。我总觉得我们的这块洼地有点像真正地狱的入口，有一扇暗门直通到里面，这扇门不是隐藏在洼地的底部，便是在出口处林木丛生的沟谷里。我每次总是恐惧万端地走近这个地方，然后又尽快跑开。

　　有那么一次，那时候我还不到六岁，父亲要我到那里去放牧。这对我真是一个非常可怕的考验，因为在这之前我还从未独自一人去过那里。当时我真想大哭一场。父亲看出了这一点，他笑了笑，给我打气说："这个'地狱'里没有鬼。快去吧！"

母亲心疼我，赶紧来安慰我。"你没看见吗，他怕'地狱'呀！"她对父亲说。

然而，我并没有因此而得到怜悯。我只好赶着牲口，尽量放慢脚步，一点点走近这个可怕的地方。我本来打算把牲口停留在山坡上，这不过是枉费心机。一瞬间牲口群便隐没在洼地里了。我无可奈何，只好跟着下去，生怕那几头母牛会从沟谷走进树林里去。

我就这样战战兢兢地在"地狱"的底部坐下来，也不敢回头好好地看看四周。响彻着整个洼地的淙淙声使我觉得好像有人在耍妖术。这里没有任何东西能使我高兴，纵然我喜欢家乡的涓涓溪流，常常在上面修筑水坝和磨坊，然而这小溪也不能给我带来欢乐。我越来越害怕，都被吓呆了，终于控制不住，大声哭叫着从这里跑开了。跑到上面我还收不住脚步，一直顺着田野，泪流满面地朝父母正在耕种的地头跑去。

"出什么事了？"父亲大吃一惊。

"牲口不见了，所有的牲口……"

父亲的脸色陡然变得铁青，接着温和地挥了挥手说："没什么大不了的事。我们一起去看看。"

我怀着沉重而内疚的心情跟在父亲背后，慢吞吞地向"地狱"走去。来到可以看到整个洼地的坡坎上，父亲一眼就看到这个小小的畜群还在低处。他十分惊讶地收住脚步，开始点数："一、二、三……九……"九头牲口都在下面老老实实地吃青草。

"你这是怎么搞的，做梦了吧，小伙子？"父亲觉得很奇怪。但刹那间他像是悟出了我撒谎的缘由，怒气冲冲地一把揪住我的头发，顺势往坡下一推，我便朝下滚去。

"你撒谎，就叫你入地狱！"

我好不容易才听出父亲说了些什么，因为恐惧又攫住了我的心。我号啕大哭，把眼泪都哭干了，但是浑身仍哆嗦了好一阵，一直也平静不下来。我睁着一双哭肿了的眼睛，看见牲口也都抬起头，在莫名其妙地看我。被父亲戳穿的谎言使我不能平静。我又可怜，又感到绝望，只好揪着心等待回家时刻的到来。离天黑还有很长时间，我把畜群从低处赶到坡上，在那里一直等到夜幕降临"地狱"的阴森森的底层。

回到家的时候，我哭成了个泪人儿，狼狈得很。父亲笑了，母亲却说："以后你不要再叫他去'地狱'了，他年纪还小呢，要是吓出毛病来，一辈子可就成了傻瓜。"

打这以后，果真不再叫我到"地狱"去放牧了。不过我对这个地方依旧像当初那样惧怕。

有一次，正好是星期六黄昏，父母坐在我们家的门槛上，若有所思地翘首望着春天晴朗的天空，母亲深深地叹了口气说："哎呀，我真想明天带一束铃兰上教堂，可惜哪里也找不着。"

"是呀，眼下找铃兰是晚了一点。要有也就是在'地狱'里了。"

一听到"地狱"这两个字，我全身不禁打了个寒战。我好容易等到父母起身闩门，然后上床睡觉。夜里我久久不能入眠，这个可怕的地方老在我眼前浮现。在我内心深处却回响着母亲的叹息声。铃兰花和"地狱"，这是多么不相容的两件事物啊！我特别喜欢铃兰，寻遍了我家前后的所有坡地和沟谷。可我却不知道它们也长在"地狱"里。

早上我起得格外早。准是我在梦里出过大汗，所以身子还是湿淋淋的。我通常都是一早就去放牧。天天早上都要别人把我叫醒，然后把我从被窝里拽出来。今天我可是自己起的床。踮着脚就出了家门。父亲和母亲还在酣睡，因为今天是星期日。

我来到了院子里站下，仿佛还处在半睡不醒的状态之中，充满了一种惬意而奇妙的责任感，尽管这对我还是下意识的感觉。春日的早晨已经到来。真正的夏天也不远了。远方的波霍尔耶山背后，火红的朝霞烧红了半爿天，朝阳眼瞅着就要擦出它圆圆的脸蛋了。阳光照到佩查山顶，给它抹上了一层绛紫色。青草、树木和灌木林上都披覆着露水，它们现在还只是忽闪忽闪地微微发亮，等到旭日东升，它们在阳光下黄澄澄的像金粒和珍珠那样闪光时，又会有另外一番景象。远方的晨雾缓缓移动，仿佛大自然背负着沉沉的重担。

蓦地，恰似有一股神奇的力量使我又重新迈开步子，穿过地头，径直向"地狱"走去。我从坡坎上恐惧地往昏暗的洼地瞥了一眼，为了不看它，就紧闭着双眼往下走，心里盘算着在底部的山岩旁一定会找到铃兰花。一直走到了底部，我才睁开眼睛。

我看见了许多芬芳馥郁的铃兰花，于是动手大把大把地采起来。就是在这种情况下，也没有向四周张望的勇气。我怀着一种兴奋而难过的心情，谛听着潺潺的流水，和它那叫人不寒而栗的回声，这声音在清晨的宁静里听起来比平日更响。我捧了一大把铃兰花，赶紧走出了"地狱"。我一口气往家里跑去，等跑到家，刚赶上母亲正要出门。

这时，天边的红日已经把它的第一束光辉投进我们家的院子，把院子装扮得绚丽多彩。母亲仁立在霞光里，周身通红，漂亮极了，犹如下凡的天仙。我捧着铃兰向她跑去，一边还得意地大喊着："妈妈，妈妈……铃兰……"

我沉浸在幸福和无限喜悦之中，更显得容光焕发。

母亲的脸上也漾起了欣喜的微笑；她满心高兴地伸手接过花束，捧到脸边。但在吸进那浓郁而清新的花香之前，她先看了看我。

"你为什么哭，我的孩子？……"

我刚才因为害怕而涌出的大颗泪珠还噙在眼里，但陶醉在胜利之中竟把它忘得一干二净了。

母亲猜到了我的壮举，她慈祥而温和地摸了摸我的头。

（南斯拉夫）普·沃兰兹

心灵创可贴 | STORY

闲聊

我们是在一个为残障孩子的父母组织的援助小组里相识的。在作自我介绍的那天晚上，一个又一个家长讲述着关于他们孩子的诊断情况、不确定的未来以及父母与孩子所面临的困境，全都是些令人心碎的故事。

我讲到自己15个月大的女儿梅雷迪丝。她不会说话，几乎不能爬，更不要说走路了，而且情况正变得越来越糟。考虑到帮助女儿学走路和说话是比事业发展更重要的事，我决定不再争取主管的职位，并辞掉了我在报社的工作。我感到十分孤独和沮丧。我的朋友们都不知道该用什么方式来帮助我才好，所以他们只好各自继续发展了。每次看着别的孩子都能够又跑又说，而我的女儿却只能默默挣扎着一点点地移动，我总是禁不住泪流满面。

当我将心中的话倾吐给这个援助小组的时候，大家都十分同情地不住点头。在另外两个人的介绍之后，轮到了托妮，她有一对双胞胎。她告诉我们，她的女儿麦迪逊有语言障碍，而她的儿子格里芬则患有自闭症。她向我们描述了一个需要时时被照看的小男孩。他会在全家人聚在一起的时候逃离众人的视线，一路啃着木头。他还酷爱以闪电般的速度狂奔，而且通常是一丝不挂。有一次，他被发现光着身子躲在邻居的小货车中。托妮是家中的主要经济支柱。她那个歌手兼歌曲创作者兼木匠的丈夫将大部分时间都倾注在了他的音乐上，全家的生活只能依靠托妮在州立机构工作的薪水来支撑，他们的日子经常是捉襟见肘。但是，在她给大家讲述自己故事的时候，却在其中倾注了一些幽默的成分。很显然，不管怎么说，她还是在痛苦中找到了快乐，在困难中看到了希望。我知道我找到了一个可以交心朋友。

托妮和我开始在小组活动之外进行交往，我们共同分担对方的痛苦，分享彼此的愉悦，不论是多么细微的感受，我们总是一起笑，一起哭。夏天结束的时候，援助小组的活动结束了，我们继续在电话里交谈并时常见面。一天晚上，我们喝着果汁，花了3小时了解对方，两人轮流用20分钟的时间作自我介绍。首先是我说，然后是托妮。在我们马拉松式的交谈接近尾声的时候，我们都对两个人能够相识并成为朋友而感到惊奇。

我是一个有信托基金支持的女大学生联谊会的成员，曾经在得克萨斯州的社交界崭露头角。当然了，我解释道，没有其他哪个地方初入某种场合时会像我们那样行礼——"亲爱的，我们行的是得克萨斯式的礼，180度的大鞠躬，头几乎会碰到地板上。"要想成功地应付这样的场面不但要有风度、有力量，还要有理智做保障。我嫁给了一个律师，我们住在山区，车库里有一辆本田，还有一辆福特"探险家"。

托妮向我讲述了她的古巴血统，她作为在美国奋斗的家族中的第一代的故事，
以及她在一些当地的演出中担任主角的情况。当她遇见现在的丈夫比利时，她已经和另外一个男人订了婚。但是她不顾一切地取消了婚约，然后与比利搬到了麦迪逊。不久以后，他们又搬回了奥斯汀，那时托妮已经怀上了双胞胎。

我的新朋友对诗歌和戏剧十分钟爱，我则有一本专门记录自己为了梅雷迪丝而努力的日志；托妮和朋友打招呼的时候总是伴以一吻，我则只是矜持地与对方握握手。我们住在城市的两边，并且以完全不同的方式生活着。但是我们都喜欢巧克力，我们也都深爱着自己的孩子。不管是出于什么原因，总之我们被命运带到了一起——而且很快地，我们的丈夫们也加入到我们的小圈子里。

在相识的几个月以后，我们都爱弹吉他的丈夫聚在了一起，很快我丈夫吉姆就和比利同台演出了。通常在爵士乐音乐会上我总是满足于坐在椅子上听，托妮则使我摘下矜持的面具和她一起跳舞。她还喜欢调情。我已经30多岁了，在很久之前就已经忘记了该如何让一个陌生的男人请我喝一杯，但是托妮可不是这样。我喜欢看她和那

些孤独的牛仔们一起跳舞，也喜欢看她用那双深棕色的眼睛引诱酒吧招待给她免费的饮料。我仍在努力摆脱自己职业女性的形象，托妮则已经反璞归真了。我要让自己彻底改变。我们一起跳舞、谈天，一起开怀大笑，有时候我们会暂时忘却自己烦恼的生活……几乎全然忘记。

就好像是一只野餐会上挥之不去的苍蝇，我们对孩子的焦虑从来都没有消失过，有时只是不表现出来，但更多的时候，这种焦虑就写在脸上。很多次我们一起抱头痛哭。有些特别的日子我们也会共同庆祝——比如在麦迪逊开始能够与人交谈而不再被认为有语言障碍的时候。然后有一天，托妮的儿子格里芬和我的女儿梅雷迪丝有了默契。我们不知道那天在地板上，他们的脑袋凑在一起四目相对时，两个孩子在他们无声的世界里都交流了些什么，我们只知道突然间他们两个都笑了起来。那一天给充满了不确定因素的黑暗日子点燃了希望的火花。

当援助小组在另一个夏季重新组织活动的时候，我们都决定回去参加。小组建在一个残障儿童学校里，这里的孩子有些已经危在旦夕了。在每次小组开会之前，托妮和我总是坐在学校后院一个美丽的纪念园中聊天。在其他人喝咖啡的时候，我们则一同坐在那些给孩子们准备的小板凳上交谈，那些小凳的小主人们通常都活不到三岁。我们生活在一个多么奇怪的世界里啊！

几年过去了，我又生了一个孩子，而托妮却在办理离婚，所以我们不再去爵士乐音乐会跳舞了。尽管我们不能像从前一样经常见面，托妮仍是我精神上的指引者。

在城市的另一边，她还在州立机构中工作，还在照顾着那个已经开始会说话的可怜的小男孩。我仍待在家里，研究并寻找一切能够帮助我四岁的女儿走路和说话的治疗方法。托妮和我经常通电子邮件、打电话，还会偶尔在星期天见上一面。

托妮仍是我最希望能够陪在我身边的那种朋友，她的幽默感让我感到生活充满了光明。但是当我给她读那些写到她的那部分日志时她却从来也不笑，尽管她还在写诗。

有一天晚上，我去看她参加的一个"诗歌大满贯"比赛。这里并没有多少人是在背诗，因为参加者都是些经历丰富的人。有时候表演很滑稽，有时候则让人伤感落泪。在舞台明亮的灯光下，我看不清托妮的脸，但是当她清了清嗓子，开始朗诵她那首题为"无言"的诗时，她那件红色外套却在台上十分醒目。她向人们讲述了格里芬那无声的内心世界。大家听到的也许是一个用诗歌的韵律对自闭症所作的讲解，我脑海中浮现出的却是关于托妮和我与孩子们所经历的每一幕。

在另一首诗中，她讲到了自己婚姻的结束，我感到就好像是一屋子的陌生人在倾听我们两个人在那些午后、托妮家里进行的谈话。她讲到她前夫在他的新版CD中描写她的歌曲，我的泪水不由夺眶而出。

表演结束后，她回到我们的桌前，靠近我问道："我是不是把你感动坏了？"我们一边笑着一边走向吧台。我们曾在那里随着她丈夫写的歌曲翩翩起舞，一起度过了无数个美好的夜晚。这一次，我们不打算跳舞。我们只是两个母亲、两个朋友，在闲聊中彼此安慰。

我的自信罐

初识凯伦时，我的第一个孩子刚满八个月，她的孩子恰好也一般大。我丈夫在教堂做牧师，而她是那里新来的教徒。很快，我们就发现彼此有许多相似之处：都对蓝色情有独钟，喜欢读朦胧的赞美诗，结婚时请的婚礼乐队都差不多，而且有共同的信仰。

作为牧师的妻子，我通常对教徒很友好，但很少与他们深交。可是我和凯伦却一见如故，那种难以言传的默契与灵犀相通使我意识到，她将成为我未来岁月里最值得信赖的人。

随着岁月的流逝，我们的友情不断加深。我和她的生活有很多相似之处，凯伦的三个孩子和我的三个孩子相继出生，生日相差都不到两个星期。我们的友谊与我们的家庭成员一同成长，怀孕时的妊娠反应以及新生儿的种种病症都成了与这份友谊分不开的一段段记忆。我们两人的丈夫都常常工作到很晚，没有时间陪我们，所以我和凯伦经常在电话里聊天，这甚至成为我们每天不可或缺的生活内容了。这样的联系让我们的生活充满了笑语欢声。我们互相安慰，互相支持，无论生活中有什么难关都能携手度过。

在我的第三个孩子即将出生之际，我丈夫被调往另一个城市工作，我们全家都得搬过去。与凯伦分别真的很难，但我坚信我们的友情会以某种方式持续下去。我们都负担不起天天打长途电话的费用，所以凯伦建议每天让铃声"响一次"。每天下午孩子们睡着以后，我会为自己泡杯茶，然后打电话给凯伦，铃声响一次后就挂机。这时凯伦也会准备好她的茶，给我打电话，同样是只让铃声响一次。我们虽然不能交谈，但通过这种方式仍然可以在同一时间里一起喝茶。

在那段时间里，我的第二个孩子总是不肯睡觉。想想吧，家里有个四岁大的孩子整日玩闹，一个十九个月大的孩子则整夜尖叫，还有一个婴儿需要不断喂奶。我真是困极了，一想到睡觉就像饥饿的人想到食物一样。长期的睡眠不足使我无法以正常的心态看待周围的世界，看待我自己。我不能清醒地思考，不知如何摆脱困境。这种生活使我的左脸痉挛长达两年之久。

凯伦给不了我睡眠时间，也不能帮我照顾孩子，但她用两件体贴的礼物使我的精神重新振作了起来。第一件是她邮寄来的一个漂亮的印花大杯子，里面装满了我最喜欢喝的茶。她在每个茶袋的包装纸上都写上了《圣经》里关于希望和鼓励的诗句，这样我就可以在我们"一起"喝茶时读一读，让自己的情绪好起来。

几个月之后，凯伦的丈夫到我居住的城市出差，给我带来了另外一件礼物。那是一个装饰得很漂亮的一夸脱大小的陶瓷容器，上面贴着一个标签："西格的自信罐。需要时用。"这是当我怀疑自己或感到孤独时的良药。罐子里面装着用浅蓝色纸条卷成的纸卷，只有药片大小。每一个纸卷内都有她写给我的一句话。这样的纸卷足足有几十个。

上帝微笑着送给我一件名叫"西格"的特殊礼物。

我珍视你的友谊。

我希望住在离你的厨房100英尺远的地方。

你正抚育着对生活充满自信和热情的孩子们。

你有好客的天赋。

我欣赏你的执著。

你是我愿意一起在一家百货公司转上一整天的那个人，只要这家公司有日间托儿所和德国咖啡店。

我真的相信你能做好任何你想做的事。

每个有着漂亮字迹的浅蓝色"药片"都在试图告诉我：我是特殊的，我拥有与众不同的礼物，我被别人爱着。我一边读一边笑，忍不住哭了起来。收到礼物的第一晚，我几乎"用药过量"。我把罐子放在厨房里，只要我的脸一开始痉挛，随手就可以够到它。

十五年过去了，我的自信罐仍然摆在我的厨房最醒目的位置上，在我的心里，它也始终占据着一个特殊的位置。我不再像以前那样经常用到它，显然，友情的魔力已经帮我重新建立了自信。我的脸只在没有休息好时才会痉挛，而且只要我把手伸进自信罐，就会很快地好转。

我现在做全职工作，所以不能再和凯伦像从前那样每天让铃声"响一次"了，但我们会偶尔通一个电话互相问候。她和她的家人最近曾来我家做客，我们泡上热气腾腾的茶，一起回忆逝去的美好时间，谈论未来。

我们把各自十几岁的孩子们叫进屋里，要他们向我们保证，当我和凯伦老得不能自己作决定时，他们要把我们送进同一家老人院。他们天真地同意了。

之后我们才想起来，我们的计划漏掉了丈夫们，他们两个也是好朋友。因此我们决定，等到那时让他们也加入到我们当中来。

双赢的谈判

佛罗伦斯·丽特的女儿玛瑞塔13岁时，那时的年轻人正流行穿着染得花花绿绿的T恤和磨得破破烂烂的牛仔裤。

有一天她见到女儿站在门外，用泥土和石头猛擦新牛仔裤的裤脚。丽特心想："天呀！这可是我用钱买来的新裤子，你居然这样糟蹋！"她立刻飞奔出去阻止女儿，然后又搬出"我幼年如何清苦过日，你现在却如此不爱惜"的老调，对她说教了一番。

没想到这孩子仍是不为所动，继续低着头使劲地擦着。丽特问她为何要把新牛仔裤弄成这样。

玛瑞塔一副理所当然的语气回答："我就是不能穿新的嘛！"

"为什么不能？"

"不能就是不能，一定要弄旧才能穿出门。"

这是哪里的逻辑呀？新的裤子不能穿，非要搞得像块烂布才行！丽特感到难以理解。

每天早上女儿上学前，丽特总会盯着她一身打扮，然后叹口气："我的女儿居然穿成这副德行。"

玛瑞塔身上挂着她爸那件旧T恤，上面染满了蓝色的圆点和条纹。而那条牛仔裤更是令人目不忍睹，低腰，裤身紧得像包粽子；裤管经过她的"加工"，多了一把须须。她走路时，须须便在后面拖呀拖的。

然而，有一天玛瑞塔上学后，丽特突然想到："每天早晨女儿出门时，你都对她说了什么？'我女儿居然穿成这副德行。'当她到学校和朋友们谈起整日唠叨的古板老妈时，她可有得讲了。你看过其他的初中女孩穿成什么样子吗？何不亲自去瞧瞧呢。"

那天，丽特果真开车去接女儿回来，以便观察其他女孩的穿着。结果发现穿得比女儿更"惊世骇俗"的大有人在。

回家的路上，丽特向玛瑞塔表示：也许自己对"牛仔裤事件"反应过度了些。她趁机跟女儿提出条件："现在起，你去上学或和朋友出去玩，爱穿什么随你的意，我不过问。"

"太好了！"

"不过你跟我一起逛街，或拜访长辈时，你得要乖乖地穿些像样点的衣服。"

她没搭腔，显然是有些考虑。

丽特继续说："这样做你只需让步百分之一，我却得退百分之九十九，你说谁比较划算？"

她听了之后，眼睛一亮，然后伸出手来跟丽特握了握："妈，就这么说定了。"

从此之后，丽特每早快快乐乐送女儿出门，对她的衣服不再啰唆半句；而女儿和丽特一起出去时，也会自动装扮得很得体。这个协定让她们母女皆大欢喜。

镜子的后面

当我还是个小女孩时，我们住在纽约，离外祖父母家只有一条街的距离。每天早上，我外祖父都会去散步运动，如果是夏天，我就会跟他一道去。

有一天下午，当我和外祖父一起散步时，我问他从他还是小男孩时到现在1946年有什么不同？他告诉我抽水马桶取代了茅草屋、车子取代了马、电话取代了信、电灯取代了蜡烛等，他告诉我很多我从来没想过的生活必需品以前的风貌。我的思绪跟着他游荡着，然后我问他："外公，什么是你一辈子中最难熬的事？"

外公突然停下脚步，望着远处发呆，有几分钟都没有说话。然后他蹲下来，握着我的手，眼中含着泪告诉我："当你妈妈和舅舅小的时候，你外婆生了一场大病，为了治好她必须让她长期住在疗养院，而我要工作养家，因此没有时间照顾你妈和舅舅们，只好把他们暂时送到孤儿院去，由修女照顾他们，而我则日以继夜忙二到三个工作，只希望能早点接大家回家团聚。

"最难过的是我必须把他们放到孤儿院去，我每个礼拜都会去看他们，但是修女不准我见他们或抱他们，修女只准我从一面只有外面看得到，而里面看不到的镜子后面看他们。而为了让他们知道我去看过他们，每次去我都还特地带了糖果，希望修女能转交给他们，让他们知道。每次去看他们，我都会把双手放在镜子上整整30分钟，希望他们能摸到我的手。

"这样的情况持续一整年，我只能看他们却无法接触到他们，我想他们想得都快发狂。我知道那一年对他们而言也是很难熬的，我永远都无法原谅自己没有让修女准许我去抱他们，可是她们告诉我见了比不见对小孩的伤害更大，所以我也只好听命照做。"

我以前从没见过外公哭，他紧紧抱住我，我告诉他我有世界上最好的外公，而且我爱他。

15年过去了，我从来没有跟任何人提过这件事，我和外公继续一起散步好几年，直到我的家人和外祖父母搬到不同的州。

后来我外婆过世，外公因沮丧过度得了失忆症，我要求妈妈邀请外公搬来和我们一起住，但是妈妈拒绝了！我不死心，且不断告诉她："为他作最好的安排是家人应尽的义务。"

在一阵犹豫后，她才痛苦地回答道："为什么？他从来就没有关心过发生在我们身上的事。"

我知道她指的是什么，然后我告诉她说："外公一直都很关心你们而且爱你们。"

我的妈妈回应我说："你根本就不知道你在说什么。"

我接着说："他最难过的事就是把你和舅舅们放到孤儿院去。"

妈妈惊讶地问我："你怎么知道？"因为她从来没有和我谈论过那段岁月。

我说："妈妈，当时外公每个礼拜都去看你们，但是修女只准他在一面外面看得到、里面看不到的镜子后面看你们，而且他每个礼拜都一定会带着糖果去，他也很恨那一整年他都不能摸摸你们。"

"你骗我！你外公根本没去看过我们，从来没有人去看过我们！"妈妈说。

"如果他没去过，他为何能知道这些事呢？我又如何能知道这些事呢？他真的去看过你们，但是修女不让他和你们接触，因为她们告诉外公如果见面后，在他要离开时，只会让你们更难过。妈妈，外公真的很爱你们，而且一直都没变。"我说。

外公一直以为他的小孩知道他在镜子后面看着他们，只是没能感觉到他温暖且有力的臂膀，他认为他们没忘了他的到访。同样的，我妈妈和舅舅也一直以为外公从来没有去看过他们。

我告诉妈妈真相后，大大改善了妈妈和外公的关系，妈妈也因此得知她的父亲是一直爱他们的，而且邀外公来和我们一起住，共享天伦之乐。

烦恼树

女儿从因特网传来一个故事，说我一定喜欢。故事是这样的：一个农场主，雇了一个水管工来安装农舍的水管。水管工的运气很糟，头一天，先是因为车子的轮胎爆裂，耽误了一个小时。再就是电钻坏了。最后呢，开来的那辆载重一吨的老爷车趴了窝。他收工后，雇主开车把他送回家去。到了家前，水管工邀请雇主进去坐坐。在门口，满脸晦气的水管工没有马上进去，沉默了一阵子，再伸出双手，抚摸门旁一棵小树的枝丫。待到门打开，水管工笑逐颜开，和两个孩子紧紧拥抱，再给迎上来的妻子一个响亮的吻。在家里，水管工喜气洋洋地招待这位新朋友。雇主离开时，水管工陪他向车子走去。雇主按捺不住好奇心，问："刚才你在门口的动作，有什么用意吗？"水管工爽快地回答："有，这是我的'烦恼树'。我到外头工作，磕磕碰碰，总是有的。可是烦恼不能带进门，这里头有太太和孩子嘛。我就把它们挂在树上，让老天爷管着，明天出门再拿走。奇怪的是，第二天我到树前去，'烦恼'大半都不见了。"

烦恼，谁没有呢？我们所缺的，是"烦恼树"。那么，栽上一棵吧！有的人马上反驳我："想得倒天真，烦恼仿佛钞票似的、垃圾似的，可以卸下来，存进去，或者扔掉。它和快乐、思念、回忆，对已成错误的痛悔，对无法把握的未来的焦虑，纠缠在一起，能单独放下吗？"

我以为，回答这一困扰，不需多少人生的智慧，一点实事求是就行：不把烦恼"挂"在树上，后果怎样？水管工整夜愁眉苦脸，趴着的破车明天还是趴着。所有烦恼，不因他的执著、他的忧虑，减去分毫，却有无穷的害处：他的脾气一定很坏，不愿意和太太说话，不会抱起孩子，用胡子楂把他们扎得哇哇叫，一家子的晚饭桌上没有好气氛。然后，是一个人乃至两个人赌气，争吵，失眠。旧烦恼不去，反衍生新烦恼，岂不是加倍的倒霉？

我们该有一棵"烦恼树"，它，不一定在家门前。可以是无形的，栽在心田一角；可以是有形的：私人日记本上的宣泄，自我的化解和安慰。还有，向亲爱者倾诉，和朋友的交流。对于半夜辗转的无眠人，"烦恼树"是枕边一双倾听的耳朵。对儿女，是亲昵的拥抱。对路上的陌生者，是礼让的手势，关切的眼神，温暖的微笑。

STORY

他们的母亲

约翰·阿什沃思的母亲

100多年以前，在英格兰的罗切德尔居住着一个名叫约翰·阿什沃思的小男孩。他的父亲是一个职业画家。平时他是一个非常慈爱的父亲，但是在喝醉酒时，却是一个非常残忍和自私的人。每当他在星期六拿到了一周的工资时，他就会到酒吧大喝一顿，而且经常是喝到工资花光为止。约翰·阿什沃思从来不会忘记父亲挥霍一周的薪水喝得醉醺醺的样子，因为那个形象在他幼小的心灵里留下了痛苦的回忆。

约翰的母亲是一位勤快并经过锻炼的女性。她毫无怨言地忍受着痛苦，在她生活中最重要的职责好像就是不顾一切地爱护她的孩子。她总是让她的孩子在同龄人中保持特有的干净整洁，并受到其他小朋友的尊敬。当然，家里经常会有吃不上饭或穿不上衣服的时候，但是，如果有人挨饿，那个人就首先是她，如果有人穿破旧的衣服，那个人也首先会是她。

有一天晚上，约翰·阿什沃思正在和一群孩子在玩石子。他的母亲来了，并向他招手。他的第一感觉就是想继续玩不理她，但是他发现母亲眼里含着眼泪，于是他二话没说，赶紧放下石头，跟母亲回家了。母亲之所以叫他是因为他只有一件衬衫，而她要给他洗一洗。于是约翰在唯一的衬衫洗过之后只能待在床上了。

约翰·阿什沃思上了一所主日学校，虽然他知道他打着补丁的衣服很寒酸，但他还是很高兴地去上学。这所学校每年举行一次特殊仪式，所有孩子的家长都被邀请来，然后学校给那些在上一年中表现突出的学生颁发奖状。有一个星期天，约翰的老师告诉他，学校将会给他颁发一张这样的奖状。这是他期望已久的事情，他开始想象着自己在众目睽睽之下走上讲台并接受奖状的情景。

这对于约翰来说是一个巨大的好消息；他一想起这事就激动不已。他曾经多次看到其他的孩子得到那样的礼物，并且对他们既嫉妒又羡慕。他赶紧跑回家，用激动得发抖的声音把这个好消息告诉了母亲。奇怪的是，母亲并没有分享他的快乐，反而现出焦虑的神情。她知道约翰的衣服非常寒酸，想到他的儿子不得不穿着破旧的衣服出现在其他衣着光鲜的孩子中间，她的心就在发抖。她抱住约翰，并建议他可否采取默认的方式来接受主日学校老师的颁奖，也就是说，他可否不出席那个颁奖盛会了。约翰不愿意听到那样的安排。他还太小，还不知道他母亲为什么那样焦虑，他决定他要像其他孩子那样接受颁奖；最后他的母亲终于同意了他的想法。

她记得家里有一个旧书包。现在是夏天，她想可以用这个旧书包为约翰做一件夏天的衬衫。

但是还有一个大麻烦，因为书包上印着大大的蓝色的字母"Wool"。这些字迹能洗掉吗？她希望能够洗掉；无论如何她都决定试一试。她不停地又洗又擦，直到那字迹几乎看不出来为止；事实上，那些字迹的确是大大褪色了。上衣做好了，约翰·阿什沃思穿上新衣服高兴极了。

当那个特殊的星期天到来时，教堂里挤满了焦急等待的孩子和他们自豪的家长。女孩儿们都穿上了她们最漂亮的衣服，男孩子们则像一个个光亮的大头针一样干净。大多数孩子今天都换了装束。在他们当中，没有一个人比约翰·阿什沃思更自豪的了，因为他穿着母亲亲手为他缝制的上衣。

首先是男孩子们一个接着一个地被叫上讲台，接着害羞的女孩子们也都上来了。约翰·阿什沃思的名字也被叫到了，他急忙从座位上站起来，走向领奖台。他没有得体的鞋子，而是穿着当时的贫困阶级使用的厚重的木底鞋。当他走到走廊时，他的鞋底发出了响亮的咯嗒声，仿佛是在向别人宣布他的到来。他像其他孩子一样跃上讲台，面对着台下的观众。但是，接下来却发生了一件让约翰·阿什沃思终生难忘的事情。

约翰上衣上的蓝色字母"Wool"虽然已经褪色了，但是并没有像母亲所希望的那样不显眼。

当约翰站在明亮的灯光下时，那些字母就更加清晰可见了。孩子们开始窃窃私语，然后哈哈大笑，最后是哄堂大笑。那些大人们也忍不住对站在讲台上的那个胸前印着"Wool"的小男孩发笑。于是这个6岁的男孩惊恐地望着台下这些嘲笑他的面孔。

一开始，他并不知道发生了什么事。后来他渐渐明白他们都在嘲笑他。他不知道毛病出在哪里，但是他知道一定是他的外表出了问题。在他望着这些笑脸时，他注意到只有一张脸没有笑；那张灰白的脸上正流露着羞耻和悲伤的表情，并且挂满了滚烫的泪珠。那是母亲的脸庞；她正坐在教堂的角落里。虽然约翰当时还是个孩子，但是他能够看得出母亲深切的痛苦。

约翰没有说话；他已经说不出话了。但是他对自己默默地说："我一定有哪个地方不对劲，而这却伤害了我可怜的妈妈。"即便是他也部分地懂得了他们蒙羞和贫困的原因。接着一件奇怪的事情发生了，约翰暂时忘记了那些嘲笑的面孔，在他的内心深处，他作出了一个神圣的决定："啊，上帝，如果我长大成人，我将再也不会让母亲为我感到羞愧了。"

许多年过去了。约翰一直牢记并刻守着那个诺言。他的父亲死了，照看他的母亲成为他一生的主要心愿。约翰·阿什沃思坚强而高尚的品格被众人周知。早在他中年以前，他已经是罗切德尔城里最出名和最受人尊重的人物之一了。他作为主日学校的一名工作者积极努力，他作为每一项慈善事业的领导者尽心尽力。后来，一件让人高兴的事情发生了；他被选为罗切德尔市的市长。在他获得这个高尚的荣誉时，他的母亲仍然健在；这似乎是对那些艰难贫穷的岁月的补偿，让这个可怜的女人在晚年享受一下舒适的生活和伟大的荣耀。约翰·阿什沃思写了一本在当时被广泛阅读的书，书名叫《传奇故事》。那是一本有关他的亲身经历的真实故事集，但是那写出来的故事肯定没有他那纯洁无私的母亲的真实生活更为动人，正是这样一位母亲，带领着他走出一贫如洗的岁月而攀登上荣耀的峰巅。

本杰明·韦斯特的母亲

1745年夏的一天，一个居住在宾夕法尼亚州斯普林菲尔德城附近的7岁的小男孩，应母的要求去照看亲戚家的一个婴儿。母亲交给他一把扇子，让他用扇子赶走婴儿脸上的苍蝇。这个男孩的名字叫本杰明·韦斯特。看起来这个男孩好像并不比其他男孩更喜欢这个婴儿，毫无疑问，当婴儿睡着时，他就解放了。

母亲年轻时的名字叫萨拉·皮尔森。她是一个贵格会信徒的女儿。当她的父辈刚刚来定居时，这里还是一片荒凉的未开垦的土地。后来萨拉·皮尔森也嫁给了一个贵格会信徒。她在那种充满艰难和困苦的日子里——初来定居的人都非常熟悉的日子里，支撑着拥有10个孩子的大家庭，本杰明·韦斯特便是这10个孩子中最小的一个。在他们的住地周围居住着印第安人，但是幸运的是，这些红色人种是非常友好的；事实上，经常有人夸口说，因为贵格会信徒的友善和公平，印第安人没有让我们流一滴血。在与森林里红色人种的接触中，萨拉·韦斯特是尤其走运的一个。

那天，当婴儿睡着了以后，小本杰明·韦斯特被熟睡着的婴儿的异常美丽所吸引了。看起来很奇怪，住在偏僻的森林里的小男孩已经学会喜欢他所看到的美好事物了。在他母亲的鼓励之下，他已经开始画画了。在他旁边的桌子上放着两瓶墨水，一瓶红色的，一瓶蓝色的。本杰明拿出一张纸，迅速地画了一张熟睡的婴儿的素描画。正当他刚刚完成图样时，他的母亲过来了。他努力想把画藏起来，但是她已经看到了，并对它进行了检查。在这一点上，全世界不同时期的母亲都是一样的。萨拉·韦斯特用母亲特有的慈爱目光看了一眼那张画，然后她激动得用颤抖的声音惊叫起来：“哦，天哪，这简直就是小萨莉的照片啊！”然后她搂着本杰明的脖子，亲吻了他；母亲的这一举动肯定对本杰明的一生产生了巨大的影响。许多年以后，当本杰明成为一个著名的画家时，他说：“是母亲的那个吻使我成了画家。”

母亲的鼓励激发了本杰明对绘画的兴趣。居住在附近的印第安人用红色和黄色的油彩来装饰他们的孩子，他们也送给本杰明一些油彩。此外，他的母亲还给了他一些靛青；他很快发现，把黄色和蓝色混合在一起，就会产生绿色，这样他就有四种颜色可以用来画画了，不久他就很顺利地开始他的职业生涯了。

由于居住在偏远的森林里，远离商店，因此他很难获得画笔。他的母亲绞尽脑汁作各种打算，但是还是无法满足他的要求。一天，他想到一个办法，用猫身上的毛做画笔。于是，他试着做了一支，结果还真成功了。但是这支笔不久就用完了，他就又做了一支。这样下来，不久那只猫身上就变得凸一块，凹一块的了。本杰明的父亲感到很奇怪：“我不知道那只猫到底怎么了，所有的毛都被剪掉了。”当他发现这是本杰明的杰作时，他不知道是否该惩罚他的画家儿子，但最后他对本杰明的发明也产生了浓厚的兴趣，本杰明由此避免了惩罚。

但是，真正以各种方式影响并鼓励着本杰明的是他的母亲而不是其他任何人。有一天，当他躲进阁楼里专心致志地画画时，他竟然忘记了上课，甚至忘记了吃饭。本杰明的父亲本来要狠狠地揍他一顿，但是在母亲的保护下，父亲还是原谅了他。“他是一个了不起的孩子。”

母亲一遍一遍地重复着。最后父亲不得不承认，虽然他逃学了，但他确实是一个有绘画天分的孩子。每次有邻居或陌生人到家里来时，母亲总会高兴地把本杰明的画拿给他们看。本杰明很快发现，他的母亲不但善解人意，而且对图画的见解一般都是对的。他经常说，他宁愿从母亲那里得到夸奖而不愿从其他任何人那里得到赞美。

本杰明需要正确的建议和鼓励，而他的母亲很清楚该怎样满足他的需求。在本杰明决定成为一名艺术家这一点上，他母亲的引导起到了很大作用。但是现在却面临着一个关键的问题。

贵格会信徒都是一些非常善良正直的人，他们有较高的生活标准，其中最主要的就是和平的生存环境，关于这一点的最好的证据就是他们与他们的邻居印第安人一直保持着和平融洽的关系。但是贵格会信徒却不相信图画；他们反对任何装饰性的艺术。他们认为图画是无用的东西。于是人们召集了一个会议来讨论本杰明的未来。因为作为他们的集体中的一员，本杰明不仅憧憬着绘画，并且已经决定终其一生来制造他们认为无用的东西。

贵格会信徒们举行的会议出现了僵局，因为许多人根本就没有主见。而本杰明的母亲则不是那样。她早就下定了决心，而且她的观点是非常明确的。她确信她的儿子，本杰明，有特殊的天分，而且这种天分是上帝赐给他的。她的坚决的态度毫无疑问影响了与会的其他人。其中一个叫约翰·威廉姆森的朋友在大会上作了一场演说，正是这场演说扭转了会场的气氛，使形势向着有利于本杰明的方向发展。

威廉姆森先生的讲话使他的听众想起了本杰明的父母，他们的为人和生活都是无可指责的，他们在上帝的保佑下含辛茹苦地抚养着十个孩子。他接着说："大家都知道，上帝会因为偶然的兴奋而赐福给某个人一些特殊的天分，所以大家不必为培养本杰明绘画艺术的灵感而大惊小怪。……上帝已经赐给这个年轻人艺术的天分，那么我们怎么能不相信万能的神之所以赐给天分是有更大的目的呢？上帝给予的礼物，有谁敢抛弃呢？我们怎么能确信精美的艺术不是为了有用的目的而产生的呢？至于那个目的是什么，难道我们还需要去调查一番吗？还是让我们相信，全能的上帝一直对我们很满意，他要在这个偏僻、荒凉的土地上，把他的一些特殊的精神礼品赠送给我们的这个年轻人。或许，这个未来的艺术家会用他的生命和成就来向我们证明，上帝没有白白赐给他这一礼品。"演讲产生了预期的效果。其他人也开始赞同约翰·威廉姆森的观点，并同时高高地举起了手，希望本杰明带着上帝的赐福，成为一名职业画家。然而，毫无疑问的是，对本杰明影响最大的还是他的母亲。

从那一天起，本杰明的名气开始稳步上升。他母亲对他未来的所有梦想都完全实现了，而且是超出了预期的想象。后来，他到费城学习了一段时间，再后来，也就是在他刚刚22岁时，他又到了罗马。作为一名来自边远地区的孩子，他几乎被剥夺了受教育的权利。在他完成他的第一部作品之前，他已经是一个大男孩了。他现在在罗马的艺术长廊里所见到的一切，都使他大开眼界。连续几天，他怀着崇尚和敬畏的心情凝视着长廊上精美绝伦的图画。

离开罗马之后，他又到了意大利的其他几个艺术中心，随后到了巴黎，最终到达伦敦，并且伦敦成为他永久定居的地方。在1792年，他接替约书亚·雷诺兹先生，成为皇家艺术学院的院长，之后他担任这个职位一直到1820年逝世。他的一些最著名的画作一直到今天还为世界所熟悉，其中包括了："基督行医图"，"沃尔夫之死"，"马背上的死亡"，"佩恩与印第安人的条约"等不朽的艺术瑰宝。

许多年以来本杰明一直受到许多人的爱戴，是因为他生前非常同情和鼓励那些积极进取、努力拼搏的年轻艺术家们。这也是他从母亲那里学来的。可以断言，如果没有那样一位好母亲，本杰明的才华就不会被人们所认识。这不仅仅是一个儿子对母亲的情感，而且还是一个思想深刻的男人的判断，就如本杰明自己所说的："是母亲的一个吻把我变成了一位画家。"

甘地夫人的母亲

曾经担任过印度总理的英迪拉·甘地夫人出身于一个非常有名的家庭。她的祖父是印度独立运动中的重要领袖，她的父亲尼赫鲁是1947年印度获得独立后的第一位总理，她的母亲也是一位有声望的政治活动家。

1930年，反对英国殖民统治的大规模民众运动达到了高潮。英迪拉的母亲积极参加蓬蓬勃勃的政治运动，到处召开集会，发表演讲。

12月31日，是公历新年除夕，紧张斗争的一年过去了，新的充满希望的一年即将来临。这天晚上，当时任印度国大党主席的父亲还在外地奔走，英迪拉和母亲高高兴兴地在一起吃迎新晚饭，母女俩已很长时间没有像这样安静地一起吃饭、交谈了。

突然，隔壁的电话铃响了。英迪拉跑去接电话，心里愉快地想：大概又是哪一位朋友打电话来祝贺新年了。但是当她一拿起话筒，脸色就变了。话筒里传来了这样的声音："明天早晨警方将逮捕尼赫鲁夫人卡麦拉！"接着"咔"的一声电话就挂上了。

"喂、喂，请问你是谁？"英迪拉连忙喊道，但话筒里再也没有发出声音。

英迪拉怔住了，新年的欢乐情绪一下子消失得无影无踪。她转身向餐厅跑去，把这一消息告诉了母亲。出乎意料，母亲只是微微一笑，平静地说："我早就准备着这一天了。"

英迪拉"哇"的一声哭了起来。卡麦拉却轻抚着她的头发，仍然以平静的口吻说："孩子，坚强些，做任何事情都会要付出代价，圣雄甘地坐过牢，你爸爸坐过牢，现在又轮到我了，这也没什么了不起的。你继续吃饭吧，我还有许多事情必须在今天晚上干完。"

英迪拉强抑住哭泣，一边擦泪一边断断续续地说："妈——我不哭了——有什么事情能帮你干吗？"

母亲想了一想，回答："我要立即去召开一次国大党重要工作人员的会议，你就帮我在家里收拾一下东西，明天警察来逮捕我时，可能会进行搜查，有些文件必须处理掉。"

说完，母亲匆匆披上外衣就出去了。英迪拉也镇静下来，把母亲的办公室、文件柜都作了一遍清理，将重要的东西都烧毁了。接着，她又替妈妈把坐牢时需要的日用品也整理好，打成一个小包，还在包里放进了自己的一张相片。她知道，妈妈在监狱中会想自己的女儿的。虽然英迪拉才14岁，但特殊的环境、父母的影响，已使她早早成熟了。

午夜时分，母亲才回来，脸上显得有些疲倦，她对英迪拉说："会开完了，我被捕后斗争还会继续下去，现在让我们体息一下吧。"

母女俩紧紧挨着坐在沙发上，一起轻轻地朗诵着坦尼森的著名诗句："送旧岁，迎新年……"紧张与害怕已经从小英迪拉心中消失了。她默默地想着：一切都会变得更美好，一切的一切！

"当！""当！""当！"钟声响了，新的一年来临了。窗外，响起了一阵爆竹声。"1931年到来了。"卡麦拉把女儿拥进怀里，轻轻地说。

就在这一天，1931年元旦的清晨5点钟，母亲就被警察带走了。英迪拉没有再哭泣，只是在心里发誓："我也要成为像母亲一样的人，我也不会害怕坐牢。"

11年后，25岁的英迪拉·甘地夫人在家中第一次被捕；再17年后，她当选为印度国大党主席。这时，母亲已经去世，但英迪拉一次又一次地想起她，因为母亲的影响是永存的。

约翰·高夫的母亲

约翰·高夫的父亲曾经在英国军队中服役，参加过拉科鲁尼亚战役，并在那次战役中负了伤，他希望儿子将来也成为一名军人。幸运的是，约翰·B.高夫的母亲对他的未来有其他的打算。母亲虽然不得不终生劳碌，但是她却是一个渴望知识的天性聪明优雅的人。

约翰·高夫的父母不止一次地在他上床睡觉之后轻声地商量孩子的前途。父亲总是说："当约翰成为一个士兵……"而母亲总是打断他，说："约翰永远不会成为士兵的，我已经为他想好了其他出路。"

约翰被送到一所乡村小学读书。为了支付学费——尽管是很少的一笔钱，他的母亲却不得不每天跑到村庄后面的麦田里，跟在收割者后面拾麦穗。对约翰能够读书这件事，她感到非常高兴，因为在那个年代——约翰出生在1817年——这是一件很了不起的事情。在那个乡村里有一个图书馆。一天，图书馆里来了一个老太太，她没有戴眼镜。于是图书管理员就把约翰叫了过来，应老太太的要求，给她阅读《天路历程》。老太太非常高兴，她吻了约翰，并给了他一个先令。

约翰的父亲花费了好长时间找工作，但是毫无收获。他的母亲被迫做一些手工活，并挨家挨户地叫卖。到了冬天，家里的情况已经拮据到了危急的程度。约翰的母亲就跑到8公里以外的多佛尔去卖她的手工艺品。对于一个衣着单薄、营养不良的女人来说，那是一段漫长而艰难的路程。10岁的约翰怀着沉重的心情目送母亲离去。但是母亲刚刚离开不久，图书管理员又来叫他了，这次是为一名病人读《伦敦日报》。约翰去了，一直读到嗓子疼痛为止；那个人给了他5个先令。

约翰回到家里时，天已经很晚了，他的母亲坐在蜡烛旁，一副绝望凄惨的神情。家里没有生火，他的妹妹坐在母亲的腿上。

"没有吃的，也没有烧的。今天我转遍了多佛尔的大街小巷，也没有卖出一件东西。"当约翰进来时正好听到母亲的哭诉。于是约翰做了一个绅士般优雅的姿势，把5个先令放到母亲的腿上。

简·高夫愣了好一会儿，然后突然哭了出来。"上帝保佑我，给了我一个好儿子。"她边说边亲吻着约翰。随后，孩子们被打发出去买食物和燃料了，当他们回来时，被眼前的一幕惊呆了——约翰永远都不会忘记那一情景——他们居然听到母亲在唱歌。

在约翰12岁那年，有一些曼纳林家族的邻居决定移民到美国，他们提出可以带着约翰·高夫一同前往。他的母亲同意约翰去美国，或许这是因为他的父亲还惦记着让他去当兵吧，母亲坚决反对儿子去当兵。约翰心中充溢着冒险的精神，移民的念头让他兴奋不已；但他却没有注意到，他的离开几乎令母亲心碎了。

在那个年代，从英国移民到美国，被认为是一个冒险行为。而约翰·高夫认为自己将会表现得像一个英雄。在他离开英国的前一天晚上，一个邻居请他喝茶，他去了。当他回来时，他的母亲叹息着说："这是你在英国待的最后一个晚上了，约翰，我多么希望你也能和妈妈喝杯茶呀！"约翰永远也不会忘记那种温柔的责备；那指责在以后许多年中带给他巨大的痛苦。

他本来没有意识到离开他的母亲有多么艰难。母亲先是把他抱在怀里，而后又拉着他的胳膊，泪眼模糊地凝视着他。她把约翰的帽子、上衣和书包挂在平时的钉子上，那些都是约翰在多少年后都记忆犹新的东西。最后，终于和母亲告别了，约翰登上伦敦公共汽车的顶层，开始了漫长而惊险的旅行。

汽车启动了，约翰就要离开这个村庄了，他转过头，最后望了一眼他再熟悉不过的风景。他看到一个女人的身影蜷缩在泳场的换衣马车旁边。他知道，那个身影是母亲；她一直目送着她12岁的孩子渐渐远去。约翰向她挥了挥手，但是她似乎无动于衷，约翰第一次开始想家了。在约翰离开家后的几个星期里，他的母亲总是呆呆地坐着，好像在沉思的样子，她两眼望着远方，就像看到远处有什么东西一样。而一到晚上，她就站在窗边，望着大海出神，而且一站就是几小时。

约翰到伦敦以后，过了几天就开始乘船奔向美国了。在帆船经过桑盖特附近时，因为没有了海风而被迫停了下来。约翰拿着望远镜急切地辨认熟悉的景色，其他乘客都被他的举动惹笑了。他看到有几只小船向这边划过来。午夜过后，约翰听到有人喊他的名字，他赶紧跑到甲板上，出乎意料地看到了他的母亲和妹妹，这使他高兴得说不出话来。母亲付给一个摇桨人10个先令——这是辛辛苦苦挣来的钱——让他把她们划到客船跟前，她要与约翰作最后的告别。在他们分别后，约翰回到船舱号啕痛哭起来。最后，他抽噎着进入了梦想。当他第二天早晨醒来时，客船已经远航了。

这个将耗费57天的漫长航行现在才刚刚开始，约翰有足够的时间来整理装在木箱里的那些熟悉的行李。当他翻到自己的衬衫时，他发现了一些他母亲抄写的《圣经》课文和写给他的一些书信。约翰在喧闹、拥挤和臭气熏天的船舱里耐心地读着母亲的信，孤独笼罩了他的心头，泪水则模糊了他的眼睛。

到了美国以后，约翰不断地给母亲写信，他用长长的篇幅详细描述了这个新世界的风土人情——对于他来说一切都是那么新鲜。他告诉母亲这里的食品和衣服的价格，尽量在信里表现出乐观的样子，但是实际上他很不幸。带他来的曼纳林先生并没有送他去学校读书的意思，而只是把他当做一个小童工而已。在这里约翰并没有得到他所期望的友善和周到的照顾。

虽然环境非常恶劣糟糕，但是约翰还是攒了一点钱。在1833年他写信要求父母也到美国来，和他一起生活。那年8月的一个星期六，一名年轻海员给他带了一张母亲写给他的纸条，上面写着："我和你妹妹正在乘坐'总统'号游船。等船一到码头，你就到甲板上来接我们。我们都很好。"

事实上，当船到达以后，约翰箭一般地冲到甲板上。乘客已经上岸了，他看到母亲正在大街上边走边看手中的纸条，并不时地看看街边的门牌号码，好像在确认某个特殊的号码。约翰知道，在离开母亲的四年里，他已经大大地变样了，他不知道母亲是否还能认出他。他先是跟在她的后面，然后又绕到她的前面，并把整个脸都面对着她，但是，母亲却没有注意到他。他终于忍不住大声地喊了出来："妈妈！"

听到这个熟悉的声音，她转过脸，定睛一看，立刻认出了儿子，她紧紧地抱住了儿子，不停地亲吻着他。他们的行为让过路的人觉得好笑，但是，他们同时也被这种母子团圆的场面所感动了，有一位男士居然摘下帽子向他们致敬。然后，约翰转向他的妹妹，并深情地向她问候。这时的妹妹已经从当初的小玩伴长成大姑娘了。

约翰用每星期1美元25美分的价格租下了两间房子；后来，因为约翰有一段时间失业，他们就退掉了一间，这时的租金是每星期50美分。在接下来的几年里，约翰和母亲、妹妹更加懂得了什么叫艰难和贫困。这里冬天的天气非常寒冷。约翰会偶尔地接到几个临时短工的任务，或者去大街上扫雪，这让他非常高兴。那年月的美国还没有我们今天所见到的繁华景象。

简·高夫或许从来没想到这里会是这么的艰难。饥饿曾经不止一次地在他们面前显露出狰狞的面孔，约翰被迫当掉了他的大衣和制服。

1834年的夏天，天气热极了。高夫一家人挤在一间屋子里，透过屋顶的热气真让人难以忍受，简·高夫受了很大的罪。在7月8日，当约翰一早出去上班时，母亲说她感觉不舒服，但是当时没有一个人会想到她的病情是那么严重。晚上8点钟，约翰回来了。他吹着口哨走上楼梯，还在想象着今天会有什么样的晚餐。他的妹妹从楼梯上迎上了他，哭泣着说："约翰，妈妈死了。"约翰一阵天旋地转，跪倒在母亲身边，用颤抖的手握住了母亲冰冷的双手。

他呆呆地坐在那里，一动也不动。他攥着母亲的双手，坐了整整一个晚上。天亮了，他还是愣在那里，像一个木头人一样，伤心欲绝。然后，他就到大街上漫无目的走着，直到他回来因为饥饿和极度地虚弱而昏倒，因为他什么也不想吃。由于他没有钱来买一块墓地，因此他的母亲被葬在了公共墓地。在他母亲被安葬的现场，只有他和他的妹妹两个默哀者。

此后的岁月里，约翰·B.高夫把他的全部身心都投入到禁酒事业中。他锻炼了一副非凡的演讲口才；他在英语国家变得非常出名。到处都需要他的事业。无论是在美国，还是在英国，他的每一次演讲都会引来无数的听众，只是大讲堂的容量限制了听众的数量而已。

有些时候，一次大会上居然就有500多人集体签了禁欲的保证书。在约翰雄辩的口才和真诚的呼吁下，一共有140000人在这样的保证书上庄严地签过名。而这个数字还仅仅代表了约翰所影响的人数的一个小小的部分。世界上的许多最伟大的人物也与他交了好朋友，即便是那些不赞同他的观点的人，也承认他是真诚的，并对他的无与伦比的辩才表示肯定和钦佩。

在约翰坚决主张戒酒的行为和演说的背后，隐藏着他对亲爱的母亲的深深怀念。她没有看到儿子的成名，也没能为儿子对禁酒事业所作出的贡献进行表扬；或许，这些本来就是她不曾预料到的。但是她对约翰·B.高夫的强烈的、纯粹的影响却一直到他死为止。虽然她的身体早就在公共墓地里不知名的坟头上安息了，但是她对美好事业的影响却在她天才的儿子的生命里继续延续着。

希尔顿的母亲

提起"希尔顿"三个字，人们就会联想到遍布世界各地的希尔顿连锁旅馆，在各个大都市里，到处都可以看到豪华舒适的这类观光旅馆，这已经是一项世界性的事业，而这项事业的开创者康拉德·希尔顿更被公认为是全球旅馆业的巨擘。

希尔顿曾称他的母亲——玛莉·劳·希尔顿为"我所知道的最可爱、最勇敢的一位女性"。

1907年，一场经济恐慌席卷美国，希尔顿的父亲在圣·安东尼奥开的商店面临危机。

商店无法再开下去了，母亲决定开旅馆：一大堆剩余的日用品、一间大房子、希尔顿和弟弟的劳力，以及母亲炒的一手好菜，恰恰构成了开旅馆的条件。一次，一位先生在店里吃了一顿饭，连连夸奖菜烧得好。临走前，他叫过希尔顿，递给他一张五元的钞票，说："这是给你的小费。"

希尔顿大吃一惊，那时候在这个比较偏僻的地方，小费并不盛行，他们偶尔会得到五分、一毛的小费，可是那得做许多额外的工作方能获得。

拿了这五元钱，希尔顿立即去找母亲，心里充满着怀疑与不解。"那个人不是东部来的，"他对母亲说，"也没有喝酒，他怎么给了这么多小费呢？"

母亲看了看钞票，淡淡地说："也许他把它看成是一元的了。"

"就把五元误认为一元，也还是太多啊？"

过了几天，当希尔顿他们又议论起那五元小费的事时，母亲拍了拍儿子的肩膀，说："康尼，不要对这类小费太在意，我们应该把注意力放在我们的劳动上，只有靠优秀的劳动来获取报酬才是正当的。"

不过几个月的工夫，希尔顿家的旅馆就兴旺到了要请帮手的地步，一家人的生计好转了，二十岁时的这段遭遇也成为希尔顿日后立志发展旅馆业，终于成为旅馆业巨擘的契机。而且，希尔顿终生都记住了母亲的这句话："只有靠优秀的劳动获取报酬才是正当的。"也许可以说，这是他能大获成功的诀窍之一。